自棄《ヤケ》を起こした公爵令嬢は姿を晦《くら》まし自由を楽しむ

2

たつきめいこ

meiko tatsuki

TOブックス

contents

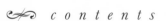

イラスト◆仁藤あかね　デザイン◆世古口敦志＋清水朝美（coil）

聖騎士団とリオン

赤や白の薔薇が咲き誇る華やかな庭園に設《しつら》えられた席。テーブルには緻密《ちみつ》に編まれたレースのクロスが敷《し》かれ、中央に焼き菓子などおいしそうなスイーツが置かれてある。目の前の紅茶は香りがよく、口に含めばスッキリとした味わいがふわっと口内に広がる。

つっと視線だけ動かし周りを見回してみれば、自分と同年代の令嬢数人が同じテーブルに着いていた。令嬢たちは皆思い思いに着飾っており、耳元や胸元の装飾品がきらきらと輝いている。

……などと美しい表現で済めばどれ程よかっただろうか。実際は、反射光がぎらぎらとこちらを攻撃してくるので、あまりの眩《まぶ》しさに思わず顔を背けたくなる。まさか本当に背けるわけにもいかないので、顔に笑みを張り付け必死に堪《こら》えているのが実状だ。

「マルティナ様、お妃教育は順調でして？」

「ええ、滞りなく進んでおりますわ」

「そうなんですの？　殿下との仲があまり進展していらっしゃらないようでしたから、てっきりお忙しいのかと思っておりましたわ」

そう口にしたのは、スヴェンデラ侯爵家のご令嬢。暗い金茶の髪をきっちりと巻き上げ、少しきつめの顔立ちをした彼女は、私を小馬鹿にするようにクスっと笑っている。

「そうですわね、お忙しそうにお見受けしますわ。そのように風が吹いたら飛ばされてしまいそうな程儚いマルティィナ様ですもの。お妃教育なんておつらいのではなくて？」

「わたくしもそう存じますわ。お体を悪くしてしまったら大変ですもの、なんでしたらお妃教育を代わって差し上げましょうか？」

とは伯爵令嬢お二人の言。いずれの令嬢も、殿下のお妃候補として名を連ねていた方々だ。いまだに殿下の婚約者となった私に対抗意識を燃やしており、何かにつけ突っかかってくる。

正直ほっといてほしい。この見た目は事情があったからこうなっただけで、本当の姿ではないのだ。

しかし言われっぱなしなのはいただけない。令嬢たちを見回すとにこやかに微笑む。

「皆様のお心遣い痛み入りますわ。お言葉に甘えてお願いしたいのですけれど、この庭園の外周を五周程走ることが可能な方はいらして？」

「「「は？」」」

皆『何を言っているのだ？』と言わんばかりに目を丸くしてこちらを見る。が、その視線を無視して話を続ける。

「あら、皆様ご存じありませんの？　王妃の仕事は体力勝負なのですわ。最低でもこの庭園の外周を五周走れるだけの体力が必要なのですって。わたくしも初めは難儀いたしましたけれど、もう八年もお妃教育を受けているおかげでなんとかなっておりますのよ。それで走れる方はいらっしゃって？　まずは走っていただいて、完走なされた方にお願いいたしますわ。そうですわね、スヴェンデラ侯爵家のベアトリーセ様はいかがです？」

「えっ⁉　わ、たくし用事を思い出しましたわ！　申し訳ありませんがお暇させていただきますわね」

「あら、そうでしたのね？　お引き止めしてしまって申し訳ありません。でしたら……」

「そっ、そういえばわたくしも約束があったのをすっかり忘れておりましたわ」

「わたくしもですわ！」

最初に私を攻撃してきた侯爵令嬢を名指しすれば苦しい言い訳で席を辞し、残り二人の令嬢に視線を向ければその二人も慌ただしく席を立ち、心持ち足早にこの場を去っていく。

甘い！　お城の中では腹芸の得意な者たちが蔓延《はびこ》っている。そんな伏魔殿《ふくまでん》の重鎮《じゅうちん》たちに比べればこんなの序の口だ。これくらいで逃げていては殿下の婚約者など務まらない。

ちなみに『庭園の外周を五周走れるだけの体力が必要だ』と言ったのは私のお母様だ。教育係の先生たちなどではない。とはいえ体力が必要というのもまた事実ではある。が、それはさておき。

……せっかく代わってくれそうな人が現れたのに残念だったわ。

そうは思えど、試すような真似をしたのは自分だ。誰にも気付かれないよう下を向き、そっと嘆息を漏らす。するとすぐ近くで人の気配がし、すっと頭を上げた。

そこにいたのは私の婚約者である王太子殿下だった。殿下は、この空に溶けてしまいそうな程美しい瞳でこちらを見ている。

……ああ、なんて麗しいのだろう。陽光を受けて輝く金色の御髪《おぐし》が、こちらの目を攻撃してこなければなおさらに。

「今、慌てた様子のスヴェンデラ侯爵令嬢たちとすれ違ったのだが何かあったか？」

「まあ、殿下。なんでもございません。とても楽しくお話をしていたのですが皆様ご用を思い出されてお帰りになったのですわ。どうぞおかけになってくださいまし」

急いで立ち上がり礼をとると、殿下に席を勧め自分もそのあとに座る。

「……あなたも容赦ない」

「恐れながら殿下、わたくしはそこまで鬼ではございませんのよ？　ちゃんと手心を加えております。ですが、皆様何もおっしゃらずにお帰りになるのですもの」

困った表情を浮かべて向かいの殿下を見ると、殿下はよそ行きの笑みを張り付けたまま、侍女が淹れてくれたお茶に口をつけていた。そうして一口だけお茶を飲むと、優雅な仕種でティーカップをソーサーに戻す。

「手心を加えたあなたに言い返すこともできず、よく私の隣を望むものだ。ところで先日ようやく隣国関係の講義が終了したそうだね」

「はい。はかが行かず申し訳ございません」

「構わない。私もあなたまでとは言わずとも、てこずった記憶があるからね。私の隣に立つ者として更に精進してほしい」

「かしこまりました」

恭《うやうや》しく頭を下げて答える。殿下はそのまま執務に戻られてしまい、残された私は冷めた紅茶を一口こくりと飲み込む。

ああ、今回も褒めてはくださらなかった。上へ上へと望まれるだけで達成しても更に上を目指せと言う。私はいったいどれだけ頑張ればよいのだろうか……。

……もう嫌だ。


「ゆ……め……？」


浮上する意識に身を任せゆっくりと瞼《まぶた》を上げる。

どのくらい眠っていたのだろう。決して良いとは言えない夢を見ていた。

夢とはいってもあれは実際にあった出来事で、確か三年くらい前の話だ。もう殿下の婚約者ではないとわかっているのにあんな夢を見るなんて……。

あの頃は何事にも全力で事に当たっていた。茶会も、夜会も、何もかも。どんなに頑張っても褒めてもらえず、更に上を目指せと言われるばかりのむなしい日々だった。王妃様は殿下よりもその程度が著しく、顔を合わせれば決まって『頑張りなさい』の一言。最初の頃は、未来の国母ならそのくらいできなくては、と王妃様の言葉に一生懸命応えようとした。でも、努力する度に紡《つむ》がれるあの言葉が私のやる気をどんどん削いでいく。

正直もう限界だった。それこそ逃げ出したいと思うくらいには。

……ああ、そうか。

今ならはっきりとわかる。あの時、私は殿下たちから『逃げなくては』と思ったが、本当は『逃げたかった』のだ。その思いは表に表れることがなくとも、何年も前から常に私の心の奥底にあった。今までそれに触れずにいたのは、家族や公爵家の立場を無意識に考えていたからだろう。

だが、結局は逃げ出した。

殿下への不信の念とか、私らしくありたいとか、きっかけなんてなんでもよかった。あと押ししてくれる何かがあればそれだけで。そして、私にとってのあと押しは、自棄《やけ》だった。改めて考えるとなんて恐ろしいことをしてしまったのか。

…………ああもうやめやめ！　朝っぱらから鬱々《うつうつ》したくないわ。この話はもう終わり！　とりあえず起きよう。

「う……ん」

気持ちを切り替えるように軽く背伸びをする。その際視界に何かが入り込んだ気がして、すぐ側の窓に目を向けると、カーテンの隙間から柔らかい光が射し込んでいた。

ここはいったいどこだろう？　鳥の囀《さえず》りが聞こえてくるだけで、しんとした室内に人の気配はない。

ぐるりと周りに目を遣れば、そこは訪れたこともない見知らぬ部屋。

壁紙やカーテン、敷かれた絨毯《じゅうたん》は白でこざっぱりと纏められており、設えられたテーブルや椅子は、木目を活かした素朴で温かみのある作りとなっている。

それに対して、置かれた美術品はどれも高級品のようだ。とはいえここにある美術品は、壁にかけられてある絵画も含め、すべて自然を題材としている。ゆえに嫌みな感じは全くしない。むしろ、とても上品に纏められた部屋と言えよう。

そこまで認めると、起き上がってベッドの端に腰かける。

……そういえば私、どうしてここにいるんだっけ？

目覚める前の出来事を思い返す。

確かグランデダンジョンで魔物のスタンピードが起こって、それを阻止するために魔法を放って、それから……。ああ、そうだ。魔力が底をついて意識を失ったのか。そして今まで寝ていた、と。うん、だいたい理解したかも。

改めて周りを見回したあと、ふと視線を下に落とす。コートはもちろんベストも脱がされており、シャツとスラックスのみの姿だった。

いったい誰が脱がせてベッドに寝かせてくれたのだろうか。もしそれがリオンだったらかなり問題だ。なにせシャツの中は布を巻いているだけの状態なのだから。女だとばれる可能性だってあるし、それがきっかけで私の素性を知られてしまう可能性だってある。そうしたら双方ともに困ったことになってしまう。何よりそれがお父様の耳に届いたら、リオンの命が危ういことになる。

……ん？　でもリオンならなんとかなるかな？

とにかく、誰が私の服を脱がせたのかを確認しなくては。でも誰に、どうやって？

そんなことを考えていたら、コンコンと扉を叩く音がした。誰かわからないので警戒しつつ無言でそちらに顔を向ける。

「……あら？　目を覚まされたのですね。ご気分はいかがですか？」

部屋に入ってきたのはお仕着せに身を包んだ一人の女性だった。セピア色の髪に同色の瞳、笑顔が魅力的なお姉さん、といった感じの人だ。

「おかげさまで、だいぶいいです。それで、あの……ここは？」

「あ、そうよね。眠っていたんだもの、ここがどこかわからないよね。ここは軍本部にある聖騎士団区画の客間よ。君は昨日からずっと眠りっぱなしだったの。あの人ってば君を連れてくるなりベッドに寝かせるだけで、メイドである私に全部押し付けるから、それで私がずっとお世話を……て、あらやだ。私ったら馴れ馴れしくてごめんなさい」

どうやらここは聖騎士団の本拠地らしい。意識を失う前にリオンが『聖騎士団に来い』と言っていたので、気を失ったあとそのままここに連れてこられたとみてよいだろう。

お仕着せのお姉さんは、聖騎士団で雇われているメイドだそうだ。彼女からは、ここの人たちとあまり敬語で話をしていない、といった雰囲気が感じられた。だから私と話をしていて素が出てしまったのだろう。むしろその方がありがたいので、謝罪する彼女に気にせず普通に話してほしいと告げた。それに敬語のことより、先程の疑問の方が気になる。

いっそのこと彼女に聞いてみようか？　何か言いかけていたし、知っている確率は高いだろう。

「あの、僕の介抱をしてくれたのって……」

「あ、それは私。さっきも言ったと思うけど、彼は君をこのベッドに寝かせただけで、な～んにもしてないの。女性に介抱されるの、ちょっと恥ずかしかったかしら？」

「いえ、大丈夫です。ありがとうございました」

彼女の言葉に安堵する。話から察するに、リオンが私の服を脱がせたわけではないようだ。

……命拾いしたわね、リオン。私が言うのもどうかと思うけれど、お父様は怖いからね。

とりあえずリオンが関わっていないことはわかった。残る問題は彼女が私の性別に気付いたかどうかということだ。

先程の様子からして、彼女の私に対する言動は少年に対するそれと同じもののように思えた。もし私が女性だと気付いたのならば『女性に介抱されて恥ずかしいか』なんて聞いたりしないはず。気付いたうえでわざと少年として接しているふうには見えなかったし。

よって彼女は気付いていないとみなしてよいだろう。むろん完全に安心はできないので、これからも注意は怠らないが。

それはそうと、先程から『あの人』で会話が続けられているけれど、それってたぶんリオンのことで間違いないよね？　あの言い方からすると、彼女はリオンと良い感じなのかな？

少し気になったので彼女に尋ねてみる。すると「私恋人いるし、いなくてもありえないわ〜」と一笑に付された。恋話に発展しなかったか。残念。でもちょっとほっとしたかも。

……ん？　なんでほっとするんだろう？　変なの。

わけがわからず、首を傾げる。リオンと彼女が恋仲だと思うと、なんかお腹のあたりがむかむかとするのだが、その理由がわからない。どうにも気になって深く考え込んでいると、不意にあることを思い出した。

「あ、そうだリオン……。すみません、彼はどこにいるんですか？」

今更ではあるが、目覚めてから一度もリオンの姿を見ていない。いつもの彼だったら、私が目覚めるまでベッドに張り付いていそうなのだけれど……。

「ああ、彼ね。ん〜これ言ってもいいのかしら……」

何気ない問いにメイドが言い淀む。

「？　何か問題でも？」

「……それがね、懲罰を科せられるって聞いちゃって」

……は？　懲罰？　懲罰って何？

寝起きで混乱しているのだろうか。わけがわからない。とにかく状況を把握しようと彼女に詰め寄る。

「懲罰ってどうして？」

「あ、そんなに近づいたら眼福……じゃなくて、ちょっと落ち着いてもらえる？」

メイドの言葉にはっとして、元の位置まで戻る。動揺したって始まらない。まずは彼女の話を聞いてからだ。

心を落ち着けながら彼女を見る。すると彼女は口元に片手を添えて、顔を背けながらふるふると震えていた。心なしか口角がつり上がっているような……？

やがてそれも落ち着いたのか、彼女が真面目な顔で再び私の方を向いた。

「この話はすぐに公になるだろうから問題ないとは思うんだけど、ちらっと聞いただけだし正確な情報でもないから聞いても他言無用でお願いね？」

「はい」

「ありがとう、実は……」

彼女の話はこうだ。

私の様子を報告するようにとリオンに言われていた彼女は、一度報告をしようと彼がいる執務室に向かったらしい。なんでも彼は、長期間ここを離れていたために仕事が滞っていたようで、そのあと処理に追われて執務室を離れることができなかったとか。

言われてみれば確かに彼はずっと私と行動をともにしていた。その間に書類がどんどん溜まっていったというわけか。その状況は身に覚えがあるので容易に想像がつく。が、今は彼の仕事の話はどうでもいい。彼女の話だ。

彼女が執務室の前まで来ると、訪ねようとしていた部屋の隣の部屋から声が聞こえてきたらしい。その声の中にはリオンの声も含まれていたようで、彼女は好奇心から扉に耳をくっつけて中の声を聞こうとしたのだそうだ。するとそこで『グランデダンジョンに一般人を連れていったことについて懲罰を科する』と団長が話していたのを聞いたのだと言う。

……え、待って！　それって私が無理なお願いをしたから、彼に懲罰が科せられたということ？　私が『ダンジョンに行こう』と食い下がらなかったら、彼は懲罰を科せられることもなかったの？　私の所為？　……馬鹿だ、私。ダンジョンのことしか考えていなかった。

嫌な気配だったからそちらに気を取られていた、など言い訳でしかない。ただでさえお父様との約束を破り、無理をしてリオンに迷惑をかけたのだ。そのうえ彼に懲罰が科せられる、なんてことになったら私……。

頭の中がぐちゃぐちゃで考えが纏まらない。誰もいなかったら取り乱していただろう。私はいったいどうしたら……。

いや、どうしたらではない。とにかく正確な情報を知り、どんなに気まずくとも彼に会ってちゃんと謝罪しなければ。

「ほかには？　ほかに何か言っていた？　どんな懲罰なのか、とか」

「え？　えっと確か最初は謹慎だって言っていたんだけど……」

「そこまでだ。お前はこれ以上知らなくていい」

突如会話を遮られ反射的に顔を向ければ、入り口の辺りに話題の人物が立っていた。

「リオン！」

いつの間に来ていたのだろう。話に夢中になっていて全然気付かなかった。

「よぉ。気分はどうだ？」

私の調子を尋ねながらリオンがこちらにやってくる。その姿はいつもと違う洗練されたもので、私を大いに戸惑わせた。

でもそれも無理からぬこと。なにせリオンは聖騎士団の制服を身に纏っていたのだから。

白が基調の制服は皺一つ見当たらず、お尻をすっぽりと覆う上着は、体の線を見せるようなデザインではないため、だらしない格好にならないようにベルトを締めて全体をスッキリと見せている。詰襟部分には細かい刺繍が施されており、刺繍やふちの部分、袖の側面に入ったラインなどが聖騎士団の色と称される青色で統一されている。金具の色は銀色で、金の金具に差し色が赤の近衛《このえ》騎士とは正反対の色合いだ。

ただそんな対比のような制服でも、白のスラックスと茶色のブーツは全く同じとなっている。誰が考案したのかは知らないが、近衛騎士と聖騎士は色で判別しろということか。

……とまあ、彼が普通の制服を身に纏っているのならば今の説明で問題ない。問題は彼の制服が普通の制服とは違うことだ。

彼の制服は余程位が高いのか、徽章《きしょう》がたくさんぶら下がっており、右肩から胸にかけていくつもの飾緒《しょくしょ》が付けられてあった。また、彼の左肩には綺麗なドレープを描く青色のマントがかけられており、彼が動く度に美しい動きを見せている。聖騎士団の団長と同じ格好だ。

それが何を意味するのか、寝起きの私にだって簡単に想像できる。そして、その彼の経歴に傷をつけるようなことを私がしてしまった。

同じ騎士団といえども一枚岩とは言い難《がた》い。彼の歳であの地位だとすれば、彼を疎《うと》ましく思う者だっているだろう。今回のことでその者たちを勢いづけることになってしまったら……。

そう考えたらとても恐ろしかった。彼のために私ができることなど高が知れる。殿下の婚約者ではない今、使えるのは公爵令嬢という肩書だけ。それも軍の重鎮たちに比べればはるかに弱い肩書だ。私はなんて無力なのだろう。

「ルディ？」

リオンが不思議そうに私の顔を覗き込んでくる。それによって思考が一気に現実に引き戻された。

「え？　あ、うん、気分はもうすっかりいいよ。君がここに運んでくれたんだってね。ありがとう。それであの……」

「気にするな。俺が勝手に決めて勝手に行動したことだ。そこにお前は関係ない」

リオンが私の言いたいことを察知して先回りしてきた。だが私も負けまいと食い下がる。

「でも謹慎って」

「一つ言っておくが、俺は謹慎にはなっていないぞ」

「え？」

「なってたら俺がここにいるわけないだろうが」

「そ、それはそうだけど、でもやっぱり僕のせ……」

「それ以上言ったら怒るぞ。この話はもう終わりだ。それよりまだ何も食べてないんだろ？　用意してもらえ」

もっと詳しく話を聞こうと思ったのに途中で遮られてしまった。これ以上は聞くなということか。仕方がない、彼の言葉に従い今は引こう。そう考え、渋々頷いた。

それから軽く身支度を済ませ、先程のメイドが用意してくれた食事を摂りつつ、向かいの席に座るリオンと話をする。それにより、忙しいと言っていたリオンが何故ここに来たのか、その理由がわかった。

「お前を呼んでくるように団長に言われたんだ」

「いやだ」

話を聞いて即座に否やを唱える。どうせ拒否したところで意味はない。おちは見えている。

「お前なぁ、即答するなよ。仕事の合間を縫ってこうして様子を見に来たのに……。もういい、さっさと食え」

彼の言葉に諾と返事をして、そのまま黙々と食事を続ける。そして最後の一口を咀嚼《そしゃく》し飲み込むや、リオンが口を開いた。

「よし、食べたな。諦めて団長のところに行くぞ。……その前に歩けそうか？」

「うん、問題ないよ。ところで話って何？　僕の素性だったら黙秘させてもらうからね」

「大丈夫だ。それに関しては既に話がついている」

さすがリオン。そこらへんの根回しは済んでいるようだ。ならば私の正体がばれることもないだろう。そう判断して一つ頷く。

「それならいいよ」

「じゃ、食べた早々で悪いがすぐに行くぞ」

「わかった」

返事をすると近くにあったコートをさっと羽織り、彼に続いて部屋を出る。

湾曲する廊下を歩き、すぐに見えた階段を上って再び廊下を行くと、然程歩かぬうちにリオンがとある部屋の前で足を止め、扉をノックした。直後、中から応《いら》えがあり、リオンとともに中に入る。

部屋の中では聖騎士団の団長が執務机に向かい座っていた。その周りには知らない人たちが立っている。

「ルディ、だったな。病み上がりに呼び出してすまない。改めて自己紹介しよう。グレンディア国軍聖騎士団団長エリーアス・デュナーだ。今回はグランデダンジョンのスタンピード制圧に多大なる貢献《こうけん》をしてくれたこと、聖騎士団一同礼を述べる。君がいなかったら命を落としていた者もいただろう。本当に感謝する」

そう言うなり団長が椅子から立ち上がり、周りにいた人たちとともに頭を下げてきた。それに驚き、慌てて制止する。

「あ、頭を上げてください。僕はただ大切な人たちを守りたかっただけです。僕も改めて自己紹介を。ルディです、冒険者ギルドに所属しています。……それであの、不躾な質問で申し訳ないのですが、彼に懲罰を科するという話を耳にしました。本当ですか？」

「おい、ルディ！」

彼を出し抜く形になるが、こうでもしなければきちんと話をしてもらえないだろう。私を止めようとするリオンを無視して団長の顔をじっと見る。話してもらうまで一歩も譲るつもりはない。

「……本人から聞いたわけではなさそうだが、まあいい。確かにその話はあった。実際にもう処分を下している」

「それって謹慎じゃ……」

「中途半端に答えてもたぶん君は納得しないだろう。それに無関係ではないし、知っておくべきことかもしれない。君の言う通り謹慎の話はあった。彼の経歴上仕方のないことだが、彼を必要以上に疎ましく思う者たちがいてね。上で意見が分かれたらしい。当初は謹慎以上の厳罰を、との意見もあった。まあそれは反対意見も多くて、結局それ以上の厳罰にはならなかったんだがね。……まさかこの短期間に部下たちが嘆願書を持ってくるとは予想だにしなかったから、私も驚いたよ」

……ああ、リオンは部下たちに慕われているのね。

そう思うとこんな状況だというのに心がほっこりした。だが、団長の話はまだ続いている。よって即座に耳を傾ける。

「それ以上の厳罰はなくなったが、謹慎の話は生きていた。さてどうするかという時に君の話が浮上してきてね」

「僕の話ですか？」

何故自分の話がそんなところで出てきたのだろう？　さっぱりわからず小首を傾げる。直後、団長がふっと笑った。

「仮に謹慎させた場合、君が目覚めた時に知っている者がいないことになる。我々は君のことを知らないからね。もし君が怒って暴れたりしたら我々には止められない。だから謹慎の話も流れたってわけだ」

「僕は危険人物じゃないですよ？」

わずかに頬を膨らませ抗議をすると、リオンが私の頭をがしがしと撫でてきた。それゆえ、遠慮なく彼の手を叩き落とす。すると、何を思ったのかリオンがくつくつと楽しそうに笑いだした。

……何？　頭の螺子《ねじ》が外れた？

訝《いぶか》しく思いながらリオンを凝視していると、団長が「ごほん！」と一つ咳払いをした。慌てて団長の方に向き直る。

「実は彼に褒賞を与えるという話があってね。確かに部外者を連れてきたのは命令違反だ。とはいえ、その部外者たる君を連れてこなければ我々の中に死者が出ていたはず。そのため彼を英雄とし

て讃える動きがあり、褒賞で懲罰を帳消しにするという案も出された。だがそうすると、今度は命令違反に対しての示しがつかなくなる。そこで少し重めの罰を科したうえで褒賞でもってその罰を軽くし、科する懲罰のつり合いを取った。実に回りくどいが、上と下の両方に頷いてもらえる落としどころがそこだったってことだな」

ああ、本当に回りくどい。皆が皆、同じ方向を向いていればそんなことは起こらないだろうに、そこに感情やら私欲やらが入り交じってくるからややこしくなる。

……本当に困った人《狸》たちね。利権ばかりなんだから。

呆れて物も言えないが、それをおくびにも出さず、話を続ける。

「懲罰の内容はなんですか？」

「減俸六か月だ」

「げ、減俸六か月⁉　リオン大丈夫なの？　それで生活できる？」

団長の言葉に驚き、すぐさま隣のリオンに顔を向ける。

「大丈夫だ。減俸六か月なんて痛くも痒くもないからな」

「そうなの？　でも、もし何かあったら僕に言って？　少しだけどなんとかするし、無理だったら伝《つて》を頼るから」

私だって一応それなりのお金は持っているつもりだし、いざとなったらお父様にお願いする方法も不本意だがある。方法はいくらだってあるので彼が路頭に迷わないように力を尽くしたい。それが私にできる精一杯のことだから。

「まるでそれなりの力があるような言いようだな」

「団長」

「ああ、そうだったな。君のことを詳しく知りたかったんだが、エリオットが頑《かたく》なにダメだと言い張ってな」

「エリオット？」

目をぱちくりと瞬かせながら、初めて聞く名をオウム返しに口にする。すると団長が一瞬『しまった』と言わんばかりの表情を浮かべたあと、苦笑した。

「そうか。君は別の名で彼を呼んでいたんだったな。すまない、エリオット」

「構わないさ。どうせここに滞在すれば嫌でも俺の正体はわかるんだ」

「エリオットって君の名前なの、リオン？」

「そうだ」

リオンが私の目を見て、力強く頷く。

そうか、彼の名はエリオットというのか。でも――

……貴族の子息にそんな名前の人いたかしら？

記憶を辿るも思い出せない。少なくともマルティナとして会ったことがないのは確かだ。

……せめて、ラストネームがわかれば……。

そうは思うけれど、さすがにぐいぐいといきすぎかな？　いや、ここまで言っておいて今更嫌とは言わないはずだ。思いきって彼のフルネームを聞いてみる。

「リオン、君の名を聞いてもいい?」

「ああ。エリオット・ディーター・イストゥールだ。この聖騎士団の副団長の座に就いている」

「イストゥールって侯爵家の? えっ、うそ⁉ 確か嫡男だったクラウス様がスタンピードで亡くなって、その後嫡男となった弟君がいるって聞いていたけどまさか……」

「よくわかったな。というか兄のことまでよく知ってるな」

「う、うん。まあね」

クラウス様が近衛騎士団近衛副長に就任した際にお会いした、などと言えるわけがないので慌てて言葉を濁す。

それにしても驚きだ。リオンが貴族だと薄々感じてはいた。それがまさか侯爵令息だったとは。だってこの口調だし、ね? 所作は綺麗だけれど、らしくないと言うか……。

「今なんか失礼なこと思わなかったか?」

「え⁉ う、ううん。全然!」

……なんでわかったのかしら?

頭をぶんぶんと左右に振ってその場を取り繕う。が、リオンは胡乱《うろん》な目つきで私を見てくる。そんな彼を見ていると、本当に侯爵令息なのかと疑いたくなる。ただ、それも彼がイストゥールの名であれば瑣末《さまつ》なことだ。

イストゥール侯爵家と言えば武官の家柄であり、現当主が将軍の座に就いている。つまり、リオン——ではなくてエリオットか——の父君だ。私も何度か将軍に会ったことがあり、国への忠誠心が強く侠気《きょうき》に富んだ御仁だな、と思ったのを覚えている。

そんな家柄の彼だ。私以上に剣の腕を磨いてきただろう。私が勝てないのも当然だ。それに、彼程の腕前だったら聖騎士団副団長の座も頷ける。軍は実力主義のところがあるからだ。

融通が利いていたのもそのためだろうか？　ただ少しばかり利きすぎている気がしないでもない。ほかの者たちもそれに対して気にしているようには見えなかったし……。

ともあれ、いろいろと納得した。どうりで彼と会ったことがないわけだ。

イストゥール侯爵家の次男は、成人のお披露目《ひろめ》以外社交の場に現れたことがない。それが彼の噂だった。実際私も彼の詳しい話を聞いたことはない。知っていることと言えば、騎士ということだけ。家督を継ぐのは長男であるクラウス様。次男である彼は名前すら世間に知られていなかった。

また、世間ではイストゥール侯爵家の次男は騎士のまま終わるだろうと囁かれていた。そのため、ご令嬢方にはあまり魅力的に映らなかったようだ。むしろ皆、婚約者のいなかったクラウス様を狙っていたと聞く。

だが、三年前にイストゥール侯爵領にあるダンジョンで魔物のスタンピードが起こり、たまたま侯爵領に戻っていたクラウス様が出撃、そのまま帰らぬ人となった。

嫡男を失ったイストゥール侯爵は次男を嫡男に据え、間近に迫っていた王家主催のパーティーを披露《ひろう》の場に選んだ。王家への挨拶は元より、より多くの貴族に披露できると考えたのだろう。

もちろん王太子殿下とその婚約者だった私もパーティーに出席する予定だった。けれど先隣《さきどなり》の国で突如第一王子が立太子し、それに伴い式典が催されることになり、そこに殿下が招待されたのだ。

そして、そこで問題が起きた。

私たちが成人してから正式に婚約の書類を交わす予定だったため、『仮』とは公にされていなかったものの、当時の私は殿下の正式な婚約者ではなかった。それゆえ殿下に同行することができず、だからといってパーティーに参加することもできず、最終的に私はそのどちらにも参加しなかった、いや、できなかったのだ。

殿下は後日改めて侯爵家の嫡男《エリオット》に会ったらしい。

一方の私は、王妃様と一緒に国賓の奥方をおもてなししていたため、そこでも会うことができなかった。まあ、しょせん仮の婚約者だ。今後正式に婚約すれば会うこともあるだろう、となあなあにされて、結局侯爵家の嫡男に会う機会もないまま殿下との婚約が白紙に戻った。

こうして思い返すと偶然に偶然って重なるものなのだな、と驚いている。彼の素性も知らずに三年前からギルドで顔を合わせていたなんて不思議なものだ。

……って、もしかしてリオンの正体を知ってしまったから、私もレーネ公爵令嬢《マルティナ》だって言わなくてはだめ？　今更綺麗さっぱり忘れます、とか言っても無駄だろうし……。

「安心しろ。お前のことを詮索《せんさく》するつもりはない。ただ、聖騎士団にお前の力が欲しい。どうせこのあとどこに行くかも決まってないんだろ？　だったらお前を詮索しない代わりにここに所属してくれないか？」

だからなんで私の考えがわかるの⁉　顔に出ている？　嫌だわ、最近ちょっと緊張感が足りないみたい。

「副団長、やはり私は賛成しかねます。身元がわからぬ者を聖騎士にするのは……」

周りにいたうちの一人が異を唱える。その異に賛同する者が数名。それはそうだ。ひょっこり現れた謎の少年を聖騎士団に入れる、と言われて素直に頷けるわけがない。

「確かに彼の素性は話せない。だが、間者じゃないことは確かだ。少なくとも上の連中よりは信頼できる」

……えっ⁉　私のこと知ってるの？

リオンの言葉に驚いて隣にいた彼を見上げる。それに気付いたリオンが私の方を向いて「どうした？」と何食わぬ顔で聞いてきた。どうしたもこうしたもないわ！

とにかく動揺を隠しつつ、リオンに「なんで僕が間者じゃないって言いきれるの？」とこっそり尋ねてみると、彼はしれっと「時にははったりも必要だ」と小声で返してきた。なるほど。要するに反対する者を納得させるため嘘を吐いたわけだ。とはいえ、私は間者ではないので彼は嘘を吐いていないのだけれど。

「まあ、彼は女神の愛し子の中で一番と言っても過言ではないからな。味方でいてくれれば心強いが」

「団長まで！」

リオンは言わずもがな、団長も私を雇い入れることに賛成のようだ。あとは私の返事次第である。もっとも団長の場合は、私を手元に置いておくのが目的だろう。監視をして何かあればすぐに対処できるようにといったところか。あと考えられるのは『あわよくばその正体がわかるかも』かな。

面倒く……ではなくてばれたらまずいからできれば逃げたい。だめで元々、騎士になるつもりはないと断ってしまおうかな。

「リオン、いやエリオット様。僕は聖騎士になるつもりは……」

「リオンで構わない。お前に様付けされるのはなんだかこそばゆい。で、話を戻すが別に聖騎士にならなくてもいいぞ。昨日それなりの地位を用意すると言っただろ？」

そういえばなんか言っていたな。満身創痍でぼーっとしていたから覚えていない部分もあるが。

「副団長補佐官っていう役職はどうだ？」

「は？」

「副団長……それはあなたが楽したいからでは？」

「そ、そんなことないぞ？」

あるんだな？　周りの人に突っ込まれて彼の目が泳いでいる。なんともわかりやすい。

リオンが言うには『副団長補佐官』というたいそうな名ではあるけれども、臨時事務員として雇い入れるので決して聖騎士扱いではないとのこと。だから戦争になっても参加する必要はないと言う。……私の力云々はどこ行った？　あ、事務仕事の方で、って意味？

それはさておき、仕事内容は主に内務の補佐と雑務だそうだ。殿下の執務補佐と然程変わらない。なればさして苦労することもないだろう。それと、時間があれば訓練場を使用して体を動かしても構わないそうだ。

どうせこのあとはギルドに行くか、邸に戻るしか選択肢はない。リオンはあの調子だし、何故か団長も雇い入れる気満々だ。そんな二人を前にして到底逃げきれそうにない。ここはおとなしく頷いておくのが得策か。

ただ、ここは王城だ。殿下と鉢合わせする可能性もある。まあ、殿下はあまり私に関心を持っていなかったし、ルディの格好ならなんとかなるかもしれないけれど……。

ともあれ、リオンの話からすればその『副団長補佐官』は大事な書類とかも見られる立ち位置のはず。そんな役職を私にぽんと預けるなんてリオンはいったい何を考えているのだろうか。それに団長も団長だ。いくら監視のためとはいえ、得体が知れない人物を聖騎士団に雇い入れるなんてよく許可したものだ。だって私から見たって十分怪しいわよ、私。それなのにどうしてリオンはそんなに私を信用してくれるの？

「ねえ、リオン。部外者である僕に大事な書類を見せてもいいの？」

「お前なら問題ない」

「そんなこと断言しちゃっていいの？」

「まず疑わしいやつはそんなこと言わんだろうが」

「うん？　そう、かな？　……まあ、僕を側に置いた方が監視しやすいもんね。それじゃ、今日からお世話になります」

「お前は……」

リオンが何か物言いたげな顔でこちらを見てくる。そんな彼を無視してぺこりと頭を下げると、団長が私とリオンのやり取りに何やら納得したらしく「君なら大丈夫だな」と言って頷いた。

……はて？　何か団長に納得してもらえるようなことをしただろうか？

疑問に思って小首を傾げるも、団長はただにこりと微笑むだけだった。そこで助けを求めるように周りの人たち――聖騎士団第二、第三師団の師団長と部隊長たちらしい――に目を向ける。けれど、その人たちからも笑顔を向けられるだけで、結局団長が何に納得をしたのかはわからずじまいだった。

それからしばらくして。周囲が落ち着いたところで、今後の説明を受ける。

臨時事務員として雇うものの、あくまで私は客人扱いらしい。部屋も先程までいたところを引き続き使用できるようだ。ほかの騎士たちと相部屋になることはなさそうで、ひとまず安心だ。

説明が終わり、リオンが仕事に戻ると言うので彼とともに団長室を辞する。今いた部屋のすぐ隣の部屋が副団長室だそうで、リオンに促されて入った部屋の中は団長室と変わらない設えだった。

先程と違うところと言えば、書類が執務机に山積みになっているところか。

そういえば殿下の机もこんなふうに書類が山積みだったな。決して仕事を疎かにしているわけではないのにあの量だ。きっと今頃人手が足りなくて難儀しているだろう。ちょっと申し訳なかったかな。……いや、殿下が自分で蒔いた種だ。自分で刈り取ってもらおう。それよりもリオンの机だ。きっとイエル村の一件がなくても、彼はスタンピードまでダンジョンに張り付いていただろう。そう考えるとこの量は仕方がないのかもしれない。だとしたら、私の取るべき行動は一つ。

……よし、お妃教育で培った技術を遺憾なく発揮しますか！

そうと決まれば行動あるのみ。リオンから一通りの説明を受けるとすぐに内務に取りかかった。

机は部屋に一台しかないため、応接用のテーブルに向かって作業をする。リオンに背を向ける格好だ。そうして黙々と作業を続けていると、今まで考えるに至らなかった物事がふと頭に浮かんできた。

何故リオンはギルドにいたのだろう。彼の実力ならダンジョンに回った方が戦力になるし、それは団長もよくわかっていたはず。でもそうしなかった。本人はその理由を知っているのだろうか。

仕事中だとは思いつつ、斜め後方のリオンを見る。

「リオン。一つ聞いてもいい？」

「なんだ？」

「なんでリオンはダンジョン配置じゃなかったの？　ずっとギルドにいたよね？」

「ああ、それな。俺だって本当はみんなと一緒にスタンピードに備えたかったさ。だが団長が『お前ならギルドにいても怪しまれることはないはずだ。冒険者たちがダンジョンに来ないようにギルドで見張っておけ』って言ってさ、俺をギルドに回したんだよ。まったく、俺が何したって言うんだ。魔物をたくさん倒そうと意気込んでいたのに」

……ああ、そうか。少しわかった。

副団長である彼がギルドの見張りに回されるなど普通はありえない。それなのにわざと回された。

何故か。

それは、彼がイストゥール侯爵家の次男だったからだ。

リオンは兄であるクラウス様をスタンピードで亡くしており、おそらくその原因となった魔物を憎んでいる。以前ギルドの依頼でグランデダンジョンに行った折、彼は異常な程魔物を睨み付けていた。でも彼は、戦っている私をただ見守るだけ。そこがずっと疑問だった。

今思うと、それらの行動はすべてクラウス様の件によるものだったのではないだろうか。彼がどの様なことを思い、行動するに至ったのか、その経緯はわからない。が、付き合いの短い私でさえ気付いたのだ。日々をともにしている団長たちなら彼の言動にすぐさま気付いたことだろう。そしてその言動から団長たちは、リオンが一人で突っ走ることのないように、意図的に彼をダンジョンから遠ざけたのだと考えられる。

先日のスタンピードの際、私は先陣を切って魔物の群れに突っ込んだ。彼には私の姿がクラウス様の姿と重なって見えたのかもしれない。だからあれ程取り乱したのではなかろうか。

でも、私とクラウス様は似ても似つかなかった。魔法を放っている私を見て、彼はそう気付いたに違いない。それからの彼は自分を取り戻して普通に戦っていたのでたぶんそうだと思う。

ただ、それはあくまでも私の推測にすぎない。彼には私の知らない事情が当然あるはずだから。とはいえ、それは私が安易に触れていいものではない。彼が話したくなったら耳を傾ければいい。

「ん、どうした？」

急に私が無言になったのが気になったのか、リオンが不思議そうな顔で尋ねてきた。

「ううん、なんでもない。ね、リオン。僕は大丈夫だよ！」

「はぁ？」

「僕は強いから負けたりしないからね！」

「そうか。なんかよくわからんが、覚えとく」

「うん！」

にっこりとリオンに微笑みかけると、私は再び視線を落として、彼の内務を手伝ったのだった。

公爵令嬢と聖騎士団

聖騎士団で働くことになった翌日。案内係である見習い騎士に連れられて、私は軍本部の湾曲する廊下を歩いていた。

この湾曲する廊下は、建物の構造上突き当たることもないため、歩いていれば必ず元の場所に戻ってこられるようになっている。加えてどの階も同じような造りなので、一度来ただけでは道を把握できずに大抵の者は迷子になってしまう。『新人泣かせ』と言われるゆえんだ。

その新人泣かせの軍本部は、城の一部である東の大塔を何度も増改築しており、かなりの大きさを誇る建物となっている。城の一部ということもあって無骨ではなく、だからといって華美すぎるというわけでもない。雄大でかつ気品溢れた外観だ。更に内装も城と変わらないので、初めて訪れた他国の為政者たちは、まずこの大塔がグレンディア国軍の中枢だとは気付かない。機密を隠すには誂《あつら》え向きの場所だと言えよう。

そんな大塔は、東西南北と中央の五つの区画に分かれていて、南から時計回りに近衛騎士団、聖騎士団、傭兵師団、魔法師団、といったように各団に一つずつ区画が割り当てられている。

残った中央区画は内務担当の役人が働くところだ。四階には会議室があり、どの区画からでも行けるようになっている。仕事の効率化を考えれば自然とそうなるのだろう。

中央以外の各区画の一階には訓練場があり、そこではそれぞれの団が別々に訓練できるようになっている。中でも東の訓練場は壁が頑丈になっていて、結界魔法が幾重にも張り巡らされてあるのだとか。まさに魔法師団ならではの訓練場だ。

昨日団長から、魔法が使いたいのならそこで魔術師と一緒に訓練するといい、と言い渡された。ただし爆撃魔法はやめてくれ、とも。ほかの魔法なら放っても構わないようだ。

ただリオンは私が魔法師団の区画に行くのは反対のようで、内務のお手伝いをしていた時に、命が惜しくば魔法師団の区画には行くな、と少し強い口調で言われた。

でもなんで命の話になるのだろう？　全くわからない。とはいえ、リオンは確信をもって言っていたので何かあるに違いない。そうでなくてもお兄様に見つかる可能性があるし、命は惜しいので魔法師団の区画には極力行かないことにする。

それはさておき、ここで働くに当たってグレンディア国軍について知っていることを簡単におさらいしておこう。

グレンディア国軍は大きく四つの団に分かれており、それぞれに役割が与えられている。

まずは王家を守る騎士。近衛と呼ばれる者たちだ。正式名称は『近衛騎士団《ケーニヒリッター》』で、近衛騎士団の長を『近衛長』、次位を『近衛副長』と呼んでいる。師団は存在せず、第一から第三の三つの部隊に分かれているだけだ。彼らはその名の通り王族しか守らない。戦争になっても遠征する必要はない。

次に、国や民を守る騎士。一般的に騎士と称される者たち。正式名称は『聖騎士団《ハイリヒリッター》』で、聖騎士団の長を『団長』、次位を『副団長』と呼ぶ。全部で十三の師団に分かれており、第一から第十一までの師団は更に三つの部隊に細分される。なお、第十二師団と第十三師団は少し特殊なのでその限りではない。彼ら騎士の任務は、王都の警邏《けいら》、国境やダンジョンの警備など多岐《たき》にわたる。

次に、魔法を放つ者。国に忠誠を誓った魔術師たちのことだ。正式名称は『魔法師団《ツァオベラー》』で、魔法師団の長を『師団長』と呼び、次位は『副師団長』と呼んでいる。魔法師団は五つの師団に分かれており、第四師団までは先に同じく三つの部隊に分かれているが、第五師団は戦闘しないので部隊は存在しない。

ちなみに、第四師団は先日出会ったヴェローニカが纏める魔法騎士隊で、第五師団はお兄様が所属する魔術研究・開発部門だ。第四と第五は師団区分とされているものの師団とは呼ばれておらず、それぞれ『魔法騎士隊』『魔術機関』と呼ばれている。

最後に国に雇われた傭兵たち。正式名称は『傭兵師団《ゼルトナー》』で、傭兵師団の長を『傭兵長』、次位を『副兵長』と呼ぶ。第一から第五の師団に分かれており、部隊は存在しない。彼らは基本自由だ。戦争の際には臨機応変に行動して武勲をあげてもらうのみ。

そして、各団の上には『将軍』と呼ばれる統率役が存在している。将軍は各団を指揮するのが務めだ。とはいえ、将軍からの指示が絶対に必要というわけでもない。いざという時は各団のトップと、状況次第では次位が己の采配《さいはい》を振ってもよいとされている。そうでないと被害が拡大してしまう場合もあるからだ。言ってしまえば『臨機応変に対応を』ということである。ゆえに、今回のグランデダンジョンの件では一概にリオンが悪いとも言いきれない。ただ、彼が上の命令に背いたのは事実だ。しかしそれに対する処罰は既に科せられたため、これ以上は誰もとやかく言うことはできない。

「着きました」

見習い騎士の声で我に返る。そこは、一階にある聖騎士団の訓練場だった。

中に入ると既に騎士たちが整列しており、見覚えのある顔がそこかしこに見受けられた。騎士たちは私の姿を見るなりどよめきだす。どうやら何も知らされていなかったようだ。

リオンに手招きされて彼の隣に立つ。今日のリオンは昨日とは打って変わって簡素な制服だ。

昨日は夜に慰労だか祝賀だか、とにかく即席のパーティーが催されたらしい。そこに陛下と殿下が参加するとお達しがあったため正装になったのだそうだ。

パーティーの話を聞いた時、リオンが気を遣って『お前も来るか？』と言ってくれたけれど、首をぶんぶんと横に振って断った。ルディがマルティナだと陛下や殿下に見破られたら今度こそ逃げ切れない。やはりここで働くのは軽率だっただろうか……。

「皆聞いてくれ！　彼は一昨日のグランデダンジョンで魔法支援をしてくれた冒険者のルディだ。今日から俺の補佐に回ることになった。よくしてやってくれ」

「「はい！」」

威勢の良い声が辺りに響く。ただ、その顔は少し驚きの色が含まれていた。私がここで働くのを知っていたのは地位がある人たちだけなので、その反応は当然だろう。

ちなみに、私がここで働くことが決まったのが昨日の午前中のこと。決まったあとギルドに顔を出していなかったのを思い出した私は、すぐさまリオンの許可をもらい、急いで任務完了の手続きをしにギルドに行った。手続きは拍子抜けする程あっさりと終わり、その帰りに今後必要な物を買い揃えることができたので、発端はどうであれ結果的に満足している。

そもそも城に滞在するにあたり、生活必需品をどうするかが悩みの種だった。いくら同性とはいえ、ここのメイドに女性ものの下着を頼むことなどできるはずもない。メイドに頼むということは『私は女性です』と告白するようなもの。メイドからリオンたちに話がいって、それが殿下の耳に届くことだってあり得る。それだけは絶対に避けたかった。

幸い月に数回休みがあるらしいので、それを利用して自分で買いに行くことになるだろう。こんな時は何も知らないお嬢様でなくてよかったと思う。いや、普通はそうあるべきなのだが。

「副団長。彼は我々より年下に見えるんですけど、いったいいくつなんですか？」

「十五だ。当然お前たちより年下だ」

「成人もまだなんですか⁉　それであの強さ……。さすが英雄……」

一人の騎士が驚いた様子でこちらを見る。それを微笑んでやりすごす。口が裂けても私が成人しているとは言えない。

この国の成人年齢は十六歳だ。私が殿下の正式な婚約者になったのもその時である。ただ婚約は白紙に戻されているし、それはもう終わった話なので正直どうでもいい。それよりも先程の最後の言葉だ。英雄とはリオンを指す言葉のはず。どうして私に言うのだろうか？　首を捻るけれどさっぱりわからず、気付いたら眉間に皺が寄っていた。

そんな私に気付いたのだろう。リオンが困った子を見るような目で私を見てきた。

「お前な、気付いていないようだが今回の真の英雄はお前だからな？」

「は？　なんで？」

「そりゃそうだろう。魔物の大半はお前が倒したんだ。俺はお前をダンジョンに連れていったにすぎない。お前がいなければ死んでいた者だっているんだから当然の結果だろう？」

「えぇ……。僕はただ魔物を倒しただけなのに」

「諦めろ。それより上の連中がお前を表彰したがっていたぞ？　俺が止めておいたが時間の問題かもな」

「うぇっ⁉」

リオンの言葉に自分でも驚くくらい変な声が出た。表情も相当酷いらしく、リオンに「苦虫を噛み潰したような表情だな」と突っ込まれてしまった。これはいけない。公爵令嬢としてはいささか問題のある言動だ。でも今だけは大目に見てほしい。だって私は心の底から軍上層部と関わりたくないのだもの。

軍上層部……リオンが言うところの『上の連中』とは、軍の第一線を退《しりぞ》いた人たちのことだ。元近衛長とか元副団長などの厄介な肩書と発言力を持つ。そのため彼らとは、殿下の婚約者として嫌々ながらも何度か会っていた。

その彼らに会う。それはすなわち、ルディが公爵令嬢《マルティナ》だと彼らに気付かれる蓋然性《がいぜん》が高くなる、ということにほかならない。彼らは本当に恐ろしく、ルディの正体を知られたが最後、あっという間に周りを囲まれて逃げることもかなわないだろう。リオンが先手を打ってくれたことに、今はただ感謝するばかりだ。

とはいえ、リオンの制止がどこまでもつかはわからない。彼が抑えてくれている間に会わずに済む方法を考えなくては……。さて、どうしたものか。

「そんなに嫌なのか？」

「当然」

「なら、褒賞が貰えるはずだからそれを『自分に関わるな』にすればいいんじゃないか？」

「!!」

リオンの言葉に衝撃が走る。

確かに彼の言う通り褒賞を『自分に関わるな』にすれば、そしてその褒賞をあらかじめリオンや団長から伝えてもらえれば、私はこの先ずっと軍の重鎮たちに会わなくて済む。うまくいくか不安は残るものの、やってみる価値はあるはずだ。

「リオン!!」

「な、なんだ?」

興奮のあまりつい声が大きくなり、それに驚いたリオンがどもった。そんな彼を無視して話を続ける。

「それだよっ！　君って頭いいね！」

「お前、それ褒めてないだろう？」

それは誤解だ。私ではそんな大胆な考えは浮かばない。心から賞賛しているのだと彼に伝える。

「そんなことないよ、思いきり褒めてる！　だから上にそのこと伝えてね！」

「くそっ！　素直に喜べねぇな！」

あ、言い方間違った。リオンが拗ねている。

彼の前だとつい気が緩んでしまって……ってそんなことはどうでもいい。とりあえずフォローしなくては。

「あの、リ……」

「申し訳ありません、遅れました！」

言い間違いを訂正しようとした私の声を遮って、入り口の辺りから若い女性の謝する声がした。

「構わない。所用を頼んだのはこっちだ」

皆が一斉に声の主に視線を向ける中、団長が表情一つ変えず、振り返りながら女性に返事をする。

私も彼らにつられるようにその声の主に向き直り、そしてぴたっと動きを止めた。

「っ!?」

……何も考えられない。

鈴を転がすような可愛らしい声は、知り合いの声に似ていると確かに思った。ただ、はきはきとした口調に覚えがなかったため別人だと思っていたのだ。それゆえ彼女の姿を見て、私の思考は完全に停止してしまった。

「……ア、アマリー？」

ようやく紡ぎだした言葉は彼女の愛称のみ。でも、それが多少呼び水になったようで、ゆっくりと頭が動き出す。

「え？　……はっ⁉　え、うそ。なんでティ、むぐっ」

訝るように私を見ていた彼女が唐突《とうとつ》に目を見開いて吃驚《びっくり》したかと思えば、困惑と思《おぼ》しき表情を浮かべて私の愛称を呼ぼうとした。それに気付き、慌てて駆け寄り彼女の口を手で覆う。

「どうしてアマリーがここに？」

周りの様子をちらりと窺いつつ手を離すと、彼女にだけ聞こえるように声を落として話をする。すると、察した彼女がこちらに顔を寄せた。

「それはこちらのセリフです。私が聖騎士団所属になったことはご存じでしょう？」

「あ……そうだったわね、ごめんなさい」

……いけない、いろいろあってすっかり忘れていたわ。

慌てて謝罪をすると彼女が頭を振った。

「大丈夫です。それよりティナ様はどうしてこちらに？」

「私、今日からここにお世話になるのよ。ルディという名の少年の姿でね。それでアマリーにお願いがあるの。うまく調子を合わせてもらえないかしら？」

「それは構いませんが、何故少年の姿を？　その切られてしまった髪と関係あるのですか？」

「ええ。私の話は知っているでしょう？」

わずかに眉を顰《ひそ》めてこくりと頷く彼女は、学院で何が起こったのかその詳細を知っているようだった。ゆえにそこは省略して話す。

「冤罪に巻き込まれそうだったから、逃げるために髪を切って少年になったの。これなら私だってすぐに気付かないでしょう？　で、そこまではよかったんだけど、婚約が白紙に戻ったというのに殿下が私を捜しているのよ。だからあまり人に知られるわけにもいかなくて、そのままずるずるとここに……。エミィから何か聞いていない？」

私が尋ねると彼女は考え込むように顎に人差し指を添えて首を傾げた。

「エミィからですか？　いいえ、何も。毎日朝食時に顔を合わせていますが何も言っていなかったです。あ、でもティナ様のことを心配していましたよ」

「アマリーったら、同い年なんだから敬称をつける必要なんてないのに」

「私が一方的に尊敬しているのでいいんです」

彼女はそう言ってにこっと微笑む。

アマリーは私とエミィ――エミーリエ・パウラ・ローエンシュタイン侯爵令嬢と同い年で、更にエミーリエとアマリー――アマーリエ・ラウラ・ローエンシュタイン侯爵令嬢は姉妹の関係だ。それも年子ではなく、双子である。だが、アマーリエは私を『ティナ様』と呼ぶ。それは私たちがまだ小さい頃、二人が公爵邸《うち》に遊びに来た時の出来事に起因する。

二人が遊びに来た時、私はお母様から剣の指導を受けていた。それを見たアマーリエが何故か私に一方的な憧れを抱いたのだ。そうして彼女は私に倣《なら》うように剣術を習い始め、反対する侯爵様た

ちを説得して、侯爵令嬢であるにもかかわらず強引に騎士養成学校に入ってしまった。だが、彼女の凄いところはここからだ。私たちよりも一年早く学校に入学したアマーリエはみるみる才能を伸ばし、昨年男性顔負けの首席で学校を卒業し、そのまま聖騎士団に入った。その後、実力主義である聖騎士団の中でどんどん昇進していった彼女は、第一師団第三部隊の部隊長に抜擢されるまでに至った。

ちなみに、エミーリエとアマーリエは双子ということもあり、その容姿はある大きな一点を除いてとてもよく似ている。癖のない艶《つや》めくブルネットの髪も同じだ。エミーリエが髪を下ろしている一方で、アマーリエは一つに纏めている。

また、ガーネットの如く輝く瞳と、整った容貌も瓜二つだ。それゆえ見分けるのが大変かと思いきや、姉であるエミーリエが悩ましい姿であるのに対して、妹のアマーリエは明るく元気な女の子といった姿なので、たとえ同じ格好をしたとしても一目で見分けがつく。

「話はまとまったか？」

「わっ⁉」

「きゃ⁉」

顔を近づけてひそひそと話し合っていた私たちの頭上から突如リオンの声が降ってきて、私とアマーリエの肩が同時にびくりと跳ねた。

「リ、リリリ、リオン！　びっくりするじゃないか！」

「お前たちがこそこそ話してるからだろうが。皆待ちくたびれてるぞ」

「あ、ごめん。今行く」

「リオン?」

アマーリエが不思議そうに私たちを見る。そういえば彼女は、私たちの間柄を知らないのだったか。

「ああ、アマリーは知らないか。彼は冒険者ギルドで僕の相棒だったんだ。リオンというのはギルドの通り名だよ」

「なるほど、了解です」

「んで、お前たちの関係はどういったものなんだ?」

「幼馴染だよ」

「へぇ……幼馴染……」

リオンが『本当かよ』と言わんばかりの顔でこちらを見てくる。嘘ではないのだけれど、今までいろいろとはぐらかしすぎたかなぁ。

とにかく、ずっと入り口で立ち話をしているわけにもいかないので、ひとまず団長のところに戻る。すると一緒に移動していたアマーリエが騎士たちの方には行かず、団長のところに留まった私の隣で立ち止まった。

「……アマリー?」

不思議に思い彼女を見ると、彼女はリオンの方を向いてギラリと目を光らせていた。あ、これはまずい。

「副団長は私たちが幼馴染だって信じていないんですよね?」

「まあ、そうだな」

「でしたら私が特別にルディ様の……」

「そ、そうだ！　リオン、ここにいるみんなを僕に紹介してもらえる？」

アマーリエが手を胸の前で組み、夢見る乙女よろしく語り出したので、慌てて彼女の話を遮り、中途半端になっていた話の続きをリオンに促した。

「ああ、そうだったな。だが、いいのか？」

リオンがアマーリエにちらりと視線を向ける。つられて私も見れば、彼女は既に自分の世界に入っていて、こちらの会話は聞こえていないようだった。でもこれはいつものことだ。

「アマリーはこの手の話になると長くなるんだ。害はないからほっといていいよ」

「そうか？　ならいいんだが……ルディ、彼らは第一師団の騎士だ。困ったことがあれば助けてもらうといい」

「初めまして、ルディです。どうぞよろしくお願いいたします」

騎士たちの顔を端から端までぐるりと見回し、手短に自己紹介をして頭を下げる。直後、歓迎の声とともに盛大な拍手が起こった。

どうやら挨拶はうまくいったようだ。ほっと胸を撫で下ろす。すると、端の方で何かがすっと上がるのが見えた。よってすぐさま反応し、そちらに顔を向ける。そこにいたのは一昨日イェル村で会ったあの二人組だった。手を上げて挨拶してくれたらしい。実に友好的な態度だ。でも、私は例の件をちゃんと覚えていますからね？

「あ、一昨日僕を口説いた人だ！」

「ブフッ！」

「おまっ！　それわざとだろっ！　わざと言ってるんだよな⁉」

私の言葉にノアと名乗っていた騎士が堪えきれずに吹き出し、口元を押さえて顔を背ける。

一方フィン、だったか。彼はお行儀悪くも私を指さして顔を真っ赤にしている。

更に、私の話を聞いて騒めく周囲。なかなかの混乱具合だ。

「だって本当のことじゃないか」

「フィン、いくら美形だからって男にまで手を出すとは……」

一人の騎士が驚愕の色を見せながらフィンに言う。周りの騎士もうんうん、と同意しているようだ。ノアに至ってはいまだに復活できておらず、震えながらも笑いを止めようと奮闘している。

「お前が女装なんかするからだろうが！　あれで男だと気付く方がおかしいわ！」

「女装？　ルディ様、そんなことをしたんですか？」

いつの間にか向こうの世界から戻ってきていたアマーリエが、わずかに驚いたような顔をして私に尋ねてきた。

「イエル村の一件で仕方なくだよ。リオンにやらされたんだ」

あの時のことを思い出し、ふて腐れた表情を浮かべて答える。すると、アマーリエが「どんなお姿だったんですか？」と耳打ちしてきた。そのため「月の妖精よ。完全形」と彼女に倣い耳打ちで返す。直後、アマーリエが可哀想なものを見るようにフィンを見た。

「フィン、ご愁傷様。とっても儚げな美少女だったでしょう？」

「隊長わかってくれるのか⁉」

「ええ。あれに敵う少女なんてこの世に存在しないわ。それだけならまだしも『何故追求したのか？』と言わんばかりの、可憐な姿にそぐわない我儘ボディー。世の男性たちが（ダンスの相手として）挙《こぞ》って立候補する勢いだもの、仕方がないわ」

アマーリエが両手で私の体のラインを描きながら言う。そのラインのなんと大袈裟なことか。私はそんなたいそうな容姿ではない。特に胸部なら彼女の姉であるエミーリエの方が素晴らしいではないか。

彼女の言葉を否定しようとして、顔を向ける。その瞬間、始終感じていた騎士たちの視線が、なんとなく異質になっていることに気付いた。何事かと周りを見れば、ほかの騎士たちが皆ごくりと喉を鳴らし、期待を込めた眼差しでこちらを見ている。

「な、なんですか？」

「ちょっとだけでも女装してもらえない？」

なんて勇気ある発言！　でももっといい場面で言ってもらいたかった。内容が内容で残念すぎる。

「ダメだ」

騎士の願いを断ろうと口を開くと、私が言葉を発するよりも早くリオンが却下した。何故かリオンの顔が少し青ざめている気がするのだけれど？

「どうしてですか副団長！　副団長がさせたって今、彼が言ってましたよ？」

「どうしてもこうしてもダメなものはダメだ。それと言い忘れていたがルディが前線に出ることはまずない。あくまで彼は騎士ではなく補佐官という役職だ。それだけは覚えといてくれ」

リオンは頑なまでに騎士たちの懇願《こんがん》を拒絶していた。おそらく、少し前に私が釘を刺したためだろう。ほかのみんなもリオンには逆らえないようで、彼の言葉に文句を言いながら渋々頷いていた。

それにしても、何故みんなそんなに私の女装（と言ってよいものか）が見たいのだろうか？　さっぱりわからない。けれど、みんなが見たいというのならば、あの姿になったって一向に構わない。

だが、心情的にはよくてもここは王城だ。イェル村と違い、私を知る者は多い。ここでは正体がばれないように、おとなしくしておいた方がいいだろう。

そうそうイェル村と言えば、村で暴れていた賊たちは皆牢に繋がれたそうだ。リオンが『これからじっくり取り調べするぞ！』って意気込んでいたっけ。やはり悪いことはできないわね。ちゃんと真面目に働かなくては。

「団長大変です！」

和やかな雰囲気にそぐわない、緊張を孕んだ声に意識を戻され、そちらに目を遣る。

そこにいたのは一人の騎士。確か一昨日、グランデダンジョンに続く道で見張りをしていた騎士の一人だ。リオンに押し切られて泣きそうな顔をしていたけれど、処罰は受けなかっただろうか。気になって隣のリオンにこっそりと尋ねれば、彼らの処遇について教えてくれた。それによると、見張りの二人は口頭で注意されただけで、ほかに咎《とが》はなかったらしい。リオンのことがあるから素直に喜べないものの、ちょっとだけほっとした。

「どうした？」

「実は北でいざこざがあったらしくて……」

……北？　それってクルネールのこと？

北でいざこざと言えば、大抵はクルネールとその隣にあるガルイア帝国の小競り合いのことを指す。基本ガルイアが仕掛けてきてクルネール私軍が追い払うという図式だ。

ただ、いくらクルネールにそれ相応の力があるといっても、相手は国家だ。たとえ小競り合いだったとしても、それを一辺境伯家の力だけで防ぐには限度がある。ましてや小競り合いが本格的な戦争になることもあるのだから、心配もするというもの。

「……わかった。引き続き情報収集に当たってくれ」

「は！」

「団長」

報告に来た騎士が踵《きびす》を返して去っていく。入れ替わるようにリオンが団長に声をかけた。

「エリオット、皆も聞いてくれ。たった今クルネールから連絡が来た。隣がまたちょっかいをかけてきたらしい。今回もなんとか被害を出さずにあしらえたようだが油断は禁物だ。遠征も視野に入れ、気を引き締めて過ごすように！」

「「はい!!」」

ああ、よかった。叔父様たちは無事のようだ。いつものこととはいえ、毎回話を聞く度にひやりとする。とにかく何事もなかったようで安心した。

「しかしなんだってこのタイミングで……」

「あ……」

安堵したのも束の間、リオンの言葉にはっとする。言われてみれば確かにそうだ。

一昨日のグランデダンジョンの一件から間を置かずに今回の小競り合い。偶然で済ませるには少々タイミングが良すぎる気もする。ただ、偶然だと言ってしまえばそれまでで、根拠がない話であることも確かだ。

おそらく上もその可能性に気付いているだろう。だとしたらこれ以上首を突っ込まない方がいい。考えるのは上の仕事。黙って上に任せておこう。

リオンたちもそう判断したのかこの話はそこで終わり、初顔合わせもすぐに終了となった。ほかの師団の人たちは、また今度紹介してくれるそうだ。一度に数百人の顔と名前は覚えきれないので正直その配慮はありがたい。とりあえずは仕事を覚えるとともに、第一師団の騎士たちの顔と名前を覚えよう。当分の間忙しくなりそうだ。

改めて第一師団のみんなに視線を向けると、一人『頑張るぞ!』と気合いを入れたのだった。

公爵令嬢と噂話

「よっ、ルディ! どこ行くんだ?」

軍本部を出たところで声をかけられ、振り返る。そこにはフィンとノアがいた。本当に仲の良い二人だ。

「あ、フィンさん。ノアさんも。これから聖騎士団の宿舎におつかいに行くんですよ。『急ぎの書類だからお前が行け』ってリオンに命じられちゃいました」

そう言って持っていた書類入りの封筒を、彼らに見せるようにひらひらと振る。

私に書類を託した当の本人は、先程ぶつくさ言いながら会議室に向かった。正確には『渋るリオンを私が宥《なだ》め賺《すか》して向かわせた』だ。今頃虚《うつ》ろな目で会議に臨んでいるだろう。会議の日はいつもこうだ。いい加減面倒になってきたし、なんとかならないものだろうか？　もっとも、彼の気持ちはよくわかるので、つい甘やかしてしまう私も悪いのだが。

「ま、それも補佐のうちだな。俺たちはこれから外回りで職人街に行くが、途中まで一緒に行くか？」

「え、いいんですか？」

「構いません。方向は同じですしみんなで行きましょう」

どうやら今日は彼らの所属する第三部隊が職人街を警邏するようだ。私が向かうのは庶民街にある聖騎士団の宿舎なので、向かう方向としては同じだ。そのため、フィンの誘いに応じて庶民街まで一緒に行くことにした。

庶民街までは距離があるので馬で行く。馬は騎士に一頭ずつあてがわれており、私も少し気性が激しく誰も乗り手のいなかった一頭の牝馬《ひんば》を借り受けた。客人扱いの割には至れり尽くせりだ。

馬の名前はティーナ。栗色の鬣《たてがみ》とくりっとした愛らしい瞳を持つ若い馬だ。出会って一目で気に入り『私もティナと呼ばれているのよ。一緒ね』と鼻を優しく撫でつつ囁いたら、彼女が私の顔に鼻をすり寄せてくれた。それから私たちはとても仲良しだ。

今日もティーナはご機嫌で、私を背に乗せるや嬉しそうに歩き出す。それを見たフィンが「お前好かれてるな」と笑いながら言った。

あのスタンピードから数か月。リオンの補佐として内務に当たる日々は実に充実していて、気が付けばあっという間に月日が流れていた。その間邸に戻ることはなく、定期的にお父様に連絡をしている程度だ。もちろん聖騎士団にいることは告げていない。もし私が聖騎士団にいるとわかったら、知ったその足で『会いたかった！』と聖騎士団に乗り込んできそうだからだ。正体がばれるのは勘弁してほしいし、殿下に知られるのは御免蒙《ごめんこうむ》りたい。

本当は何か月も家出をしている状態なので、一度邸に帰らなくてはならないのだが、どうしたものか殿下が私の捜索を諦めてくれないのだ。最近ではほぼ毎日『ティナはまだ見つからないのか？』と公爵邸を訪ねてくるそうで、迂闊《うかつ》に帰ることもできない。

そのことについてはお父様の手紙にも、十二分に気を付けるようにと書かれてあった。……お父様に警戒されるってどれだけですか。まったくもって迷惑な。あ、本音が……。

まあそんなわけで、私は今もここ――聖騎士団にお世話になっている。でも、いつまでもこのまというわけにもいかない。そろそろ重い腰を上げなくては。タウンハウス街の邸にせよ公爵領の本邸にせよ、帰るならば何かしらの策を講じておかなければならないだろう。

ただ、お父様は今も『気が済むまでゆっくりしていい』と言っている。普段はあまり私を外に出したがらないお父様がそんなことを口にしており、かつ発言の撤回もないことから、何か考えがあるのだと思われる。それは、私がいるとできないことか、逆に私が外にいないとできないことか……。いずれにせよ、お父様の考えていることはいまだ達成されていないと考えてよい。

しかしながら、お父様の考えていることとは数か月もかかるものなのだろうか？　それとも、私を慮《おもんぱか》って吐いた嘘だったのだろうか？

疑問には思えど、それを直接お父様に尋ねたところで教えてはくれないだろう。執事のハンネスならば何か知っているのかもしれないけれど、彼は基本お父様の味方だ。はぐらかすだけならまだしも『代わりに居場所を教えろ』とか『家出を終わらせて戻ってこい』とか言われたら困る。だって私はまだまだ聖騎士団に居たいのだ。たとえ、初めの頃のようにいろんな人に絡まれたとしても……。

今にして思えばあれが『新人いびり』と呼ばれるものだったのだろう。ここに来たばかりの頃はしょっちゅうほかの師団の人たちに絡まれた。一人で廊下を歩いている時に因縁《いんねん》をつけられたりだとか、訓練場の近くを通ったら何故か片づけを押し付けられそうになったりだとか。まあ、多少目に余ることはあったものの『如何なる時も騎士たれ』と徹底的に教え込まれてきた彼らに暴力など振るえるはずもなく、絡みの程度も可愛いものだった。

それにここだけの話、令嬢たちの仕打ちの方がえげつない。だから彼らの仕打ちなど痛くも痒くもなかった。

そんな状態がしばらく続いたあと、ある日を境に新人いびりがぴたりとやんだ。

何故かと考えてみたけれど、直前に起こった出来事で原因となりそうなものと言えば一つしかない。油を売っていたリオンを、怒った私が追いかけ回したことだ。訓練場に大小さまざまな穴を拵《こしら》えたのは何を隠そう私である。ただ、あのあと団長が悲愴な顔で懇願してきたため、風を纏って物を殴るのは魔法師団にある訓練場のみとなった。そしてその一件以来、新人いびりと思しき行為は鳴りをひそめた。

それが聖騎士団に身を寄せて一か月が過ぎた頃だったか。当時もさることながら今では更に笑い話だ。

そんなわけで、対人面はそれなりに良好だと言えよう。仕事面においても、問題なくこなせている……と思う。

私の仕事は副団長補佐官という役職名の通り、事務仕事が主だ。リオンの執務室である副団長室で行なっている。副団長室に入ると、正面窓際にリオンの執務机、そこから三時の方向に、中央を向くように置かれた私の執務机がある。入り口にもリオンのところにもすぐに移動できるようにとその場所に置かれた。机に向かって座れば後ろに書類棚があるので、必要な書類を探すのも楽だ。利便性を考慮した配置のおかげで、あっという間に仕事が片づく。

むろんそれだけで仕事が片づくならそんな簡単なことはないし、誰だってやっているだろう。実際はリオンの能力によるところが大きい。彼は侯爵家の仕事を手伝っていることもあって、内務をそつなくこなす。間違いも少ない方なので、私としては実に補佐しやすい。

ただ、本人はじっとしているより体を動かす方が好きらしい。目を離すとすぐに訓練場に行ってしまう。

でもあの一件以来、訓練場に行く際には私に断りを入れてくれるようになったし、余程急ぎの用でなければきりのいいところまで終わらせてから行くので、私も彼にとやかく言うようなことはしていない。

「……ディ。おい、ルディ聞いているのか？」

庶民街に入る手前で馬を預けた私たちは、大きな通りをてくてくと歩いていた。その最中、いつの間にか物思いに耽っていたらしい。不意に名前を呼ばれて我に返った。頭を上げてフィンの顔を見れば、彼は不満げな表情でこちらを見ている。いや、そんな顔をされても……。だってフィンの話は、どうせいつもと同じだ。聞き流しても問題はない。

「あ、ごめんなさい。考え事をしてて……。でも、フィンさんの話は『彼女作れ』ってものでしょう？　聞き飽きたよ」

「言われたね、フィン」

「うっせー。だがな、本当作っていて損はないぞ？　俺が今度ちょっとしたコツを伝授……」

「あ、アマリー！」

「えっ⁉」

そんなフィンも、上司のアマーリエ隊長には頭が上がらないらしい。活を入れるために彼女の名を出せば、途端にフィンの背筋がぴんと伸びた。それと同時にきょろきょろと辺りを見回し、アマーリエを探し始める。

だが、もちろんアマーリエが近くにいるはずもない。何故なら——

「嘘だよ」

「騙《だま》したのかっ⁉」

騙したとは人聞きの悪い。フィンが真面目にお仕事しないからですよ。

ちろっと舌を出して小走りでその場から離れる。目的地はすぐそこだ。

「すぐそこまでだけど気を付けて！」

「最近街に人攫《さら》いが現れるって話だからお前も気を付けろよ！」

「うん、ありがとー！　またあとでね！」

振り返ると二人の声に応えるように大きく手を振る。フィンは怒っていないようで私に軽く手を上げて返してくれた。ノアも同様だ。

一頻《しき》り手を振ると再び向きを変え、軽やかな足取りで聖騎士団の宿舎へと駆けた。


「はい、確かに副団長さんからの手紙と書類を受け取りました。ご苦労様です、ルディ君」

宿舎に着くなり事務室に顔を出して、持ってきた書類を管理人に渡す。管理人はその書類を受け取り、私に労いの言葉をかけてくれた。これで私の役目は終了だ。

さっさと本部に戻ろうと事務室を辞し、入り口へと向かう。その途中、廊下で非番の騎士数人とすれ違った。

「しっかし、いつまで牢に入れておくつもりなんだろうな。また例の令嬢に陥落したやつが出たんだってよ」

「ああ、あれだろう？　王子の婚約者だった公爵令嬢を陥れようとして捕まったっていう元子爵令嬢だろ？」

……ん？　この話って……。

「そう、それ。ここだけの話、だいたいの刑は決まったんだが、公爵令嬢の父親……つまり公爵だな。が『更に重い罰を』と言っていまだに刑が定まらないんだとか」

「マジかよ。俺今度当番なんだけど……」

「その話、詳しく教えてくれない？」

騎士たちの話に思わず口を挟む。聞いたことのある話だったので、気付いたら足が勝手に騎士たちの方に向いていた。

「うわっ！　なんだよ」

「あんた確か副団長の補佐の……」

「あ、ルディです。それでさっきの話を詳しく教えてもらえませんか？」

軽く頭を下げると騎士たちに詳しい話を尋ねる。

最初彼らは会話に割り込んできた私に驚いていたが、私が誰かわかるとすぐに警戒を解いた。そうして、一人が口を開く。

「別にいいけどよ、聞いてもあまりあちこちで話すなよ？　そういえばお前、話す前にこの件の全容は知っているのか？」

知っているも何も当事者です、とは口が裂けても言えないので、世間で噂されている話を基《もと》に答える。

「確か王太子殿下が、婚約者とは別の令嬢に懸想《けそう》したことが発端だったかな？　殿下は正妃にするつもりはなかったけど、その令嬢が欲をかいて正妃の座を狙い、邪魔だった公爵令嬢に濡れ衣を着せて失脚させようとしたんだよね。で、いざ公爵令嬢を嵌めようとしたらその前に令嬢が逃げちゃって、その後殿下と公爵令嬢の婚約が破棄されたんだったかな」

「白紙だよ。溺愛する娘がいなくなってしまったから公爵がかんかんで、王城に殴り込みに行ったって聞いたよ」

……うわぁ。お父様そんなことしたんですか。そこまでは知らなかったわ。

「それでどうなったの？」

「ああ、それで公爵は娘の失踪に関わった者たちに制裁を加えるべく動いたって話さ。子爵令嬢の取り巻きだった者たちの話は知ってるか？」

ブルノー公爵家のカミル様と宰相《さいしょう》子息のアンゼルム様のことだろうか？　その二人なら事件から二週間後に処分が下った、とお父様の手紙に書かれてあった。

お父様は二人の身分を剥奪《はくだつ》するように二人の家に要求していたみたい。その結果、アンゼルム様だけが庶民になったらしい。それというのも、ブルノー公爵がお父様に頭を下げて、カミル様が庶民に下るのを勘弁してもらったからだとか。

ブルノー公爵は子を愛しており、カミル様も例外ではなかった。そのため、カミル様を庶民にすることがどうしてもできなかったそうだ。それでお父様に頭を下げて、ブルノー公爵領の僻地《へきち》にある塔に幽閉することで示談にしてもらったらしい。お父様がブルノー公爵に貸しを作った形だ。

一方、宰相家の方はお父様の要求を呑んでいる。宰相家が伯爵位だったからだ。いくら宰相に力があるとはいえ、さすがに伯爵が公爵に盾突くような馬鹿な真似はできなかったのだろう。

加えて、アンゼルム様の母親が庶民であったことも大きい。アンゼルム様は庶民街で育ち、母親が亡くなるのと同時に伯爵家に連れてこられた。ゆえに義母である正妻との折り合いが悪く、普段から家名を名乗ることを禁じられていた。

そこにきてあの事件だ。元庶民の彼ならば伯爵家と縁を切っても問題ないと判断されたのだろう。多少の手切れ金とともに伯爵家を追い出されたそうだ。

これが私の知る二人の処遇。余計なことを省きつつその話をすれば、目の前の彼は満足そうに一つ頷いた。

「彼らはすぐに処罰されたため公爵も溜飲が下がったようだ。だが、まだ制裁を加えていない者がいただろう？」

「ハインミュラー子爵令嬢」

「ああ。令嬢だけだったら国外追放で済んだらしい。が、子爵もこの件に噛んでいた」

ユリアーナ嬢は最初の取り調べであっさりと全容を語ったそうだ。その話により子爵の関与も出てきて子爵も取り調べたと聞く。結果子爵は真っ黒で、あろうことか王家乗っ取りを画策していたことが判明した。当然子爵家は取り潰し、子爵も極刑となり、少し前に庶民街にある広場で公開処刑が執り行なわれた。

「公爵は子爵が極刑なら娘もそうだろうと提案したが、さすがに重すぎるのではないかという意見もあって、議会は荒れてるって話さ。それで数か月が経った今も件《くだん》の令嬢は牢の中ってわけだ」

そんなことになっていたなんて知らなかった。どうりで彼女の話を聞かないわけだ。こんな外聞の悪い話を世間に流すわけにはいかないもの。おそらく国は外部に漏れないように手を回していたに違いない。

逆にお父様は都合が良かったはず。なにせ私に悟られないようにするためだけに家出を容認し、引き延ばしたくらいだものね。

すべては私に内緒で彼女を処分するため。それがお父様の『考えていたこと』だったのだろう。いくら調べてもわからなかったのに、こんなところで判明するなんて皮肉なものだ。

お父様はたぶんすべてを終わらせたあと、何食わぬ顔で私に彼女のことを告げるつもりだったのだろう。私に甘いお父様らしい。

でもだめだ。これは私が終わらせないと。

私はユリアーナ嬢になんの怨みもない。むしろ『婚約を白紙に戻す《自由になる》きっかけを与えてくれてありがとう』とお礼を述べたいくらいだ。だから正直、私の所為で極刑になどなってほしくない。

……今からでも間に合うだろうか。

「……んでな、それだけならまだしも、令嬢は人誑《たら》しだと聞く。現に……」

「すみません、副団長に用を言い付かっていたのをすっかり忘れてて、急いで戻らないと。また今度お話を聞かせてもらえませんか？」

まだ続いていた騎士の話を遮って、適当な言い訳をしながら彼らにぺこりとお辞儀をする。

「え？　ああ。急ぐと怪我するぞ。気を付けろよ？」

「はい。ありがとうございました」

話を途中で遮った私に機嫌を損ねることもなく、彼は私を気遣う。そんな彼に礼を述べると、急いで入り口に向かった。

お願い

……ああ、早く。一刻も早くお父様を止めなくては！

宿舎を出ると城には向かわず、足早に職人街に向かう。目指すは雑貨屋……いや、便箋が手に入るならこの際どこでもいい。あとインクとペンも。それでお父様に手紙を書くのだ。手紙の内容は決まっている。『ユリアーナ嬢に対して極刑を求めるのはやめてほしい』それだけだ。

お父様が私を慮ってくださったのはわかる。でも、私はそれを望んでいない。それに子爵家が取り潰しになったことで、レーネ公爵家とハインミュラー子爵家との間にあった問題はかたがついた。レーネ公爵家はちゃんと体面を保つことができたため、これ以上何も望む必要はない。つまり、お父様の要求は過剰なものであり、かつ敵につけ込まれやすい状況になっているのだ。もっとも、お父様のことだから敵などあっという間に蹴散らしてしまうのでしょうけれども。

十五分程歩いたところで職人街に着く。便箋が買えるお店を探せば存外早く見つかった。そこで必要な物を購入するとその足で喫茶店に行き、個室を頼む。これで誰にも見られずに手紙が書ける。懐が寒くなったのは……まあ、目をつぶろう。

個室に通され席に着くや、急いで手紙を認《したた》め封筒に入れる。先程買った蝋燭《ろうそく》の芯に魔法で火をつけ、溶けた蝋を封筒の上に垂らす。そこに封蝋用の判を押し当てて待つこと十数秒。封筒に小さな三日月が浮かんだ。これなら差出人の名前がなくても私からだとわかるだろう。

手紙の発送は『手紙集配所』に頼めば、低リスクで公爵邸に届けてもらえる。もちろん有料ではあるものの、それで安心が買えるのなら安いものだ。面倒な手続きはいっさいないため、今から出しに行ったとしてもさして時間はかからないだろう。

さっそく喫茶店を出ると、王都になんか所かある集配所のうち、最も近い集配所に向かった。

集配所に着き、受付で手紙を出す。受付の担当者は宛先を詳しく見ないように徹底されているので、問題なく手紙を出すことができた。きっと明日の午前中にはお父様のもとに届くだろう。

手紙を出すと息を吐く暇もなくティーナを引き取り、急いで城に戻った。

城門から城の入り口に続く真っ直ぐな坂道を、ティーナに乗ったまま入り口のすぐ近くまで進む。入り口ではアプローチの階段を男性が下りているところだった。その人を視界の端に捉えながら、ティーナの軌道を軍本部がある東へと逸らす。その際、念のため男性に会釈し、皆まで頭を上げずに伏し目のままその場をやりすごした、つもりだった。

「見たことのない顔だな。そっちに行くということは君が聖騎士団の英雄か？」

突如かけられた声にティーナの歩みを止めて振り返る。短く刈り込んだくすみのある金茶の髪に、鋭い目つきの中年の男だ。顔には年相応に皺があり、体格は良く、どこか威圧感があった。

とりあえずティーナから降りようと、左の鐙《あぶみ》にかけた足を少しずらす。すると男が「そのままでよい」と私を制した。そのため降りることはせず、ティーナをくるりと回転させ、男と向き合う。

「私は英雄ではありませんが、聖騎士団のお世話にはなっております。初めまして。ルディと申します。こうしてあなた様にお会いできて光栄の限りです、スヴェンデラ侯爵閣下」

「ほう、若いのに私を知っているのかね？」

知っているも何も、殿下と同じくらい会いたくなかった人物だ。いや、苦手意識がある分殿下以上に会いたくなかったかも。

その理由はまあ置いておくとして、とりあえずマルティナだとばれていないか、悟られない程度に注意深く動向を窺う。

「もちろんです。近衛長という華々しい地位にいらしたと聞き及んでおります。騎士たちも、雲の上の存在である閣下に、是非一度ご指導を賜りたいと申しておりました」

「だが君はそう思っていないのであろう？　我々との接触を拒むくらいだからな」

やりづらい相手だ。おだてに乗る素振りは微塵も窺えないし、逆にこちらの痛いところをつき返してくる。これだから上層部の人たち――特に目の前の人物に会いたくなかったのだ。

とはいえ、ぼやいていても始まらない。とにかくここを乗りきらなくては。

「お気に障ったのでしたら申し訳ございません。なにせ私は格式ばったことが苦手なものでして、他意はなかったのですが、気を張ることは避けたいと思ってしまったのです」

「確かに、我々に会うとなると気を引き締めねばならぬか。君の言いたいことはわかった。十分に話せているとは思うが、そういうことにしておこう」

……うわぁ、建前だってばれてる。もうやだ……。

緊張のためか、背中に異常な程の汗をかいていた。その汗がつつっと腰の方に流れ落ちていく。ああ、不快だ。胃も痛い。

それでも笑顔を湛え「お心遣いに感謝いたします」と返せば、侯爵はそんな私を一瞥《いちべつ》し「引き止めて悪かったな」と言ってその場を去ってくれた。

「はあ……。心臓に悪いわ」

侯爵の乗った馬車が城門に向かうのを見ながら、体の力を抜いて息を吐く。その際つい素が出てしまい、元の口調に戻ってしまった。慌てて辺りを見回し誰かに聞かれていないか確認する。が、それは杞憂だったようで、私の声が聞こえる範囲には誰の姿もなかった。

「あ、手が震えてるや。まいったなぁ」

違和感を覚えて見てみれば、手綱を持つ手が小刻みに震えていた。まあ、無理もないか。

スヴェンデラ侯爵は油断のならない人物だ。二代前の近衛長という肩書と、その名にふさわしい剣の腕を持つ。また、剣の腕前もさることながら頭が切れるため、彼の御仁《か》と話す時は過度の緊張を強《し》いられる。

それゆえ、なんの前触れもなく声をかけられた時はどうしようかと思った。幸いマルティナだと勘付かれることもなく、恩情をかけてもらって早々に立ち去ってもらえたけれど。

……ああ、思い出すだけで恐ろしい。早くこの場を立ち去ろう。

ティーナを一撫でするど震える手で手綱を握り直し、軍本部へと向かった。


「ただいま、リオン。会議お疲れ様。今お茶を淹れるね」

「ああ。お前もご苦労だったな」

副団長室に戻るとコートを上着掛けにかけて、お茶の用意をする。もうすっかり落ち着いたようで手の震えはない。

朝の会議に出席していたリオンは既に戻ってきており、疲労困憊《こんぱい》の顔で机に向かっていた。どうやら会議は相当白熱したようである。こんな時は甘いものが一番だ。砂糖は多めに入れてあげよう。

ティーポットに茶葉とお湯を入れ、茶葉が開くのを待ちながらリオンに尋ねる。

「ねえ、リオン。団長は部屋に戻ってきてる？」

「団長なら一緒に戻ってきたから隣の部屋にいるはずだ。用でもあるのか？」

書類に目を落としたままリオンが言う。

「うん。今から団長のところに行ってきてもいい？」

「それは構わないが、向こうで何かあったのか？」

——ぴたり。

思わず作業の手を止め、顔を向ける。一方の彼も仕事の手を止めてこちらを見ていた。

彼の言葉に特別深い意味はないのだろう。けれど、私の心を見透かされているような気がして、洗い浚《ざら》い話してしまいそうになる。

とはいえこれは私の問題だ。彼に話すつもりは毛頭ない。そのため軽く口角を上げて微笑むと、再び手元に視線を戻した。

「……ううん。そうじゃないけどちょっと個人的に団長に話があって」

頃合いだろうお茶を、空気を含ませながらカップに注ぎ、最後にいつもより一匙《ひとさじ》多く砂糖を入れる。

「そうか。事情は知らんがあまり無理するなよ」

「ありがとう。お茶、ここに置いておくね。それじゃ行ってくる。しばらく戻ってこられないかもしれないから、あとはよろしくね」

「ああ」

応接用のテーブルにカップを置いて、リオンの返事を背に部屋をあとにした。

団長の部屋は今いた部屋の隣だ。扉をノックし、返事とともに中に入る。部屋の主はリオンと同じように書類に目を落としていた。だがすぐに頭を上げてこちらを見る。

「ルディ、どうした？」

「団長にお願いがあります」

「君が頼み事とは珍しいな。何が望みだ？」

書類を置いた団長が話を聞く姿勢をとったので、私も団長の目をしっかりと見て話しを切り出す。

「とある囚人に会いたいのです」

「囚人に面会か？　ならば普通に手続きすれば、余程のことがない限りその場で面会できるだろう？」

団長が『何、当たり前のことを言っているのだ？』と言わんばかりの顔で答えたかと思うと、次の瞬間ニヤリと笑った。

……わかってて言ってるわね！

少しイラッとしたもののなんとかその感情を抑え、わざと大袈裟に肩をすくめて苦笑して見せる。

「それができれば苦労しませんよ」

今の私は、名前はおろか性別すらも偽っている。『ルディ』の名で署名しても許可が下りるわけがない。かといって身元を曝《さら》すわけにはもっといかない。だから最後の手段として団長に願い出た。

囚人の監視や取り調べなどは基本聖騎士団で行なうからだ。

それに、彼女の面会手続きはほかよりも審査が厳しく、時間がかかる。できれば今すぐにでも面会したいので、一番手っ取り早いこの方法を選んだ。

「君が面会したいのは誰だ？」

「ハインミュラー子爵令嬢……ああ、元子爵令嬢かな」

団長に問われて素直に答えると、途端に団長の顔つきが変わった。緊張？　いや、警戒か。

「悪いが彼女に会わせることはできない」

「彼女が危険だからですか？」

「そうだ。誰かから聞いたか？　彼女の担当になった者は、彼女に籠絡《ろうらく》されて仕事どころじゃなくなる。だから今は女性騎士か、既に配偶者がいる者に担当させている」

そういえば宿舎で騎士たちが言っていたな。『彼女は人誑し』だと。でも――

「彼女に恋情を抱くことは絶対にありません」

だって私、女性だもの……とはさすがに言えなかったけれど、団長から目を逸らさずにきっぱりと否定した。

「それを信じろと？　いや、信じたいのはやまやまだが、もし君に異変が起こったら我々では手に負えなくなる。そこを懸念している。なにせ君は、魔法は最強だわ、剣の腕は師団長クラスかそれ以上だわ、頭が切れるわ、規格外もいいところだ。それに規律を犯すわけにもいかないしな。悪いが今回は叶えてやれそうにない」

「女装してもだめですか？」

「そういう問題ではない」

「では、どうしたら彼女に会わせてもらえますか？　どうしても彼女に会わなくてはならないんです。お願いします、団長」

頭を下げて必死に頼み込む。ここで引き下がったら一生後悔することになるだろう。

そんな私の頭上に、団長の抑揚のない声が降ってきた。

「君は『本名で申請をしたくない、理由は話さない、でも囚人に会わせろ』と言うが随分虫がよすぎるのではないか？」

「それは……」

言葉に詰まる。頭を上げて言い返そうとするも、言葉にならずただ口が動くだけだった。

自分でも身勝手な願いだとわかっている。それでも、今の私にはこれしか選択肢がなかった。

「話はそれだけか？　だったらもう終わりだ」

何も言い返せない私を団長が突き放してきた。だがここで団長との話を終えたら、もう二度と彼女に会うことはかなわないだろう。だから私はなり振り構わず、必死に懇願した。

「そこをなんとかお願いします！　正規の手続きをしている間に彼女の刑が執行されてしまったら、僕は彼女を追いかけなくてはなりません！」

実際にそうなったらどうするかはわからない。でも、気持ちとしては、国外に追放されるだろう彼女を追いかけるつもりだ。

その気持ちを込めてじっと団長を見つめる。団長も私の真意を探ろうとしているのか、見つめ返してきた。

それからどのくらい経っただろうか。

長い沈黙のあと、団長が少しだけ視線を逸らして「ふぅ」と一つ大きなため息を吐いた。その表情はいささか困り気味のようだ。

「君がいなくなったら、エリオットがまた……かもしれないしなぁ……」

「え？」

団長の言葉が途中聞き取れなかったので聞き返すと、団長は小さく頭を振った。

「いや、こっちの話だ。……仕方がない。条件付きでよければ特別に許可しよう」

「ありがとうございます！」

「ただし、ちゃんと私の指示に従ってもらう」

「はい！」

条件など些細《ささい》なことだ。ゆえに団長の言葉に力強く頷いた。

「よし、そうと決まればそろそろ昼だな。向かいがてら説明しよう」

団長が席を立ち、部屋を出ていく。私も団長に続いて部屋を出ると、ユリアーナ・ハインミュラー元子爵令嬢がいるだろう牢へと向かった。

囚人は余程凶悪でなければ、王城北東の外れにある牢に入れられる。彼女もそうだ。ただ、王城北東とは知っていても、道順まではわからない。そのためおとなしく団長の後ろをついていく。

やがて軍本部を出たあたりで団長が私の隣に並び口を開いた。

「囚人の面会に先立ち、いくつか注意点がある。従えないようであれば引き返すので心して聞いてほしい」

その言葉におもむろに、だがしっかりと頷く。団長も私が承諾するとわかっていたようで、すぐに説明を始めた。

「まず、牢屋の中は強力な結界が張られてあるため魔法が使えない。君の桁外れな力をもってしても結界を破るのは不可能だ。下手な真似はしないように」

なるほど。そうやって簡単に脱獄できないようにしているのか。考えたものだ。

とはいえ、魔法を使う気など端からないし、脱獄の手助けをするつもりもさらさらない。よって、すぐさま首を縦に振った。すると団長が満足そうに一つ頷く。

「令嬢に面会する際には私も同席する。もちろん会話が聞こえないぎりぎりのところで待機するつもりだ。安心するといい。それと、君に少しでも怪しい素振りが見られたら迷わず斬る。それを念頭に置いておいてほしい。それから剣をこちらへ。私が預かる」

言うや否や団長の手がすっと私の前に差し出された。

何もそこまで……。そう思ったけれど、すぐにユリアーナ嬢の話が頭を過り、無理もないかと思い直して素直に従うことにした。そうして腰に佩《は》いていた剣をベルトから外し、団長の手に乗せる。少し心許ないが仕方がない。

一方団長は私の剣を手にして「随分な代物だな」と言ってわずかに驚いた顔をしていた。

それから程なくして目的の場所に到着する。そこは一見、周りから見えない奥まったところにあった。牢獄らしく建物は石を積んだだけの荒々しい造りだ。牢扉もさりげなく、ただ側を通っただけでは牢屋だと気付かないかもしれない。

扉の両脇にはそれぞれ見張りの騎士が立っていて、私たちが近づくと即座に敬礼してきた。それを団長が手で制す。

「今日は第三師団が担当だったか。囚人用の食事はもう来たか？」

「いえ、担当の者は団長たちの後ろにおります」

騎士の一人が私たちの後方に目を向けて言うので振り返って見てみると、すぐそこに食事の載ったトレイを持つ、一人の騎士の姿があった。団長がその騎士に話しかける。

「その食事は囚人に持っていくもので間違いないか？」

「はい、そうです」

「そうか、ご苦労だったな。今日は彼に当番を代わってもらうのでもう戻っていいぞ」

「えっ⁉　いいんですか団長？」

代わる相手が団長ではなく私だったからか、食事当番の騎士が目を見張りながら団長に尋ねた。

「ああ、私が許可した。問題ない」

「わかりました。ではこれを」

騎士が私にトレイを差し出してきたのでそれを受け取る。直後、食事当番の騎士は戻っていった。

扉の方に向き直りつつ、手元のトレイに視線を落とす。食事は一人分。この牢は女性用なので、中にいるのはユリアーナ嬢だけということになる。団長は離れたところで待機してくれるそうなので、これで心置きなく彼女と話ができそうだ。

「ではここを通らせてもらうぞ。今日の囚人の食事当番はルディだ」

「「はぁ……」」

見張りの二人はいつになく大胆な団長に驚き、生返事しかできなかったらしい。そのため難なく二人の間を通り、食事当番のために解錠されていた扉を開けて牢屋の中へと入っていったのだった。

公爵令嬢と元子爵令嬢

　ユリアーナ嬢が入っている牢は、王城北東の地下にある。中に入るとすぐに階段があり、一人通るのがやっとのそれを団長のあとに続いて下りていく。体重なのか、大きさなのか、あるいはその両方か。私と団長とでは靴音が違い、階段を下りる度に低音を含んだ乾いた音が石壁に反響して、耳に心地よい旋律を奏でる。

　辺りは暗く先が見えにくいため、その旋律はしばらく続くかと思われた。だが予想に反して階段は短く、それは早々に終わりを告げた。

「着いたぞ。このまま真っ直ぐ進んだ先の牢だ」

　団長がこちらに振り返る。その表情はとても硬い。ゆえに言葉を発するのが憚られ、無言のままこくりと頷いた。

「ルディ。先程の言葉忘れるなよ？　何かあったらすぐに斬るからな」

「はい。団長ありがとうございます」

「何、礼には及ばんよ」

　融通を利かせてくれた団長に礼を述べると、団長の脇を通り過ぎて四つ程先の牢へと進む。地下は照明魔道具の代わりに蝋燭の火が灯っていて、多少暗いものの難なく歩ける。

団長は階段を下りた辺りに立ったままで、動く気配はなさそうだ。これなら安心して会話ができるだろう。

彼女がいる牢の前まで行くと歩みを止める。牢には鉄格子が填められており、そこから中を覗けばユリアーナ嬢と思しきハニーブロンドの女性が、こちらに背を向けてベッドの端に腰かけていた。

「食事を持ってきました」

意を決して声をかけ、持っていたトレイを鉄格子の下の方にある小窓から牢の中に入れる。すると、私の声に反応した彼女が緩慢な動きで頭を上げ、こちらに顔を向けてきた。

その姿は以前のような美しいものではなかった。服は囚人用の薄い布でできたワンピースだし、髪に艶がない。肌は手入れをしていないために荒れており、本当にユリアーナ嬢なのかと疑いたくなる。ただ、愛らしい容貌は健在なので、彼女で間違いないはずだ。

「もうそんな時間……え？」

ゆっくりと立ち上がり、一歩前に出たところでユリアーナ嬢がぴたりと止まる。そのまま軽く目を開いて私の方を見た。

「あ、あなた誰？　超絶美形じゃない!?　あれ？　でも待って、こんな人いたっけ？　確かもっと別な……」

ようやく動き出したと思ったら、こちらに詰め寄り興奮気味に捲《まく》し立ててきた。あまりにも早口すぎて、最後の方はぶつぶつ言っているようにしか聞こえない。これにはびっくりだ。

「あ、あの、お食事冷めますよ？」

「え？　あ、うん。いただくね」

ユリアーナ嬢は床に置かれたトレイを手に取ると、ベッドまで戻り、先程とは逆側――こちらを向くように腰かけて食事を摂り始めた。

その様子を黙って見る。

彼女は以前とは違い、とても砕けた口調になっていた。今の私の姿が年下の少年だからだろうか、とても親しげだ。

「なぁに？　食べ終わったら食器は外に出しておくから心配しなくていいよ。それとも私に何かご用？　あっ！　もしかして私に惚れた？　……なわけないか。あなたの方が私より何倍も美しいもんね。惚れる要素がどこにもないわ。それじゃどんなご用？　私をここから出してくれるってわけじゃないんでしょう？」

私の視線に気付いた彼女が矢継ぎ早に尋ねてきた。それゆえ首を縦に振って返事をする。

「あなたに伺いたいことがあります」

「伺いたいこと？　あなたとは初対面のはずだけど私から何を聞き出したいの？」

ユリアーナ嬢は食事の手を止め、心底不思議そうに首を傾げる。

「確かに対面するのは初めてですが、学院では何度かあなたの姿を拝見しておりました」

「え、そうなの？　でもあなたみたいな超絶美形が学院にいたのなら噂になってもおかしくないと思うんだけど……」

そう言ってじっと私を見つめてくる彼女に、曖昧に微笑んで見せる。すると彼女は眉間に皺をよせ、一つ小さなため息を吐いた。

「……まあいいわ。それより伺いたいことだっけ？　それって『何故クリス様を手玉に取ったのか』ってこと？　それとも『いいところの子息を誑かした理由』かな？　もしくは『何故クリス様の婚約者だったあの令嬢を陥れようとしたのか』とか？」

「……すべてです」

驚いた。彼女は意外に頭が良いのかもしれない。彼女が挙げた三つの事柄は、彼女と向き合った際に尋ねておきたいことだった。それを彼女が言い当てたのだから話が早いというものだ。

これならすぐに話が終わりそうだと彼女を見ると、彼女は何故か含みのある笑みを浮かべてこちらを見ていた。

「そんなの取り調べで語ったことがすべてよ。食事を持ってきたってことは、あなたも騎士なんでしょう？　だったら聞いてるはずじゃない」

確かにその話は耳にしている。ただそれは噂話程度のものなので、曖昧模糊《あいまいもこ》の部分も多々あるのだ。だからこそ彼女の口から真実が知りたい。そのためにここに来た。

そんな私の思いなど知るはずもない彼女は、先程とは違う屈託のない笑みを満面に湛えていた。

そして、歌うかのように口を開く。

「ふふ、今日はちょっと機嫌がいいの。美しい顔を拝ませてもらったからね。だから特別にもう一度話してあげる。まず『いいところの子息を誑かした理由』からね。……といっても、ぶっちゃけ殿下との取っかかりが掴めるなら誰でもよかったんだよね。私の話術が通用するのか試してみたかったから、ガードが堅くて殿下に近い人物にしただけよ。多少顔も選んだけどね。まさかあんなにころっといくとは思わなかったな」

当時のことを思い出したのか、彼女がからからと笑う。その姿に悪びれている様子は微塵も窺えない。それが不快でならなかった。少しくらいは申し訳ないと思ってもいいだろうに、これでは彼女の気まぐれで標的となった二人があんまりだ。

一瞬眉を顰めそうになったのを堪え、心持ちゆっくりと瞬きをして彼女を見る。彼女は実に楽しそうな表情で、主菜に添えられた野菜を口に運んでいた。そしてしばらく咀嚼し、口の中の物を嚥《えん》下《げ》したあと再び私の方を向く。

「それじゃ次ね。えっと『何故クリス様を手玉に取ったのか』でいいかな?」

彼女の問いに短く頷くと、彼女はリズムを取るように、持っていたフォークを軽く上下に振って話し始めた。

「簡単な話よ。私が王妃になりたかったの。だって王妃になれば贅沢《ぜいたく》できるんだもの、誰だってなりたいに決まってるでしょ?」

いや、決まっていないと思う。現に私は一度たりとも王妃になりたいなどと思ったことはないもの。

彼女の言葉にどうしても賛同することができず口を閉ざすと、それが気に食わなかったのか彼女が顔を顰《しか》めた。

「反応薄っ……ま、男の子にはわからないか。とにかく私はいい生活がしたかっただけなんだよね。見目のいい男たちを侍《はべ》らせて、きらびやかに着飾って贅を尽くしたかっただけ。それから『クリス様の婚約者だったあの令嬢を何故陥れようとしたのか』だけど、さっきも言ったように私は王妃になりたかったの。そのためにあの女が邪魔だった。黙って男の後ろを歩くような古風な女のくせして、言う時は言うもんだから扱いが難しいし、そのうえ物事にも聡くてほんと困ったわ。だから厄介払いをしようとしたのよ。失敗しちゃってこのざまだけどね」

そう言って彼女はフォークを持つ手の甲でこつんと自身の頭を小突きつつ、片目を瞑ってぺろりと舌を出す。

やはり彼女は未熟ではあったが、愚かではなかった。きちんと物事を考えられるだけの能力はあったのだ。それなのに、何故彼女は思いとどまることができなかったのだろうか。その疑問を彼女にぶつけてみる。

「そんなことをすれば、いずれはばれてこうなることくらいわかっていたでしょうに、何故行動に移してしまったのですか？」

「簡単よ。危険《リスク》よりも利益《リターン》を選んだ。それだけ」

私の問いに苦笑しながら答えるユリアーナ嬢は、学院で噂されていた人物像とは似ても似つかなかった。それだけに、彼女が本心を述べているのか皆目見当がつかない。

確かに話の辻褄は合っているし、理由に不審な点もみられない。でも、何かが違う気がした。

試しに、いくつか質問をしてみる。先程の話以外にも彼女に聞いてみたかったことだ。

「あなたは、クリストフォルフ殿下を慕っていたのですか？」

彼女の反応を窺う。わずかな変化も見逃さない。

「……何度も言ったと思うんだけど。私は王妃になりたかっただけよ。恋愛感情なんてないわ」

「もし、企みが成功していたら幸せになれたと思いますか？」

「ええ、もちろん。だって輝かしい未来が手に入るのよ？　手放しで喜ぶと思うわ」

私を真っ直ぐ見据えて不敵に笑う彼女。口調からも自信満々に言っているように聞こえる。けれど――

「嘘ですね。あなたは顔面に笑みを張り付けているけれど、心の底から笑っていない。あなたの本心はどこにあるのですか？」

「!!」

その瞬間、彼女の目がこぼれ落ちるのではないかというくらいに見開かれた。そうかと思えば次の瞬間にはくしゃりと顔が歪み、今にも泣きださんばかりの表情となる。

実は会話の最中、彼女は絶えず虚勢を張って必死に真意を悟られまいとしていた。でも、そんな張りぼてのような表情が私に通用するはずがない。彼女の笑みは緩やかに崩れていき、笑っているのにちっとも笑顔に見えなかった。

彼女が悪女を演じる度にその心が悲鳴を上げる。それに気付いてからはもう見ていられなかった。きっと彼女は……。

「殿下のことが好きなのでしょう？　だから殿下に迷惑がかからないように自分が悪者になって、人々の関心を自分に向けようとした。違いますか？」

「……なん、のこと？　違うって何度も言ってるでしょう？」

殿下への想いを否定し、最後まで悪女ぶろうとする彼女。そんなに片意地を張らなくてもいいのに。

「もう演じなくてもいいんですよ」

「――っ！」

見兼ねた私がそう告げるや、彼女の手からするりとフォークが滑り落ち、床に当たって甲高い音を立てた。だが彼女はそれに一瞥もせず、諸手で顔を覆うと激しく肩を震わせてわっと泣き出した。

そんな彼女にかける言葉が見つからない。

視界の端では団長が突如響いた音に反応したらしく、前のめりになってこちらを見ていた。そのため団長の方を向いて、何事もないのだと頭を振って彼を制する。

本当に何事もないのだ。彼女が本当の姿を見せてくれただけ。私は泣き崩れるユリアーナ嬢に鉄格子の隙間からハンカチを差し出すことしかできず、ただ黙って彼女を見続けた。


どのくらいの時が経ったか。

ユリアーナ嬢はだいぶ落ち着きを取り戻したようで、もう肩を震わせてはいなかった。これなら話をしても大丈夫だろう。彼女を刺激しないように気を付けながら優しく話しかける。

「ユリアーナ嬢。僕は恋愛がどんなものかわかりません。ですが、あなたの話を聞くことはできます。今ここに、僕たちの会話を聞くような不粋な者はおりません。ですから、本当の気持ちを聞かせてはもらえませんか？」

「……もう令嬢じゃないわ。だからユリアーナって呼んで?」

彼女はゆっくりと頭を上げ、私の顔を見てふわりと微笑んだ。その笑みはとても柔らかく、心からの笑みに感じられた。

「わかりました、ユリアーナ」

「ありがとう、えっと……」

「ルディ、とお呼びください」

「ありがとう、ルディ君」

ユリアーナは憑き物が落ちたかのように、和《な》いだ表情をしていた。時折浮かべる表情も作ったものではなく、自然な感じだ。

やがて彼女はぽつり、ぽつり、と自分の気持ちを言葉にし始めた。

「私ね、本当は王妃なんてどうでもよかったの。彼の隣にいて、愛し愛されたかっただけ。……でもね、ダメだった。彼は私のことを愛してくれたけど、彼の一番になることはできなかった。だって彼の隣にはいつも完璧なあの人がいたから」

彼女の言う『あの人』とは、たぶん私のことだろう。好きな人が別の女性と一緒にいる、その光景を見るのはさぞかしつらかったに違いない。

「あの人は彼を立てて半歩後ろを歩く奥ゆかしい女性だった。何も言えなそうなか弱くて儚い印象なのに、いざという時ははっきりとものを言う、私にはない強さを持っていた。まさに彼の隣に立つべき人。……羨ましかった。彼は私を側妃《そくひ》として側に置くと言ってくれたけど、正妃の座も、世

継ぎを生む権利も、公での彼の隣もみーんなあの人のものだった。唯一、私的の時だけは私の隣にいてくれるって、そう約束してくれたのよ、彼。でも公務で城を空けてしまえば、その間たった一人で彼の帰りを待たなくてはならない。彼女と一緒だとわかっていて一人彼を待たなくちゃいけないだなんて、気が狂いそうだと思った。そう思ったら彼女のことが次第に憎らしくなったの」

そう言って悲しそうな表情を浮かべる彼女。彼女がこんなに苦悩していたとは知らなかった。気付けば「ごめんなさい」と謝罪の言葉を口にしており、彼女に「えー？　なんで君が謝るの!?」と笑われてしまった。私がマルティナだから、とは言えなかったので笑ってごまかしておいたけれど。

それにしても、ユリアーナが私のことを羨ましいと思っていたとは意外だった。私はいつも、殿下に愛してもらえるユリアーナの方が羨ましいと思っていたからだ。だって私が誰かを好きになっても、その人とは一緒になれなかったはずだもの。たった一人、殿下を除いては。

かといって、殿下を好きになっていたらそれはそれで悲惨なものだっただろう。いくら好きになっても、彼女がいる限り彼は振り向いてくれなかっただろうから。

それを踏まえると私はまだよかったのかもしれない。思いを寄せるような人は今も昔もいないしね。でも……。

彼女の話を聞いて漠然と思う。恋愛に関する知識は、小説や観劇などによって得たものが多少あるのみで、言ってしまえば全く知らないのと同義だ。そんな中でもし、思いを寄せるような人が現れ、そして彼女のような状況に陥ったら、私は彼女みたいに恋に狂ってしまうのだろうか……？

だがすぐに頭を振る。しょせん、もしもの話だ。相手もいないのに不安がっても仕方がない。気を取り直して彼女の方を見れば、彼女は微笑みつつもわずかに視線を落としていた。

「お父様の命令なんて本当はどうでもよかった。でも、彼女を排除できると知って、お父様の言う通りに行動したの。馬鹿ね、私。ばれてしまったらもう彼の隣にいることはできないとわかっていたのに。……カミル様とアンゼルム様には本当に申し訳ないことをしたと思ってる。でも、もう遅いよね」

彼女は話をしているうちに少しずつ吹っ切れてきたのか、今では淡々と語っており、口調も先程より更に砕けていた。

「ルディ君、ありがとう。私、誰かに話したかっただけなのかもしれない。君に聞いてもらえてほんとによかった」

「僕でお役に立てたのならよかったです。それで、あの、ユリアーナ。これから先はどうするんですか？　もしよかったら、刑が執行されたあとに少しだけあなたの手助けをさせて……」

――え？

自分が発した言葉に自分が一番驚いた。彼女に手を差し伸べてどうしたいのだろう？　確かに私は彼女を怨んではいないし、生きていてほしいとは思っているけれど。情が移ったのだろうか？

困惑する私をよそに、彼女が頭を左右に振る。

「君の気持ちは嬉しいよ、ありがとう。でもいいの。だって私もうすぐ処刑されるもの」

「あなたは処刑にはならない。僕がさせないから安心して？　あ、でも刑罰はちゃんと受けてもらうけど」

「うん、わかってる。自分がやったことだもん。自分の尻拭いくらいちゃんとするよ」

そう言って彼女が笑う。その姿は年相応で可愛らしいものだった。

彼女は自分の刑罰がなんであれ、粛々と受け入れるつもりだったらしい。彼女だって十分強いではないか。

「あなたはきっと国外追放になると思います。この国を一歩でも出たら、二度とこの国に足を踏み入れることはできないし、庶民として他国で生きていかねばなりません」

「大丈夫、問題ないよ。今日のことを胸に刻んで頑張って生きていくね！」

「ならば僕は女神に祈りましょう。これから先、あなたが幸せでありますように」

彼女の門出を、印を結んで女神に祈る。それを見ていた彼女が座ったままぺこりとお辞儀をした。

「何から何までありがとう。あ、トレイ返すね。……もうお腹も胸も一杯だからこれ持って帰っていいよ」

ユリアーナは落ちたフォークを拾いつつ頭を上げると、ハンカチを受け取る際に自分の脇に置いていたトレイを手にして立ち上がった。そして、トレイを専用の小窓に入れて私に差し出す。

食事がまだ残っている状態のそれを受け取り、これで最後かもしれないとの思いで彼女を見る。すると彼女もこちらを見ており、互いに目が合った。『ふふっ』とどちらからともなく声が出る。その声が辺りに広がり、やがて消えていくのと同時に団長の方へと足を向けた。

「ねぇ」

鉄格子をがちゃりと鳴らしてユリアーナが話しかけてきたので、足を止めて顔だけ振り返る。彼女は鉄格子を握りしめてこちらを向いていた。

「私たち、こんな出会いじゃなかったら友達になれたかな？」

その問いに口角を上げる。だって今――

「僕も同じことを思っていました。きっと別の出会いだったら友達になれたのかもしれませんね」

それだけを言うと正面を向いて歩き出す。すると私の背中に再び声が投げかけられた。しかし、今度は立ち止まらずに歩く。

「またね、麗しい人！」

彼女の言葉の意味を正しく理解する。ああ、彼女は気付いていたのか。本当に彼女とは別の出会いをしたかったものだ。

右手を軽く上げるとひらひらと振って、私の後ろ姿を見ているだろうユリアーナに別れの挨拶をする。もう彼女に会うこともないだろうと万感の思いを込めて。

結局彼女の口から私に対する謝罪の言葉が出ることはなかった。でも私はなんの不満もないし、彼女の真意が聞けたので満足もしている。だからこれでよかったのだろう。そう思うことにした。

「団長……」

階段脇の壁に背中を預け、こちらを見ている団長に声をかける。団長は壁から離れると、真っ直ぐに私を見据えた。

「もういいのか？」

「はい。蟠《わだかま》りを解消してきました」

力強く頷いて団長の顔を見る。団長もそれに答えるかのように小さく頷いた。

「すっきりとした顔をしているな。大いに結構。それじゃ戻るか」

団長は私に背を向け、階段を上り始めた。それに続いて階段を上る。来る時とは違いなんの煩いもないためか、階段を一段抜かしで上れそうな程足取りは軽やかだった。

階段を上りきると団長が正面にある扉を叩く。直後、外側からかちゃりと解錠する音がした。それからゆっくりと扉が開き、ギィ、という音とともに光が射し込む。地下牢の暗さに目が慣れていたため、あまりの眩しさに咄嗟《とっさ》に目を瞑った。

そうして数秒程待ってからゆっくりと目を開け、外の明るさに慣らす。ようやく慣れてきた頃に周囲を見回せば、見張りの騎士たち以外にも人がいることがわかった。いったい誰か、とその人の顔をじっくりと見る。

「大丈夫か？」

「リオン⁉　どうしてここに？」

そこにいたのはリオンだった。彼には『団長のところに行く』としか告げていない。それなのにどうしてここがわかったのだろうか。

「あー……お前が少し心配だったからな。あちこち聞き回ったら、四人の食事当番を代わってもらったってやつがいて来てみたんだ。まあ、杞憂だったようだがな」

「心配？」

「気付いていなかったのか？　だいぶ深刻そうな顔してたんだぞ？」

首を傾げる私に、リオンが『呆れた』と言わんばかりの目を向けてきた。私はそんなに深刻そうな顔をしていただろうか？　表情を表に出しているつもりはなかったが……。

彼にそう言ったら「お前のことはなんとなくわかるんだよ」と返された。その殺し文句に思わず絶句する。

「どうした？」

急に無口になった私を不審に思ったのか、リオンが私の顔を覗き込んできた。

「リオン。その言葉、絶対に好きな女性以外に言っちゃだめだからね？」

「なんでだよ」

「うわぁ、気付いていないとかどんだけ……さすがリオン」

リオンの返しに思わず半眼になってしまったが、私は悪くないと思う。だってあんなことを言われたら誰だって面食らうに決まっているもの。それなのに言っている本人が気付いていないだなんて余計に質《たち》が悪い。私だからまだいいものの、同じ言葉をほかの女性に言えばどうなるか……。きっと顔がいいだけに七面倒なことになるだろう。

「はぁ？　なんだそりゃ。それより、それ置きに行きつつ飯にしようぜ」

「そうだね。お腹ペコペコだよ。団長。団長。我儘を叶えてくださり本当にありがとうございました」

リオンの誘いに応じたあと、団長の方を向いて深く、深く、それはもう直角になるのではないかというくらいに腰を折って礼を述べた。団長のしてくれたことがいかに大変なことかわかっているからこそ、心の底から団長に感謝しているのだ。

「頭を上げてくれ。こちらも礼を言わねばならんからな。いったい何を話したのかは知らんが、君のおかげで彼女がもう害となることはなさそうだ。それとこれを返す」

団長の言葉に反応し頭を上げれば、団長が一振りの剣を私に差し出してきた。先程団長に預けた剣だ。

リオンにトレイを持ってもらいつつ、剣を受け取り腰に佩く。それを見計らってリオンが「じゃ、行くか」と声をかけてきたため、短く頷いてトレイを受け取った。

「団長、僕たち先に行っていますね」

「ああ、それ持って転ぶなよ」

団長がいたずらっぽい笑みを浮かべて言うので「そこまで子供じゃないですよ！」と軽く口を尖らせて返す。そこにリオンが割り込んできた。

「二人して楽しそうだな。まあ、いい。さっさと行くぞ」

「うん。あ、待って」

返事をしつつもさっと振り返り、彼女のいる建物を見る。だがすぐに前に向き直り、たたっと駆けて先を行くリオンを追いかけた。

それから程なくして、ユリアーナは隣国へと旅立っていった。

旅立ち

SIDE：ユリアーナ

「時間です、起きなさい」

その声にはっとして目を覚ます。どうやら朝食のあと眠ってしまったらしい。なんとなく聞き覚えのある声に反応して慌てて起き上がると、鉄格子から離れるように距離をとった。

そこにいたのはブルネットの真っ直ぐな髪を一つに束ね、聖騎士団の制服に身を包んだ一人の少女。激しく見覚えのある顔だ。そう認識した瞬間、咄嗟に身構えた。

「なっ!? あなた、どう、し……」

「『どうしてあなたがここにいるの？』そう言いたいのかしら？」

言いたいことを先に言われたため、首を縦に振って肯定するだけにとどめる。

彼女はなんの表情も浮かべず、その場に直立したままこちらを見ていた。だが、突如つっと口角を上げる。

「あら、そんなに怯えなくてもいいのよ？ 何もする気はないわ。あなたは私の顔に見覚えがあるようだけれど、私は初めてあなたと会うのだから」

「どういう意味よ」

「そのままの意味よ。確かに私はローエンシュタイン侯爵令嬢だけど、あなたが思っている人物じゃないわ」

「はあ？　何よそれ」

目の前の少女は実に貴族らしい回りくどい話し方をする。それが少し癪に障るものの、なんとか堪えて彼女を見る。すると彼女は「自己紹介がまだだったわね」と言ってこちらに騎士の礼をしてきた。

「本当なら令嬢らしい挨拶をしたいところだけどこれで我慢して？　私は、アマーリエ・ラウラ・ローエンシュタイン。エミーリエ・パウラ・ローエンシュタインの双子の妹よ」

「いっ、妹!?　聞いてないわよ！」

「今言ったわ。それに、私たちが双子なのは世間に知れ渡っていることだからあなたも知っているかと……え？　まさか？」

「知らないわよ！」

彼女の言い方にイラッとして思わず怒鳴る。すると彼女が困った子を見るような目でこちらを見てきた。本気で腹が立つ。あの令嬢と双子なだけあって言い方までそっくりだ。いや、むしろ本人なのではなかろうか？　そう思いまじまじと彼女を見ると、彼女と目が合った。彼女はわざとらしく私から目線を外し、気怠そうにため息を吐く。

「そんなことより、時間よ。早くこちらに来なさい」

「そっ⁉　……あなたいい性格してるわね」

「あら、お褒めに預かり……」

「褒めてないわよっ！」

埒《らち》が明かない。嫌みを言っても糠に釘だし、一人怒っているのが馬鹿みたいだ。

これ以上何を言っても無駄だと悟ったので、潔く抵抗を諦め、枕元に置いていた物を持って彼女のとこに行き、彼女の指示に従って牢を出た。そしてすぐさま持っていた物を彼女に差し出す。

「これをルディ君に返してもらえない？　この間借りたんだけど返しそびれちゃって。洗濯はしてもらってるからそれなりに綺麗よ」

私が手にしていたのはルディという少年から借り受けた一枚のハンカチ。彼が去ってから返していないことに気付き、折を見て返そうと見回りに来た騎士にお願いしてハンカチを洗濯してもらっていた。

本当は直接本人に返したかったが、彼が再びここに来ることはなかったので彼女に頼んだ。

ところが彼女は、私が差し出したハンカチを一瞥するだけで、受け取ろうとはしなかった。そればかりか私の手をそっと押し戻したのである。そのあまりの出来事に思わず眉根を寄せ、抗議の目で彼女を見れば、こちらを見据える彼女と目が合った。

「ルディ様からの伝言です。『ハンカチはそのままお持ちください。餞別《せんべつ》にはなりえないでしょうけれど、あなたに持っていてもらいたいのです』だそうです。せっかくだしいただいておいてはいかがですか？」

「……なら彼に『ありがとう』と伝えてもらえる？」

一瞬逡巡《しゅんじゅん》したもののすぐに思い直してそう答えれば、彼女は声を発することなく頷いた。

それからすぐ彼女——アマーリエに連れられて移動する。牢屋を出て向かった先は、整地もされていないただ馬車が停まっているだけの場所だった。

馬車は小さく、家紋も何もない質素なもので、所々傷んでいる。中も相当酷かったが気にせず席に着くと、アマーリエが私に声をかけてきた。

「私の役目はここまでよ。あとは別の騎士が引き継ぐわ」

「そう、ありがとう」

「私は自分の役目を果たしただけ。礼を言われても困るわね」

「あなたほんといい性格だわ」

「誉め言葉と受け取るわ」

「勝手にすれば？」

吐き捨てるように言ったあと、口角を上げて不敵に笑って見せれば、彼女も私と同じように笑い返してきた。だがその余韻《よいん》に浸る間もないまま、すぐさま彼女の手で扉が閉められ鍵をかけられる。

彼女はそのまま扉から離れ、少しおいて馬車が動き出した。

それからしばらく経って、格子が填められた窓から外を見る。馬車は既に王都を離れており、辺りは一面平原だ。これからこの道を延々と進み、数日かけて東の国境へと向かう。

私の処遇が決まったあの日『希望の国はあるか』と聞かれて、迷わず東隣の国、ネイフォートに行きたいと答えた。その希望が叶って今ネイフォートに向かっている。

ネイフォートを選んだのは、お母様の生まれ育った地に行ってみたかったからで、特に深い意味はない。お母様の実家にお世話になるつもりもないので、向こうに行ったらなんとか仕事を見つけて庶民として静かに暮らしていこうと思っている。

ふと後ろを見れば、王城はだいぶ小さくなっていて、そこでようやく戻れないのだと実感した。

……今でもクリス様のことは好き。でも以前程ではないわ。だから大丈夫、ちゃんと前を向いてやっていける。

そう己を鼓舞し、しっかりと前を見据えた。


数日後。馬車は無事国境に着いた。

「着きましたので降りてください」

壮年騎士の言葉に従い馬車を降りると、辺りを見回す。国境と思しき辺りには門があり、見張りの騎士が数名立っていた。奥のネイフォート側にも騎士が立っており、おいそれと国境を越えられないようになっている。

更にきょろきょろと見回していると、壮年騎士が話しかけてきた。

「これより一度でも国境を越えたら、再びこの地に足を踏み入れることはできません。もし足を踏み入れた場合、即斬り捨てられると思ってください」

「わかったわ。ここまでありがとう」

礼を述べると、彼が小さく頷いた。それを見るなりすぐさま向きを変え、国境の門まで移動して門を仰ぐ。

これで終わりだ。この門をくぐればすべてが終わり、そして始まる。むろん犯した罪は消えないが、それを背負って生きていこう。

決意を新たにネイフォートの地に足を踏み入れる。もう戻れないとわかっているのに、不思議となんの感情も湧いてこなかった。でもそのおかげで私は何もない平原を、振り返らずに黙々と歩くことができた。

それから長時間歩き続け、だだっぴろい平原を歩くのにも疲れた頃、少し先の方に一頭の馬とその脇に立つ人の姿が見えた。近づくにつれてその人物が男性であることに気付く。私の方を向いたまま道に佇んでいて、まるで私を待っているかのようだ。

更に近づき顔が見える距離まで行く。男性は二十代半ばくらいの青年だった。髪の色は濡羽色《ぬればいろ》というのだったか。光の具合で深い青色にも見える短髪と、透き通った紫紺の瞳がとても綺麗だ。顔立ちは端整で身なりもよく、優雅にお辞儀をする様は貴族のように思えた。

「ユリアーナ嬢ですね」

青年に呼びかけられ、少しだけ距離を置いて立ち止まる。

「……あなたは？」

「これは申し遅れました。私はヴェルフと申します。ある方の使いであなたをお待ちしておりました。あなたがここを訪れたら渡すようにといろいろと預かってまいりましたもので」

青年――名前を覚えても二度と会わないだろうから青年と呼ぶことにする――はそう言って、馬の背に括りつけられた荷を下ろし始めた。その様子を見て、なんとお節介なことかと思わず苦笑する。

「敵に塩を送るとかあなたの主人は何を考えてるの？　私はあの人の婚約者を奪ったのよ？　憎まれて当然だと思うけど」

「敵？　どなたのことをおっしゃっているのかは存じ上げませんが、少なくともあの方はあなたを敵とは思っておられませんよ」

「……ふぅん」

彼はあくまで白を切るつもりのようだ。でも、私はそこそこ確信している。彼の言う『ある方』とは、あの人のことだと。

少し前、私のいた牢を訪ねてきたあの少年。最初こそ少年だと思ったけれど、すぐに少女だと気付いた。

気付いたのは、あの人が食事を専用の窓に入れた時だ。そのままでは開けるのが難しかったのか、片方だけ革の手袋を外していた。その手を見て、彼が彼女だと気付いた。が、気付いたところでやはり心当たりがない。不思議には思ったものの敵意も感じられなかったことから、結局いつもの対応をすることにした。

だがそれがいけなかった。彼女は的確に私の心情を言い当てたのだ。取り繕おうと必死に演じたのにそれすらも見抜かれて……。

それからはどうでもよくなり素の自分に戻ることにした。そしてそれが効を奏する。この際だと胸の内も全部吐露したら、そこで彼女がぽろりと本音を……謝罪を述べたのだ。それにより彼女があの人――レーネ公爵令嬢だと気付いた。それはたぶん間違っていないと思う。

ただ一方で、腑に落ちないことが一つだけあった。彼女の顔が全くの別人だったことだ。確かにどちらの彼女も美しかったが、それにしたって限度というものがある。だから同一人物だと思っていても、他言できる程の確信は持てずにいた。

「ユリアーナ嬢、こちらをお受け取りください」

彼の声に意識を戻される。見れば青年が、馬から下ろした荷物を私の前に差し出していた。

「あの人の施しなんて受けないわよ」

「ご存じですか？　次の村までは歩いて一日くらいかかります。それまでの間、家らしい家はいっさいないうえに、近くには森も川もありません。更にここら辺は盗賊も出るとのこと。食料も身を守れる物もない中、その姿で無事に村まで辿り着けるとお思いですか？　だいたい、囚人服のまま歩かれるなど『自分は犯罪者』だと触れ回っているようなものですよ」

「……」

彼の言っていることが正論であるため、何も言い返せない。聞かなかった私も悪いが、最初の村まで一日もかかるなんて知らなかった。おそらく罪人を王都まで辿り着かせないようにするための仕組みだろう。だとしたら、彼の申し出をありがたく受け入れた方が得策か。

「……あなたの言うことはもっともだわ。ただし、それが本当ならね」

「仮に私があなたを謀《たばか》ろうとしたとして、ここで待つことになんの利がありましょう？　奴隷にするならば疾《と》うに攫っているはずですし、殺すならば疾うにそうしております」

「それはそうだけど……」

青年の言葉を受けてあれこれ考えてみるが、彼の利になるようなことは何一つ思い浮かばなかった。あの人がお人好しだからという理由なら、思わず頷いてしまうくらい納得できるんだけど……。

そんなことを考えてくすりと笑っていたら、青年に名を呼ばれた。よって、すぐさま彼の方に顔を向ける。

「こちらの中には食料や衣類など必要な物が揃っております。信じる信じないは自由ですが、生きていくためにも素直に受け取ることをお勧めいたします」

「はぁ。この調子だと受け取るまで延々と押し問答が続きそうだわ……。いいわ、受け取ってあげる。でも勘違いしないでね？　あなたたちが勝手に私に押し付けたのよ？　私はお礼なんてしないんだから」

自分でもよくわからない念を押して、差し出された荷物を受け取る。すると彼が懐から中身の入っている布袋と、一通の手紙を取り出した。

「こちらもお受け取りください。あの方からの手紙と貨幣……お金です。お金はあの方が稼がれたもので、ほとんどが銀貨と銅貨だそうです」

「待って！　手紙は受け取るけどお金は受け取らないわよ⁉　これ以上の施しなんて……」

「施しではありません。こちらは、あの方から庶民として生きていくあなたへの餞別でございます」

「でも、これが私の罰なのよ？」

「いいえ。あなたは既に国外追放という刑罰を受けられました。現在はただの庶民でございましょう？」

ああ、まったくもって敵わない。

彼女はすべてを見越したうえで、グレンディア国が干渉できないこの地に彼を待機させ、更に私が断ると予想して施しを『餞別』と称した。餞別は『無事を祈る』という意味合いがある。それを無下にするなど私にはできない。そこまでおちぶれたくもない。

「はぁ、ほんと敵わない。仕方ないわね。それも受け取ってあげるわ。代わりにあの人に『ごめんなさい』って伝えてもらえる？　本当はこの間謝罪するつもりだったんだけど、本人の前じゃ言いにくくて……」

「かしこまりました。必ずやお伝えいたします。それではこちらをお受け取りください。手紙は落ち着いた時に読んでほしいとのことです」

「わかったわ」

小さく頷いて青年から手紙と硬貨の入った袋を受け取る。それを背負い袋にしまいつつ、中からローブを取り出して羽織った。

「それじゃ、そろそろ行くわね」

「お待ちください」

袋を背負おうとしたところで呼び止められ、動きを止める。どうしたのかと顔を向ければ、彼が優しく微笑んできた。

「何？　これで全部じゃないの？」

「ええ。私はそれらを渡すためだけに使わされたのではありません。あなたに守りの魔法をかけるべく使わされたのです」

「は？」

その言葉に口がぱかりと開く。なんとお節介なことだろう。開いたままの口が塞がらない。

「では、今から魔法をかけますね。体が光りますが心配はいりません」

とりあえず気を取り直し、こくりと頷く。すると、いつの間にか淡い光を纏っていた彼の手が、すっとこちらに向けられた。途端に私の体が光り出し、数秒程輝いて光が収束する。

「……今のは？」

「他人が害意を持ってあなたに触れた場合に発動する魔法です。王都に着く頃に効果がきれるよう調整いたしましたので、なるべく寄り道はお控えください」

「そう、わかったわ。……それじゃ、今度こそ行くわね」

「どうかお気を付けて」

「ありがとう、じゃあね」

袋を背負い、彼に背を向けて歩き出す。少しして後ろから馬の嘶《いなな》く声と、大地を駆ける蹄《ひづめ》の音がした。

それは段々小さくなっていく。

その音を耳にしながら、一歩一歩着実に前に向かって歩みを進めた。

翌日。無事村に辿り着いた私は、宿屋の一室で彼女の手紙を読み「はぁ、やっぱり敵わないわ」と独《ひと》り言《ご》ちたのだった。

或る見習い騎士の憧憬

SIDE：名もなき見習い騎士

僕はグレンディア国軍聖騎士団、第三師団第二部隊所属の見習い騎士だ。幼い頃から大地の女神の配偶者である『聖騎士《ハイリガーリッター》』に憧れていた僕は、騎士養成学校を経て、先月念願の聖騎士団に入団した。聖騎士になれた時は嬉しくて夢じゃないかと思ったけれど、死ぬ程忙しい毎日を送るうちに、現実だと思い知らされた。

その『死ぬ程忙しい』見習い騎士の仕事は、ひたすら覚えて慣れること。武器の手入れや備品発注などの雑務を覚えるのはもちろん、基礎訓練や体力づくりも重要な仕事だ。僕はまだ配属されて数週間しか経っていないひよっこなので基礎訓練だけでくたくたになってしまうけれど、先輩たちはそれをものともせずに更なる高みを目指して日々鍛錬《たんれん》に明け暮れている。

凄いな、僕も早く先輩たちに追いつきたい。それにはやっぱり基礎訓練と体力づくりが必要なんだよね。よっし、頑張るぞ！

そんな僕には憧れの人が二人いる。

一人はこの聖騎士団の団長で、第一師団の師団長も兼任している、エリーアス・デュナー様だ。数多くの武官を輩出しているデュナー伯爵家の出だそうで、その名に恥じない剣の使い手と世間で噂されている。特に団長の堅実な剣捌きは素晴らしく、僕の憧れだ。

そしてもう一人。エリオット・ディーター・イストゥール様。

実はそのエリオット様が今僕のすぐ近くにいて、感動のあまり打ち震えています。炎のように真っ赤な短髪と、明るい黄色の瞳はまるで太陽のよう。端整な顔立ちに浮かぶのは、風のように爽やかな笑みだ。

聞いた話によるとエリオット様は次の侯爵なんだとか。そのうえ、聖騎士団の副団長兼第一師団の副師団長でもある。その名に恥じない強さで、僕が副団長に憧れるゆえんがまさにそこなんだよね。

更に副団長のお父さん、つまり侯爵様は僕たちを束ねる将軍の座に就いている。でも副団長は、驕ることも鼻にかけることもしないとても気さくな人で、見習い騎士の僕にも分け隔てなく一人の人間として対等に接してくれる。……聖人かな？

冗談はさておき。その副団長が何故ここにいるのかというと、それは至って簡単。ここが訓練場で副団長が体を動かしに来たからだ。事実、副団長は近くにいた騎士に一言二言話しかけると、刃先の潰れた模擬剣を手に取り、真剣な表情で素振りを始めた。先輩たち曰く、「訓練用の模擬剣といえども一振り一振り違う」のだとか。軽く素振りをしてその癖を知り、手に馴染みやすくするのがいいらしい。僕にはどれも同じように感じるんだけどな……。

なんてことを考えているうちに、副団長は第二師団第一部隊の部隊長と手合わせを始めるみたいで、訓練場の真ん中あたりで部隊長と礼をしていた。そのため、訓練の手を止めて副団長たちに注目する。強い人の手合わせは見ているだけでも勉強になるので、この手合いを見ない手はない。先輩たちも手を休めて見学するようだ。

手合わせといっても穏やかな雰囲気で、当の本人たちも楽しそうに構えている。だが不真面目というわけではなく、対峙する際に感じるピリッとした特有の緊張感は微かに感じられた。

「始め！」

審判役の騎士の合図とともに、どちらともなく駆け出し剣を交える。互いに出方を窺っているようで、まだ本気を出していないようだ。とはいえ、二人とも小気味よい金属音を響かせていて、実に楽しそう。そしてそれに触発されたのか、周りの騎士たちがわーわーと騒ぎ始めた。

喧騒は更に過熱していき、それに比例して副団長たちの打ち合いも苛烈を極める。それでも二人に変化は見られず、応酬はこのまま続くかに思われた。その矢先――

……あ。

副団長が一瞬にして部隊長の攻撃を躱《かわ》し、攻撃へと転じた。それに対し、やや反応が遅れた部隊長が副団長の一撃を無理に躱そうとして体勢を崩す。そこに副団長の追撃が入り、勝敗が決した。

「勝者、副団長！」

審判役の騎士の声とともに周りの歓声が一際大きくなる。その声の中、副団長たちは互いに礼をして最後に握手を交わした。

ああ、やっぱり凄いや。動きを追うだけで精一杯だったよ。惜しみない拍手をして周りの人たちと感動を分かち合う。

……いつかああなれたらなぁ。

楽しそうな様子の副団長を見て、心底思った。そんな時である。

「こんなところにいたんだ？　捜しちゃったよ～」

副団長の剣技に酔いしれ、余韻に浸ろうとしたら、訓練場に突如高めの声が響いた。それは各々が騒ぎ立てて遠くの音が聞こえにくいこの状況であっても、耳まで届く凛とした声。

その声の主に目を遣ると、そこにいたのは癖のある琥珀色の髪を無造作にアレンジし、紫水晶のような瞳と中性的な美貌を持った小柄な少年だった。彼はルディという名の、少し前に臨時で入った事務員君だ。副団長補佐官というたいそうな肩書で、年齢は十五歳と僕よりも若い。

噂によると、彼は第一師団の英雄らしい。でも第三師団所属の僕はいまいちぴんとこないし、先輩たちの中には信じていない人もいる。『いつまで経っても表彰されないのがいい証拠だ』って先輩たちが言っていたっけ。

そんなことを思い出しながら改めてルディ君を見ると、ルディ君は全身に冷気を纏わせて訓練場の入り口に佇んでいた。その表情はにこやかで、されど目は微塵も笑っていない。それだけならまだしも、怒気すら感じられる。笑いながら怒るってすごい芸当だなぁ。

一方声をかけられた相手——副団長は、後ろから声をかけられたこともあって、ゼンマイ仕掛けの人形のようにギギギ……とおもむろに振り返った。……なんでそんな恐ろしいものと遭遇したかのような反応なんだろう？

「ル、ルディ……」

「資料を探しに行って、戻ってきたら君がいないんだもん、どこ行ったのか捜しちゃったよ。でも心配して来てみれば存外楽しそうじゃない？　で、リオン。言い分を聞こうか？」

「まままま、まて、話せば、わかるっ！」

「だからこうして聞いているんじゃないか。さあ、遠慮しないで言っていいんだよ？　それとも、言い分なんてないのかな？」

副団長の声が震えている。明らかに年上であるはずの副団長が、年下の少年補佐官に狼狽えていてびっくりだ。なんか弱みでも握られているんだろうか？

「う、……ああ」

あ、認めた。

……って、うわっ！　絶対零度じゃなかったんだ、あれ。すごいなぁ、更に温度が下がったよ。それと同時に手に何かが……こう、ぶわっと纏わりついているような……。表現するのが難しいな。……ん？　ルディ君が構えた。かと思ったらそのまま地面を蹴って……って、えぇぇぇ？　何このスピード⁉　すげぇ速すぎ。あ、副団長を捉えた。

――ドゴォッ‼

…………は？

何、今の音……地面が抉《えぐ》れてるんですけど⁉　副団長がうまく躱したからよかったものの、躱さなかったら……ひぇ。

ルディ君って事務方じゃないの？　補佐官って戦えなきゃダメなの？　あれっ？　もしかしてそこら辺にいる騎士たちよりはるかに強いんじゃ？　うーわー、自信なくすわー。年下の臨時事務員に劣るって結構きついんだけど。

ちなみに訓練場にいた人たちは、今の攻撃で皆一斉に壁際に移動し、自分の体を抱きしめるようにして震え上がっている。わかる、怖いよね。もちろん僕も移動したよ。だって素手で地面を抉るなんて人間業とは思えない。ルディ君っていったい何者なの？

そんな僕の疑問をよそにいまだに追いかけっこは続いている。

……なんか副団長が年下の少年に追い回されるってすごい絵面。あ、よく見たらあちこち抉れてるじゃん。もうやだ、ルディ君、めっちゃ怖い……。

「ちょ、待った！　悪かった、俺が悪かったから落ち着いてくれ」

「やだなあ。僕はちゃ～んと落ち着いているよ。ただ、オイタをした副団長に優しく諭してあげてるだけだよ」

「一方的な殺戮《さつりく》だろうが！」

「問答無用!!」

ルディ君が再び殴りかかる。当たれば即命に直結するため、副団長は避けるのに必死だ。

「誰か、団長を呼んできてくれ！　早く！」

誰かが叫び、それに反応した一人がすぐさま駆けていく。うん、正しい判断だよね。このままだと建物が崩壊しちゃうもんね。……ただ、団長が来るまで持てばいいけど……建物も副団長も。

などと不穏なことを考えていたら、団長が来てくれた。

「んで、いったいどういう状況だ？」

団長はとりあえず呼ばれたから来た、といった体《てい》で状況を理解していないようだ。二人の攻防を眺め、頬を掻きながら誰ともなしにぽつりと言う。そのため、側にいた騎士が気を利かせて事の顛末を団長に説明した。それを聞くなり、団長は頭痛でも起きたかのように額に手を当てて、頭を左右に振る。

「あー、それはお前が悪いな。エリオット、一発殴られてやれ」

「適当なこと言うんじゃねぇ！　この威力だぞ！　頭ぐちゃぐちゃになるわっ！」

肩をすくめて「一発殴られてやれ」と言う団長に副団長の全力の突っ込みが入る。詳しい理由はわからないけれど話から察するに、副団長は内務の仕事を放り出してここに来たようだ。それでルディ君が捜しに来てこうなった、と。……そりゃ副団長が悪いわ。殴られても仕方がない。あ、殴られたら即死だった。

「はぁ、仕方がない。ルディ！　頼む、君の気持ちは痛い程わかるが、とりあえず攻撃をやめてくれ」

「団長も彼の被害者ですか？　なら一度徹底的に腹を割って話さないとだめですよ」

「腹割ってねぇよ！　お前のそれは物理だ！　物理で腹を割るつもりかっ！」

「あー、あー聞こえなーい」

そう言ってルディ君が跳ね上がり副団長を捉える。そのまま拳が振り下ろされるも、狙いがわずかに逸れた。いや、狙いが逸れたんじゃない。副団長が間一髪で躱したんだ。

一方、ルディ君の拳は副団長を掠めつつ地面へ。そして地面に接触したか否かのところで、土くれが激しく舞い上がり視界を遮る。

やがて視界が晴れ、辺りを見回すと、二人は先程とは違う場所にいた。

団長はというと、ルディ君を止めるでもなく、顎に手を添えて何かを思案している。

「ルディの肩を持ちたいが……貴重な人材が減るのは困るし悩ましいところだな」

「何さらっと本音言ってんだ！　俺の味方はいないのかよっ！」

無理。副団長の味方なんぞした日には命がいくつあっても足りないもん。僕はそんな無謀なことをして早死にしたくない。我が身は可愛いからね。

それにしても突っ込みキレッキレですね、副団長。テンポもいいし。もしこの状況が穏やかだったら漫才みたいですっごく笑えますよ！　……『状況が穏やか』なら、ね。

「味方が欲しいなら真面目に仕事しなよ、リオン」

「ちょっとくらい羽を伸ばしたっていいだろうが」

「えぇ……ここで反省の言葉なんじゃないの？　団長！　副団長はもうちょっと教育が必要みたいです」

「よし、許す！」

団長が満面の笑みで右手の親指をぐっと立てる。

「許すなっ！」

「ならエリオット、お前もうちょっと真面目に書類と向き合え」

「ちゃんとやることやってるだろう！」

「「…………」」

まさかの無反応。なんか副団長の執務風景がわかっちゃった……。

「……なんで無反応なんだよ！　ああ、もうわかったよ！」

「お？　ようやく素直になったな。というわけだ、ルディ。悪いがその矛を納めてくれないか？」

「仕方ないなぁ……」

そう言うなりルディ君の動きがぴたりとやむ。同時に彼を包んでいたぶわっとした空気のような何かが霧散した。

……あれは魔法？　身体強化以外で見るのは初めてだ。凄いなぁ。

頼りに感心しながら再び二人に目を向ける。

副団長とルディ君は軽く息を切らせて互いを見ていた。でもすぐにルディ君が、視線を下げ不満げな顔でぼそりと呟く。

「……もう、仕事抜け出しちゃだめだからね、リオン」

……う……わ。

ルディ君の愁いを帯びた表情がとても美しくて、思わずドキッとした。な、なんでルディ君相手にドキドキするんだ？

慌ててルディ君から顔を逸らし視線をさまよわせる。周りを見れば、ほかの騎士たちも僕と同じ心境だったらしく、目をしばしばさせて動揺していた。これはヤバいな。

ルディ君は中性的で美しい。頭では彼が男性だとわかっているのに、ふとした瞬間それを忘れてしまう。そんな時にあの表情だ。皆たちまち心を持っていかれてこのざまだ。辛うじて堪えている人もいるみたいだけど、これは結構な数落ちたね。みんなにあっちの趣味がないことを祈るばかりだ。

そんな中、よく見れば副団長だけは青ざめていた。

「さ、リオン。体を動かしてスッキリしたでしょ？　戻って内務をこなそうね～」

「スッキリどころか命のやり合いでもうへとへとなんだが」

えっ!?　ルディ君が軽い物でも持つかのように、不平を言う副団長を片手でズルズルと引き摺ってる！　もう何が起きても驚かないと思ったのに、これにはびっくりして二度見しちゃった。

そうこうしているうちに項垂れていた副団長がルディ君の手を制して何かを言ったあと、自分で歩き始めた。ルディ君は素直に副団長を離すとおとなしく副団長の後ろを歩く。その表情はなんだか嬉しそうだ。副団長は、ルディ君がご機嫌になる言葉を言ったみたい。

こうしてみれば普通の上官と部下の関係なんだけどな……。

「皆、迷惑をかけたな。引き続き訓練を続けてくれ。そこら辺の穴は……うん、いい実戦経験になるだろう！」

あ、団長が現実から逃げた。

確かに実戦の場は平面な土地だけではない。それはわかるけど、団長はただ単に余計な出費を抑えたかっただけではないだろうか？　上ともなるといろいろ大変だろうしね……。

僕は哀愁を漂わせて去っていく団長の後ろ姿を見てそう思った。

ともあれ、今回のことを通して気付いたことがある。それはあの二人に幻想的な憧れを抱いていたことだ。

団長も副団長も蓋を開けてみれば僕たちとなんら変わらない普通の人たちだった。よってこれからは目標を語るにしても、もうちょっと地に足のついた目標を語りたいと思う。

そうだな、まずはルディ君のように強くなりたいな。よし、これからも鍛錬を頑張るぞ！

なおその一件からしばらくの間、僕は聖騎士団の訓練場で、地面を一心不乱に殴りつける先輩騎士たちの姿を何度も目にしたのだった。

公爵令嬢の従兄

SIDE：ハルトヴィヒ

上を見ればどこまでも広がる鮮やかな青。その青の一部を覆うように、白と鉛《なまり》の二色が漂う。二色は鉛色の比重を増やしながら天を目指して上へ上へと伸び、立体的な形となってこちらに向かってきている。いわゆる入道雲と呼ばれるものだ。

ああ、これはうかうかとしていられない。あっという間にここら辺も土砂降りになるだろう。そうなる前に辿り着かねば。目的の建物は見えているのに、そこまではもう少しかかるのが実にじれったい。

更にじれったいというか、恨めしいのがこの暑さだ。まだ夏の初めだというのに太陽が張り切ってしまい、暑くて敵わない。だから陽射しを避けて馬車に乗ったのだが、馬車の中は外とはまた違った暑さで、窓という窓を開けていなければたちまち茹で上がってしまう。いや、蒸し上がると言った方がいいか。まあ、双方暑いことには変わりないので、正直茹ででも蒸しでもどちらでもいいが。

暑さと我慢競《くら》べをすること一週間余り。北の地《クルネール》から王都にあるレーネ公爵邸《伯父の邸》まで、護衛たちとともに馬を飛ばしてきた。そして公爵邸に着くや一人馬車に乗り換えて、眼前に見える城に向かっている。

ただいくら眼前に見えるとはいえ、時間はそれなりにかかる。先程城門を抜けたところなのでもうしばらくかかるだろう。行儀が悪いのは重々承知だが、窓枠に腕を乗せると一面に広がる緑の庭を眺める。

この庭は貴人たちが立ち寄るようなものではない。もちろん手入れはされているものの、あくまで馬車から眺めるためだけの庭だ。鑑賞したりお茶会を開いたりするのは城の側にある庭園で行なわれる。従妹もよくそこでお茶会を開いていたようで、王妃教育の一環だと言っていた。なんとも難儀なものだ。

「ハルトヴィヒ様、到着いたしました」

駆者の声に意識を戻す。いつの間にか着いていたらしい。馬車から降りると軽く顔を上に向けて、城の一画を仰ぎ見る。

今回私は、殿下に呼ばれてここに来た。何かをやらかしたつもりはないが、何を言われるかわからない。そのためすぐに前に向き直ると、気を引き締めるように姿勢を正して目の前の階段に足をかけた。

「クルネール辺境伯ご子息、ハルトヴィヒ様ですね。お待ち申し上げておりました、どうぞこちらでございます」

王城入り口にあるアプローチの階段を上りきったところで、一人の男性が丁寧に腰を折って挨拶してきた。殿下の侍従だ。どうやら私を案内するために待ち構えていたようで、私についてくるように言うとそのまま歩き出す。そのため彼のあとに続いた。

それからしばらく歩き続け、やがて殿下がいる部屋に着き、中へと通された。

通されたのは執務室のようで、部屋の主は執務机に向かい、脇目も振らずに書類に押印している。その様子からとても忙しいことが窺えたが、だからといって自分にできることは何もない。とりあえず殿下に挨拶をすることにした。

「殿下、ご無沙汰しております。お呼び出しにお応えしまして、クルネールより馳せ参じました」

「ああ、ハルトヴィヒ殿。どうぞそちらにかけてください」

私の挨拶に気付いた殿下が顔をこちらに向け、にこやかな表情を浮かべて側にあるソファを勧めてきた。断る理由もないので言われるがままソファに腰かける。殿下も仕事の手を止めて執務机から私の向かい側へ移動してきた。

「久方ぶりですね、ハルトヴィヒ殿。急に呼び立ててしまい申し訳ありません」

「とんでもございません。殿下のもとへとならばいつでも馳せ参じましょう。もっとも、昨年の夜会以来殿下にお会いしておりませんので、説得力に欠けますが」

「しかし、それはあなた方が隣国の脅威から我々を守ってくれているがゆえです。感謝の言葉もありません。クルネール卿にもそのように伝えてください」

「もったいないお言葉、父も喜びましょう。ですが殿下、此度私をお呼びになったのは、その話をなさるためではないのでございましょう?」

私の言葉に殿下は目を細め、わずかに口角を上げて一つ頷く。殿下にしては珍しい表情だ。

「実はあなたの従妹のことなのですが……」

「ティナ……いえ、マルティナ嬢のことでございますか?　それでしたら直接レーネ公爵にお尋ねになった方がよろしいかと」

「聞いてはいるのですがこれといった回答も得られず、あなたなら何か知っているのではないかと」

なるほど、そういうことか。ならば私の答えは一つだ。

「私も殿下と同じく何も伺っておりません。そもそも情報がないらしく、公爵としても話しようがないのだと思います。彼女の従兄であり、かつ婚約直前までいった私相手でも、公爵の対応に変わりはないでしょう」

「……婚約直前だったって誰と誰が?」

おや?　殿下は聞いていていないのだろうか?　表情にこそ表れていないものの、言葉遣いに乱れが

生じており、少なからず驚いているのがわかる。別に婚約のことを隠していたわけではないのだが。

「殿下はご存じなかったのですね。実は十年以上前、レーネ公爵家とクルネール辺境伯家の間で、私とマルティナ嬢の婚約話が進められていたのです。ですが陛下が殿下の婚約者に彼女をお望みになり、こちらの婚約話は立ち消えとなったのです」

「初めて、聞きました」

「特段隠していたわけではないのですが……」

「私が彼女を知らなすぎるのです。それより婚約話があったとのことですが、あなたはティナをどのように……」

わずかに視線を右下の方に落としながら殿下が口ごもる。いやはや、可愛らしいところもあるものだ。殿下は今までずっとマルティナに無関心だったはず。それが一転してこれだ。心境の変化でもあったのだろうか？　昔からずっとこうだったのなら婚約が白紙に戻されることもなかっただろうに……。

さて、それよりも殿下にはなんと答えようか。

本当のことを言っても構わない。ただ、もう少し痛い目に合ってもらわなくては、マルティナの受けた数々の苦難が報われない気がする。少し焦らしてみようか……。

「ティナに対する想いですか？　従妹ですのでそれはございます。ですが、殿下の思われているような感情ではありません。私はティナを実の妹のように可愛がってまいりましたし、ティナも私をもう一人の兄だと言って慕ってくれております。私たちの間にある感情はそういった類いのものでございます。ただ……」

一旦言葉を区切り、続きを躊躇う振りをする。ちらりと殿下を窺えば、次の言葉を待っているようで、こちらに視線を向けている。

――頃合いか。

「ただ、私の父に至っては別です。婚約したからといって即座にティナが結婚するわけではありませんでしたし、何かあって婚約が解消しないとも限りませんでしたので、私たちの婚約話が立ち消えとなってもなお、父はティナを次期辺境伯夫人にしたいと望んでおりました。……いえ、今もそうですね」

「クルネール卿が？　もしそうなら、彼女がクルネールにいる可能性はありませんか？」

「それはないかと。先程も申し上げました通り、ティナは私をもう一人の兄だとしか思っておりません。裏を返せば、私と結婚する気がないのです。そんな彼女が、私との結婚を毎日乞われるとわかっていて、わざわざ父の保護下に入るとは考えにくく、クルネールを候補から外すのは至極当然のことではないかと存じます」

私の言葉のあと、殿下が顎に右手を添え「困りましたね」と呟く。

だがそれも少しの間だけで、殿下はすぐに真剣な眼差しをこちらに向けた。

「実はティナには、今度の王家主催のパーティーで私のパートナーになってもらいたいのです」

「殿下、それは……」

言葉に詰まる。それはつまり、殿下が再び彼女と婚約を結ぼうとしていることにほかならない。

「ええ。クルネール卿には申し訳ないのですが、私は彼女以外の者を妃にするつもりはありません。そしてそれを国内外に知らしめるためには、今度のパーティーで彼女を同伴する必要があるのです」

……厄介だな。

段々近づいてくる雷鳴を耳にしながら、目の前の人物をじっと見る。

マルティナは徹頭徹尾『国母になりたいわけではない』と言っていた。ゆえに国母になる必要がなくなった今の状況は、彼女にとってさぞかし嬉しいもののはず。その彼女が復縁に頷くとは到底思えない。むしろそんなことになったら、全力で回避するはずだ。

一方伯父上も、娘が心から愛する人と結ばれるのを望んでいる。ほかの者たちも、殿下と彼女が再び婚約を結ぶとは微塵も思っていない。あんなことがあったのだから当然だろう。

だが、殿下は違った。マルティナ以外を正妃にするつもりはないと言う。殿下からしてみれば彼女程素晴らしい人材はいない。たとえ彼女を裏切った後ろめたさがあったとしても、彼女を手放すつもりはない、ということか。

それは為政者としては正しい判断だ。しかし、人として大切なものが欠如していると言わざるを得ない。これではまたマルティナが国にとらわれ、悲しい思いをするだけではないか。

確かに、これ以上王家のごたごたを他国に知られるわけにはいかない。国内外に二人の仲を知らしめるには、王家主催のパーティーはうってつけだろう。ただし、殿下とマルティナがパートナーを組むことが必須条件だ。そのため、殿下はなんとしても彼女を捜し出す必要があった。それこそどんな手を使っても。だからこうして私を呼びつけた。

使える駒はなんでも使う。大した人だ。むろん影も使って彼女を捜索しただろう。それでもいまだに見つからないということは……。

……素の顔で行動しているな。ならば私はその方向で彼女を捜してみるか。だがその前に――

「恐れながら殿下。そこに彼女の意思は何一つ酌まれていないように存じます」

「ええ、ですが彼女ならば理解してくれるはずです。彼女は国母となるべく教育されてきたのですから。彼女は国に必要なのです」

「ですが彼女の気持ちを軽視なさっては……いえ、失礼いたしました」

「構いません。ハルトヴィヒ殿の言うことはもっともです。ですから、ティナが戻ってきてくれた折には、彼女との距離を詰めて大切にしようと心に決めています」

「……」

何も言えず口を噤《つぐ》む。単なる恋心ならば黙って見守ろうと思っていた。だが、結婚ともなれば話は別だ。目の前の男に大切な『妹』を任せたくない。

ただ、国のためと言われると途端に強く出られなくなる。なにせ私は辺境伯家の者だ。国を守る意思はほかの貴族よりも強い。殿下もそれを見越して言ってきたのだ。私を落とすために。

「ハルトヴィヒ殿、私は手を尽くしてティナを捜してきました。しかし、手掛かり一つ掴むことはできませんでした。もう、さして猶予はありません。今までは秘密裏に捜してきましたが、これからは公に彼女を捜したいと思います。といっても、ほかの貴族などに知られて彼女が危険な目に遭うといけませんので、王都を警邏する聖騎士団に依頼し、彼らのみに伝えるつもりです」

「それがよろしいでしょう。しかし人海戦術とは思いきられましたね」

「平たく言われると身も蓋もありませんね」

そう言って苦笑した殿下はすぐに真顔になって私を見てきた。

「これからすぐに書状を認めたいと思うのですが、よろしければ聖騎士団団長を訪ねてはもらえませんか？　あなたなら角が立たずに済む」

「かしこまりました。元々軍本部に顔を出す予定でしたので、なんの問題もございません。必ずや殿下の命を聖騎士団団長にお届けしましょう」

「感謝します、ハルトヴィヒ殿」

殿下は執務机へと戻ると書状を書き始めた。さらさらとペンを走らせ、最後に、タン！　と捺印すれば、殿下の命が記された書状が出来上がった。手馴れたものだ。

それを受け取り懐へしまうと、殿下の執務室を辞して軍本部に向かった。

先程から降り出した雨は今や土砂降りとなっている。聖騎士団の区画がある軍本部へは、城内を通って行けるため濡れずに済むものの、迂回する格好なので多少距離と時間がかかる。それでも、久しぶりに聖騎士団のみんなに会えると思うと嬉しくて、私の足取りはとても軽やかだった。

公爵令嬢と従兄

「あっ」

「どうした？」

書類の不備に気付いて思わず声を上げる。すると、右前方の机に向かっていたリオンが声をかけてきた。よって素直に報告する。

「ちょっと不備があって……。んー、団長のところに行かなくちゃだめか。この段階になってから気付くなんてちょっと弛《たる》んでるのかな」

「お前最近上の空が多いよな」

「そんなつもりはないんだけど……」

いや、嘘だ。リオンが指摘する通り、最近私は上の空が多い。それもこれも、この間届いたお父様の手紙の所為だ。

手紙には、今度王家主催のパーティーが催されるから一度邸に帰ってくるように、といった事などが便箋数枚にわたってつらつらと書かれてあり、目にした瞬間『欠席したい』と本気で思った。でも、それは早々に思い直している。というのも、王家主催のパーティーを欠席するなど到底無理だからだ。パーティーを欠席する。それはすなわち貴族の役目を放棄することにほかならず、ただでさえ役目を果たしているとは言い難い状態の私には、いささか具合が悪いものだった。それに加えて『殿下とちゃんと向き合わなければいけないな』と考えていたところで、欠席するのを思い直してからは参加する心積りでいた。

ただ、すぐに邸に戻るのは躊躇われた。ぎりぎりまでここに残っていたかったからだ。そのため最終的には邸に戻るとお父様に伝え、渋々であったがお父様の了承を得てここに留まっていた。

そんなわけで、真っ先に上の空の原因と考えられそうな『邸に戻る』、『パーティーに参加する』といった要素は、上の空の原因たり得なかった。

では何が上の空の原因か、と言えば手紙の最後についでにせんとばかりに添えられていたある一文――追伸の所為だった。そこにはこう記されてあったのだ。『今回ルートヴィヒはお前をエスコートすることができない。パートナーは自力で探すか、早々に帰宅して私と一緒に探そう』と。頭を抱えたのは言うまでもない。

今回お兄様はとあるご令嬢のパートナーになったらしい。付き合いがある家のご令嬢だから下手に断れなかったとのこと。

ならば仕方がない、私にもお誘いの手紙がちらほらと舞い込んできているみたいだし、そちらから選ぼう。そう考えていたら、お父様がことごとくお断りを入れていて、そっち方面は悲しい程に絶望的だった。

いくら私にさっさと戻ってきてもらいたいからって、お父様の所業はあんまりだ。それでつい私も意地になってしまい、自力で相手を探す方を選ぶという暴挙に出てしまった。結果、気付けばいよいよもって危機的状況で、かといって今までのパートナーである殿下に頼むわけにはいかず、ずっと悩んでいたというわけだ。

……あれ？　でもそういえば……。

そこまで考えてふとあることに気付き、リオンに声をかける。

「ねえ……リオン」

「ん、なんだ？」

「……あ……ううん、凄い雨だよね」

「え？　ああ、そうだな」

パートナーがいるのかリオンに聞いてみようと思ったものの、途中で思いとどまり話を逸らした。彼にまで『パートナーがいる』と言われたら、いないのは私だけになってしまう。そんなのつらすぎる。というか間違いなく拗ねる。でも、一人で参加なんてしたら何を噂されるか……。

そう黙々と考え込んでいたら、突如リオンが「あっ！」と声を上げた。何事かと見れば、彼が眉間に皺をよせて書類とにらめっこをしている。さては何かやらかしたな？

「ルディ、俺も団長に用があるからその書類持っていってやろうか？」

「ううん、これ団長に頼まれたものだし、少し特殊なやつだから直接団長に指示を仰ぐよ。逆に、リオンの用事は僕じゃだめなの？」

「ああ、これは俺しか処理できないからな。……仕方ない、効率は悪いが二人で行くか」

「そうだね、こういうのは早い方がいいもんね」

言うが早いか席を立ち、二人で隣にある団長室へと向かった。

廊下に出て数歩程歩けば、すぐに団長室だ。リオンが扉をノックし、応えとともに中に入ると、私もそのあとに続いた。

「団長、ちょっとい……」

「リオン？」

リオンが中に足を一歩踏み入れたところで、ぴたりと動きを止めた。不思議に思って彼の名を呼ぶが、彼は私の声が聞こえなかったのか、正面を向いたままで動かない。そのため、リオンを押し退《の》けて部屋に入ろうと、彼の背へ手を伸ばした。その時——

「ハル？　ハルじゃないか！　久しぶりだな。今邪魔だったか？」

「エリオット！　久しぶりですね。私の方こそお邪魔していました。でももう話し終わったんで大丈夫ですよ」

……え？

今度は私がぴたりと動きを止めた。これは……非常にまずいかも。

リオンが『ハル』と呼び、気さくに話しかけているその人物は、丁寧な口調ながらも親しみを感じさせる声音でリオンと話をしている。ただ私の位置からは、リオンの背に遮られてその姿を見ることはできない。けれど、私はこの声の主に心当たりがあった。

……どうしよう、このままこっそり隣に戻ろうかな。

リオンの背中にかけようとした手をそっと引っ込め、ゆっくりと利き足を後ろにやってそちらに重心をかける。物音を出さぬよう慎重に……。だが。

「ルディ？　どうした？」

……なっ⁉　……ああもうっ！　リオンのばかっ！

リオンが不意にこちらに振り返り声をかけてきた。そんな彼に向かって、心の中で思いきり悪態を吐く。誰にも気付かれないよう慎重に行動したのに、勘の良いリオンにいち早く気付かれてしまい、かえって皆の注目を浴びるはめになってしまった。なんともしてやられた気分だ。とはいえ、彼に悪気はない。何も知らないのだから当然だ。でも……なんか悔しい！

「ん？」

「……」

リオンに隠れて見えなかった人物が、体をやや傾けてリオン越しに顔を覗かせた。こちらをじっと見つめてくるその視線に、表情を崩さず小首を傾げて見せる。が、いったいどこまで通用するだろうか。

そこにいたのは漆黒の長い髪を後ろで一つに束ね、お母様と同じ新緑の瞳を持った青年だった。優しそうな容貌と穏やかな口調から、おっとりとした人物だと思われがちだが、一度《ひとたび》剣を持てば途端に豹変《ひょうへん》して、一人の精悍《せいかん》な剣士となる。その人物こそ我が従兄、ハルトヴィヒ・テオ・クルネールだ。彼は辺境伯家の跡取りで、その名に恥じない素晴らしい剣の腕を持つ。おそらく、リオンと互角くらいだろう。

そんなハルトヴィヒ兄様は、現在私の顔をじっくりと見つめている。ゆえに、悟られまいと引き攣《つ》る顔に鞭打ち、にっこりと微笑む。

「……この子誰です？　見かけない子ですね？」

……あれ？

彼の第一声は、私の想像していたものとは違った。

もしかして私だと気付いていないのだろうか？　……いや、思慮深いハルトヴィヒ兄様のことだ。何か考えがあるのだろう。そう考え、注意深くハルトヴィヒ兄様の様子を窺う。

「彼は数か月前から聖騎士団で雇っている臨時の事務員だ」

「俺の補佐官なんだぜ！」

リオンは声を弾ませて、団長のあとに言葉を続ける。それを聞いたハルトヴィヒ兄様が私から視線を外し、リオンに目を向けた。

「つまり、エリオットは補佐をつけて楽をしていると？」

「楽じゃなくて助けてもらってるって言ってくれ。こいつがいれば残業も少なくて済むし、空いた時間を使って団長の仕事も手伝えるし、凄く助かってる。最高のパートナーさ」

それを聞いた途端、ハルトヴィヒ兄様の目が眇《すが》められ、再び私を捉えた。

……え？　やだ、怖い……。

「へぇ……で、君名前は？」

「ルディと申します」

「ルディ、なんていうの？」

「……マーレです」

ああ、これは完全にばれている。そのうえで、あえてこの茶番に付き合ってくれているのだろう。でもそれは逆に、兄様の匙加減一つで危機に陥る可能性もある、ということ。十分に気を引き締めて対応しなければ。

「ルディ・マーレ……ね。うん、覚えた。私はハルトヴィヒ。ハルトヴィヒ・テオ・クルネールだ。よろしくね」

「はい。よろしくお願いします」

ハルトヴィヒ兄様が私の前に来るなり、すっと手を差し出してきた。その差し出された手に己の手を添えて、ぎゅっと握手を交わす。その間も、私の正体がばらされたりはしないかと、ひやひやしていた。

だがそんな私の心情など知る由もないハルトヴィヒ兄様は、握手のあとぱっと私の手を離し、横目で団長の方を見る。斜め後方にいる団長を兄様が見るのは角度的に不可能だったが、その一連の動作に、私は兄様が二人にばらすのではないかとかなり焦った。その所為で一瞬表情が崩れかかる。

それはなんとか堪えることができたものの、今度は気付かれていないか心配になった。

……今の見られていないよね?

確かめるようにちろりと兄様に目を遣る。すると兄様は口を一文字に引き結んで、さっとこちらから目を逸らした。

……わざとだーっ!!　きっと兄様は心の中で笑っているに違いない！

抗議の意を込めて、きっ、と睨むようにハルトヴィヒ兄様を見る。だが兄様はこちらに目もくれず、リオンたちの方を向いて口を開いた。無視か！

「……さて、と。それじゃ、用も済んだことだしそろそろお暇しますね。団長。彼女の事、お願いします。エリオット、油を売るのもいいですが下の者が大変ですから程々にしてくださいね」

……え？

もう少しここにいるのかと思われたハルトヴィヒ兄様は、唐突に暇を告げると私たちにふわりと優しく微笑んだ。その意外な展開に目をぱちくりと瞬かせる。

いったいどういうことだろう。私に気を遣ってくれたのだろうか？　……いや、兄様のことだ。私をからかってすっきりしたのだろう。

などとハルトヴィヒ兄様の真意を探ってあれこれと考えていると、団長が兄様に声をかけた。

「もうちょっとゆっくりしていったらどうだ？」

いやいや団長、本人は帰ると言っているのだから、余計なことはせずに本人の意思を尊重してあげてください！　と団長に突っ込みそうになるのを必死に堪える。だって言ったら最後、兄様に何をされるかわからない。

ハルトヴィヒ兄様はああ見えて策士だ。腹黒いとも言……ごめんなさい、なんでもないです兄様。

慌てて満面に笑みを張り付け、その場をやりすごす。危なかったわ……。まさか内心に思っただけで兄様がこちらを向くとは思わなかった。しかも、目が合ったなと思ったら途端に目を眇めてきた。タイミングが良すぎるどころの話ではない。まるですべてを見透かされているみたいだ。

幸い、ハルトヴィヒ兄様がすぐに表情を穏やかなものにして団長たちの方に向き直ったため、事無きを得たが。

「団長の言葉はありがたいのですが、やることがたくさんあって、すぐにでも領に戻らなくてはならないのです」

ハルトヴィヒ兄様が申し訳なさそうな声音で言う。どうやら兄様は領地を継ぐために頑張っているようだ。それに比べて私はどうだろう。このような生活を続けていることに対し、なんだか申し訳ない気持ちになってくる。やはり私も現実に戻らないといけないのだろうな。まあ、もう少ししたら嫌でも戻るのだけれども。

「おいルディ、せっかくだからハルを下まで送り届けてくれ」

物思いに耽っていたら、突如リオンの声が降ってきた。

一瞬何を言われたのかわからず、二回程ぱちぱちと目を瞬かせる。だがすぐに彼の言葉を理解し、「えっ!?」と素っ頓狂な声を上げてリオンを見上げた。そんな私にリオンが軽く首を傾げて「どうした?」と言う。

何が『どうした?』だ。どうしたもこうしたもないわ。問題大ありよ! 確かに、あとでこっそりとハルトヴィヒ兄様に連絡しようとは思っていたけれど、こんな形ではない。兄様と二人きりってどんな罰よ。

「一人で帰れるんだけど……まあ、こんな可愛い子と話をするのもいいかもしれないですね。弟ができたみたいで新鮮です。では、ルディ君よろしく」

ハルトヴィヒ兄様はこちらを向くと、とても良い笑みを満面に湛えた。送られる気満々だ。

……あーあ。どうなっても知らないわよ。最悪の事態になったらリオンを怨んでやる！

つい睨みそうになるのを堪えながらリオンを一瞥するも、すぐに視線をハルトヴィヒ兄様へと戻した。すると先程とは違う笑みの兄様と目が合う。なんか嫌な予感がするのだけれど……。

「……では、行きましょうか」

気を取り直し、よそ行きの笑みを顔面に張り付けながらハルトヴィヒ兄様に声をかけると、兄様とともに団長室をあとにした。


四階の団長室から一階の軍本部入り口まではそれなりに距離がある。最初は黙々と歩いていたが、ずっと沈黙しているわけにもいかない。当たり障りのない会話を振ってなんとか間を繋ごうと試みる。

「ハルトヴィヒ様はクルネールと名乗っておられましたけれど、クルネール辺境伯家の方なのですか？」

「はい、そうです。さすがにわかりますよね。君はマーレと名乗っていたようだけど？」

うっ！　藪蛇だったわ。予想外の質問に内心で動揺する。

私が先程名乗った『マーレ』という姓は、実在していた家名だ。確かマーレ伯爵家だったかな。後継者がおらず三十年程前に断絶となり、今はもうその名を名乗る者はいないとされている。といっても三十年程前の話なので、老若にかかわらず知る者は多い。直接会った者然り、上の世代から聞かされた者然り。かくいう私もお妃教育で習ったため知っている。そして習った際に『これは何かに使える』と思い、頭の片隅に留めていたのだ。もっともその時の私は、それが実際に役立つとは夢にも思っていなかったけれど。

それはさておき、私はギルドの冒険者登録にあたり、熟考したうえでマーレと名乗ることにした。マーレの名はいまだに知れ渡っている。そんな中、私がマーレの名を名乗ればどうなるか。皆、不審に思いいろいろと調べるだろう。知らなかったとしても、マーレ伯爵家に辿り着くことができれば、そのあたりを重点的に調べるはずだ。存在するはずのないマーレ《私》を。

もしマーレの名に関して直接尋ねられたら、曖昧に微笑めばいい。そうすれば相手が勝手に推測して攪乱《かくらん》の効果が跳ね上がる。その隙に私は逃げればいい。そのためにマーレとしたのだ。

ただ、目の前の人物には通用しない。もう既に私の正体を知っているからだ。

「あ、えっと。その……」

「あれ？　フィンとノアじゃないか」

しどろもどろになっていると、フィンとノアがちょうど近くを通った。そこを兄様が呼び止める。

「「ハル！」」

二人は兄様に気付くと笑顔でこちらにやってきて、その場で兄様と会話を始めた。

ハルトヴィヒ兄様は十七歳から二年間聖騎士団に所属し、数か月程前に退団している。そのため、ほとんどの者と面識があった。私は兄様と入れ替わるようにここに来たので、兄様が聖騎士団にいた頃のことは何も知らない。でもみんなの反応から察するに、かなり慕われていたのではなかろうか。現に、先程団長が兄様を引き止めていたし、現在兄様と話し込んでいるフィンとノアの声は、いつにもまして弾んでいる。

その所為か、三人の会話は尽きることなく長い間にわたって花を咲かせた。その間私のしたことと言えば、会話の邪魔をしないよう壁際に移動し、三人の様子を眺めていただけだ。本当はこのまま この場を離れたかったのだけれど、いろいろと考慮して——といってもあとが怖かっただけなのだが——おとなしくその場に留まっていた。

「二人とも、このあと団長から指令が下るだろうから団長室に行ってみるといいですよ」

「指令？　なら今から行ってみるか。それじゃハル、またな！」

「ハル、また話をしてくださいね」

ようやく会話が終了し、二人はハルトヴィヒ兄様に会釈をすると、私たちの脇を通って団長室の方へと去っていった。それを見送っていたハルトヴィヒ兄様が、少ししてこちらに向き直る。

「お待たせ、行こうか」

短く「はい」と返事をすると急いでハルトヴィヒ兄様のところに行き、彼の隣に並ぶ。そしてさっと足を一歩踏み出した。その矢先——

……へっ!?

突如腕を掴まれたかと思うと、ぐいっと真横に引っ張られた。不意の出来事に頭が追いつかず、勢いあまって踏鞴《たたら》を踏む。

なんとか踏みとどまり一息吐いたあとに辺りを見回すと、そこは薄暗い空間だった。所々にガラクタらしき物が埃をかぶったままの状態で放置され、使わなくなった資料と思しき物が、箱に無造作に入れられて置かれてある。そこから視線を落とせば、しばらく人が訪れていなかったのか、床一面が真っ白になっていた。

……ここは……物置？

私の疑問に答えるようにハルトヴィヒ兄様が口を開く。

「ここはね、今は使われていない物置部屋だよ」

「な、んで……」

「『なんで』って、そんなの決まってるだろう？　誰にも見られずに話ができるからね」

「あなたと話をすることなんて……っ⁉」

『話をすることなんてない』と言おうとして、ハルトヴィヒ兄様の鋭い視線に遮られ、口を噤んだ。

「『ない』なんて言わせないよ、ティナ。それともティナじゃないって白を切る？　君の本当の姿を知っている私に？」

……ああ、もうここまでね……。

「……ハルト兄様」

掠れた上に消え入りそうな声で呟くと、ハルトヴィ……ううん、ハルト兄様はにっこり微笑んで頷いた。

「うん、久しぶりだねティナ。団長の話を聞いてまさかとは思ったけれど、本当に君がいるとは驚いたよ。しかもここで『聖騎士団の英雄』なんて立派な二つ名を付けてもらったんだって？　よかったね。私は恥ずかしいから死んでも要らないけど」

「……」

ハルト兄様が私の急所——といっても精神的なものだけれど——を狙って的確に抉ってくる。ツライ……。

でも私だって好き好んで付けてもらったわけではない。気付いたら名付けられていたのだから仕方がないではないか。ただそう言ったところで、私を弄《いじ》る気満々の兄様が精神攻撃をやめるとは思えないが。

「しかし数か月もこんなところにいたとは、盲点だったな。殿下にしてみればまさに灯台下暗しだが……でも私は嘘を言っていないし、聖騎士じゃないから報告の義務もないし、伝える必要はないかな」

「あ、あのハルト兄様？」

途中から真顔になり、明後日の方に顔を向けて独り言ち始めたハルト兄様に、おずおずと声をかける。すると、ハルト兄様は再びこちらを向いてにこりと微笑んだ。

「ああ、ごめん、ごめん。とにかく息災そうでなによりだね、ティナ。事情は聞いていたし伯父上が許可していることも知っているけれど、それでもみんな心配していたんだよ？」

ハルト兄様が私の頭をそっと撫でてきた。リオンとは違い、とても優しい手つきだ。まるで本当の兄のよう。そんな彼に心配をかけてしまい申し訳ない気持ちでいっぱいになる。

「ごめんなさい、兄様」

気付けば謝罪の言葉がぽろりと口からこぼれていた。

「私だけじゃなく伯父上たちにも言わなくちゃね。……で、その髪は誰に切られたの？」

「ひぇっ!?」

突如周りに冷気が漂う。

あ、これやばいやつだ。たとえ自分で切ったと言っても怒られるやつ。でも言わなければ延々とこの圧に耐えなければならない。そんなの無理だ。観念して恐る恐る口を開く。

「じ、自分で……切りました」

「誰かに切られたわけじゃないんだね？」

「はい」

「ならいいんだ。いや、よくはないけどそれはあとにしよう。とりあえずその髪を切った経緯と、ここに来ることになった経緯と……とにかく全部話してもらおうかな」

……当然そうなるわね。

結局私はハルト兄様に、一から十まで説明するはめになった。

「……なるほど。伯父上に伺っていたからあらましは知っていたけれど、改めて聞いても酷い話だね。やっぱり殿下に協力するのはやめるか。書状をちゃんと渡したんだから十分貢献したはずだし」

「え？　ハルト兄様？」

なんだかよくわからないことを言っているハルト兄様を見て、首を傾げる。いったいなんの話だろう？　疑問に思っていたら、直後に兄様がとんでもないことを口にした。

「ティナ、一つ情報を流してあげる。先程団長にある書状を渡してきたんだ。書状にはね、殿下直々の命が書かれてあるんだが、その内容というのが『君を聖騎士団で捜してほしい』っていうものなんだ」

「……え？」

驚き目を見張った私に、ハルト兄様は一呼吸置いて続きの言葉を紡いだ。

「ティナ、殿下が君をなんとしても捜し出そうと、あちこちに手を回している」

その瞬間私の時間が止まった。部屋の中はザアッとバケツをひっくり返したような雨と、けたたましい雷の音だけになる。

……兄様？　何を言ってるの？　私の聞き間違い？

ようやく思考が動き出し、ハルト兄様をじっと見る。彼の目は嘘を言っているようには見えない。本当なのだろう。

「私を……聖騎士団のみんなが、捜す？　殿下の命令で？」

茫然としながら紡いだ言葉は、悲しいかなハルト兄様の言葉をそっくりそのまま返しただけだった。それでも声を出したことにより頭がすっきりしたようで、状況を理解しようと更に頭が回転する。すると今度はハルト兄様の言葉の意味を理解して、血の気がみるみる失せていくのがわかった。

「ティナ……」

「大丈夫、大丈夫ですわ」

すっかり冷たくなった手をぎゅっと握りしめると、憐憫《れんびん》のような目を向けてくる兄様に平静を装って答える。いつまでもみっともない姿を曝しているわけにはいかない。落ち着かなくては。おもむろに目を閉じ、大きく深呼吸をして、気持ちを切り替えつつゆっくりと目を開ける。

……それにしても、いったい殿下は何を考えているの？

気持ちが落ち着いてくると今度は殿下への憤りを覚えた。だって皆、暇ではないのだ。たかが公爵令嬢一人捜すのに聖騎士団のみんなを使うだなんて公私混同も甚だしい。余計な仕事を上の立場である殿下が増やしてよいものではない。皆いい迷惑だ。

私としても殿下の前に突き出されるなど真っ平御免だ。ありとあらゆる可能性を探り、周到に対策を練って万全の状態でパーティーに臨むのと、なんの下準備もなく殿下の前に突き出されてしまうのとでは、月と鼈《すっぽん》、天と地程の差がある。だったら当然前者がいい。

それに何より、聖騎士団のみんなに正体を知られたくない。今まで築き上げてきた関係が壊れてしまいそうで怖いから……。

ただ幸いなことに、アマーリエ以外に『公爵令嬢マルティナ《私》』の素顔を知る者はいない。だから、うまくやれば期日まで逃げ切ることも可能だ。そしてそれにはまず情報収集が必要なのだが、どうやって情報を探ろうか……。

黙々と考えていたら、気遣わしげな表情を浮かべたハルト兄様が、「ティナ」と再び私の名を呼びながら顔を覗き込んできた。ああ、いけない。ハルト兄様を心配させてしまった。慌ててふわりと微笑んで、なんでもないと態度で示す。すると、ハルト兄様はますます心配そうな顔をして、私の目をじっと見つめてきた。

「ティナ、大丈夫かい？　顔色が悪いよ。この話を聞いて平気でいられるわけがないのはわかるけど……」

「大丈夫ですよ？　情報を教えてくださってありがとうございます。それより、ハルト兄様の方こそ大丈夫ですか？　私に情報を教えたりなんかして」

ハルト兄様は殿下の直々の命だと言っていた。それをこんなに簡単に話してよいのだろうか？まあ、私も一応聖騎士団の事務員ではあるけれど……。

「どうせすぐに周知されるから私が今言ったところでなんの問題もないよ。それよりティナはこれからどうするんだい？」

兄様の問いを受け、無意識に宙を眺めてどうしようかと思案する。だがそれも一瞬で、すぐに視線を戻す。

「とりあえずは何も変わりません。私はここが好きなので、情報をかき集めつつここに留まるつもりです」

「わかった。本当は伯父上たちに報告した方がいいんだろうけど、ティナのことだ。伯父上たちには自分から話すつもりなんだろう？　それまでは黙っておくよ。でも伯父上たちは本当に心配しているんだから早いうちに帰るんだよ」

「はい。何から何までありがとうございます、ハルト兄様」

「私は昔から君にとっても甘いからね」

そう言うとハルト兄様は、私を甘やかす時のような優しい笑みを浮かべて、私を腕の中にそっと囲った。そして何度も「大丈夫だよ」と言って、ゆっくりと頭を撫でる。

「兄様、私は子供ではないですよ？」

「わかってるよ」

「……全然わかっていないです」

昔からハルト兄様は、私につらいことや困ったことが起こると『大丈夫だよ』と言ってこうして抱きしめてくる。きっと私を猫かなんかだと思っているに違いない。……というのは冗談だが、とにかく、そうされると心が落ち着くのであまり強く言えずにいる。今回も案の定何も言えずに、おとなしく撫でられ続けることとなった。


それから幾許《いくばく》かして。兄様の腕の中で、ほぅ、と一つ安堵の息を漏らす。すると頭上からクスクスと笑う声がして、反射的に頭を上げた。

「もう大丈夫だね」

「ハルト兄様？」

「気付いていなかったようだけどずっと震えていたんだよ？」

「震えていた？　私が？」

「そうだよ。そんなに殿下が嫌い？」

兄様が苦笑しながら尋ねてきたので、ふるふると頭を左右に振る。

「いいえ。でも、もう以前のように見ることはできません。私も殿下も、もうあの頃とは違うのです」

別に殿下が嫌いというわけではない。ただ、信じられる人ではなくなった。今後殿下に会ったとしても、今までのような態度で接することはできないだろう。思ったことをずばずばと言ってしまいそうだ。そう言ったらハルト兄様が肩をすくめて「それは仕方ないよね」と同意してくれた。

「そういえばティナ、副団長補佐官になったんだよね？　それって副団長室に二人きりなの？」

「……は？」

私を解放しながらハルト兄様が口にする。その言葉に一瞬だけ目を丸くし、だがすぐに細めた。

……兄様それ言っちゃいます？　知らないうちに兄様が扉を閉めていて、今まさにその状態なんですけど？　それに私は今この格好をしているのよ？　ありえないわ。

現在私はルディの姿をしている。だから私とリオンの間に男女の空気が流れるわけがない。だというのに……いや、わかっていても聞かざるをえなかったのだろう。私も兄様も貴族の子息子女だ。体裁の悪い話はあっという間に広がる。自衛するに越したことはない。

とはいえ、ムッとしたのも事実だ。ゆえに、貴族らしい心配をするハルト兄様に、わざと貴族らしい口調で答える。

「まあ。いやだわ、ハルト兄様。彼といるのは『ルディ』という名の少年ですわ。若い男女がこのように密室にいるわけではないのですから、何も疚《やま》しいことなんてありませんのよ？」

そう言ってころころと笑って見せると、ハルト兄様の頬がびくついた。

「ならいいんだ。ごめん、ごめん、そんなに怒らないで。髪の話は不問にしてあげるから。それじゃ、私は下の訓練場を覗きつつ帰るとするよ。見送りはここまででいい。下手に長いと訝しがられ

るだろう？」

「でも……せっかくハルト兄様にお会いできたのに」

「そのせっかく会えた私を、素知らぬ振りで見送ろうとしたのはどこの誰だか」

言いながらハルト兄様が楽しそうに笑う。つられて私も笑った。

そうして一頻り笑ったあと、静かに部屋の扉を開けてそっと二人で顔を出す。私が右でハルト兄様が左。部屋の外には誰もいない。あれ程轟いていた雷も遠ざかっており、辺りはしんと静まり返っている。

「よし、誰もいない。行こうティナ」

ハルト兄様の指示で急いで部屋を出る。くるりと辺りを見回すが誰にも見られていないようだ。ほっとして兄様の顔を見ると、兄様がゆっくりと頷いた。

「それじゃ行くね、ティナ」

「はい、兄様。どうかお気を付けて」

「うん、またね」

ハルト兄様が何事もなかったかのように凛と歩き出す。兄様はそのままこちらに振り返らず去っていき、私は兄様の後ろ姿をただただ黙って見続けた。

「さて、僕も行くかな」

ハルト兄様の姿が見えなくなって、ようやく私も歩き出す。そういえば書類をリオンに押し付けたままだったな、とぼんやり思いながら廊下を歩く。けれど不意に兄様の話が頭を過り、ぴたっと足を止めた。

何故殿下は私を捜しているのだろう。私に恨み言でも言うつもりだろうか？　いや、殿下に恨み言を言われるようなことをした覚えはないし、そもそもそんな筋合いもないはず。むしろこっちがあれこれ言ってやりたいくらいだ。だとしたらなんだろう？　私を見つけだして再び婚約するとか？　いやいや、そんなこと……。でも、ないって言いきれる？　殿下でもないのに？

「……」

廊下の端に移動して、わずかな可能性も含め深く考える。

現在殿下はユリアーナと縁を切っていて、恋人もいない。そうなると浮上してくるのがお妃問題だ。殿下の妃ということは、未来の国母になるということ。当然未来の国母にはそれなりの素養が必要になり、必然的に素地がある者が選ばれやすくなる。この場合侯爵家以上の令嬢か。

では、侯爵家以上の令嬢は誰々いるのだろうか？　家ごとに思い浮かべる。

まず、ローエンシュタイン侯爵家のエミーリエとアマーリエ。彼女らは……いや、ローエンシュタイン侯爵家はレーネ公爵家に返しきれない程の恩がある。というのも、以前ローエンシュタイン侯爵が爵位を売らなければならない程の窮地に陥った時、援助という形でお父様が侯爵の窮地を救ったからだ。そのため、侯爵家で婚約の打診を受けてもこちらの顔を立てて断ると推測される。

また彼女ら自身も、強制されない限り王太子妃の話を受けないはずだ。エミーリエに至っては、卒業パーティーでさんざっぱら暴れている。まず受けないだろう。

とはいえ、王命での婚約もあり得る。もしそうなった場合どうなるか？　ただでさえ私を裏切った殿下を快く思っていない双子だ。十中八九血の雨が降るだろう。それは侯爵も考えるはずだ。なにせ自分の娘たちなのだから。したがって、侯爵は大惨事を避けるために全力で事に当たるだろう。胃薬はたくさん送ってあげるべきかもしれない。元凶は私だけれど……。

それはともかく、次はスヴェンデラ侯爵家のベアトリーセ様。彼女は何かと問題を起こしているので候補にすら挙がらないと思われる。ほかの侯爵家には殿下と年の近いご令嬢がいないので、あとは公爵家だ。

ブルノー公爵家は殿下より五歳程年下のご令嬢がいる。ただ、ユリアーナの件があるためおそらく辞退するだろう。ヴァイス公爵家のご令嬢は既に婚約者がいるので、自動的に候補から外れる。

となると、アルニム公爵家のアデリンデ様が最有力候補かしら？

だが、ここで私の存在が出てくる。いくら素地があるとはいえ、お妃教育をこれから始めるアデリンデ様と、もう既に教育を修了している同じ公爵家の私。婚約は白紙に戻されたが私に瑕疵《かし》があってそうなったわけではない（家出はしたけれど）。更に、私には陛下を凌《しの》ぐ程の魔力がある。再び婚約者に選ばれたとしてもなんら不思議ではない。

そう考えると、殿下が私と元の鞘に収まり再び婚約を結ぼうとするのは、至極当然なことかもしれない。私を必死で捜している理由もそう考えれば辻褄が合う。

今回公開捜索に至ったのは、もうすぐ王家主催のパーティーがあるためか。私との仲をなんでもなかったと周囲——特に他国に見せつけるには、うってつけの場と言えよう。ほかの者には痴話喧嘩だったとでも言えばいい。多少王家の醜聞だと囁かれるだろうが、そのくらいの醜聞でお妃教育を終わらせた私が手に入るのならば殿下にとって安いもののはず。

でも、婚約が白紙に戻されているのに私を相手に選ぶだろうか？　……うん、殿下なら間違いなく選ぶわ。となると、殿下のことだからもう既に魔の手はこちらに伸びていると考えてよい。今回の場合は聖騎士団への要請……。

「あ……」

その結論に至り、再び血の気が失せ、体が冷たくなった。今度は自分でもわかるくらいに足が震えている。こんな人通りがある場所で震えていては怪しまれてしまうというのに、足が全く言うことを聞いてくれない。それでも、すぐに崩れてしまいそうになる足を必死で励まし、なんとかその場に立ち続ける。

何か策はないだろうか。殿下が諦めてくれるような何か……。お父様に相談すれば即座に断ってくれるだろうが、これ以上お父様に迷惑をかけたくない。かといって一人で対処できる自信もない。殿下は頭が切れる。私程度の頭では到底敵わない。ならばほかに誰か協力者を探す？　エミーリエやアマーリエとか？　……確かに二人なら協力してくれるとは思う。だが、それだと侯爵家も巻き込んでしまう。いくらお父様に迷惑をかけたくないからといって、ほかの人に迷惑をかけたのでは意味がない。やはり私は誰にも頼らずに、一人で殿下に立ち向かわなければならないのだろうか？

気持ちが段々沈んでいく。もう既に殿下の手中にあるような気分になる。

私は端から詰んでいたのだろうか？　考えれば考える程、悪い方向に考えてしまう。このままだとあの堅苦しい場所に逆戻りだというのに。

……嫌だ。戻りたくない。

嫌な想像を振り払おうと、頭を左右にぶんぶんと振って無駄な抵抗をする。すると、私の脳裏にふと一人の青年の姿が浮かんできた。炎を彷彿とさせる赤い髪をしたその青年は、太陽のような黄色い瞳をこちらに向け『大丈夫だ』と言ってにっと笑っている。実に彼――リオンらしい。

ああ、そうだ。彼に思いきって告げてみようか？　もしかしたら私を庇ってくれるかもしれない。

そんな突拍子もない思いが湧いてくる。が、すぐに頭を振る。私の正体を彼に告げてうまくいくとは限らない。彼が家や功を取って殿下に告げてしまえばそれまでだ。それに、彼が殿下の意志に逆らってまで私を助けてくれる利点が何一つ思い浮かばない。

どうしよう、気持ちは少し楽になったけれど、ほかに良案が出てこない。いつまでもここで震えているわけにはいかないのに。

最善策を求めてついつい気が急いてしまう。それを落ち着かせるために壁に凭《もた》れて目を閉じると、一つ大きく深呼吸をする。壁に預けた背中が冷たくて、失くした感覚が戻ってくる。

……そうね、焦っていても仕方がないわ。一旦戻りましょう。大丈夫。私はもう殿下の婚約者ではない。ここのみんなは私を公爵令嬢だなんて思っていないもの、すぐにはばれないわ。

無理矢理自分に言い聞かせ、ゆっくり目を開けると預けていた体を戻して片足をそっと前に出す。思っていたよりも容易に動く。更にもう片方の足を前に出し、一歩一歩確実に床を踏みしめる。

当然ながら気分はすこぶる悪く、余計に足取りは重い。それでも懸命に足を繰り出し続け、やっとのことで団長室の前に辿り着いたのだった。

公爵令嬢の紹介

団長室には聖騎士団第二、第三師団の師団長と副師団長に加え、第一から第三師団までの部隊長といった錚々《そうそう》たる顔触れが揃っていた。どうやら私とハルト兄様が物置部屋にいる間にここに集結していたらしい。彼らは私が入室した時からずっとこちらに顔を向けており、私の動向を窺っているようだ。

そんな彼らを不躾にならない程度にぐるりと見回す。すると、師団長や部隊長の中にフィンとノアの姿を捉えた。ハルト兄様の言葉を受けて居座ったのだろう。副部隊長のフィンはともかく、ノアの方はよく団長が許したものだ。

更に視線を動かすと、団長の右後方に立つリオンと目が合った。

「ルディ、ご苦労だったな」

「うん、ただいま……ってそれはいいんだけど、みんな勢揃いでどうしたの？」

私の問いにリオンではなく団長が答える。

「それはあとで話す。……では各師団それぞれのタイミングで周知してくれ。ただし、なるべく早くに周知するように。以上解散！」

「「「はっ！」」」

師団長たちが右指を真っ直ぐ伸ばし、こめかみのあたりに構えてびしっと敬礼をすれば、すぐさま団長が答礼をした。それが済むと彼らはこちらに向きを変え、扉の方にやってくる。そのため邪魔にならないよう扉の脇にさっと避け、彼らが退出するのを見送った。

師団長たちが去ったあと、その場に残ったのは部屋の主である団長と、リオン、アマーリエ、フィン、ノア、そして私の六人だった。とりあえず団長たちのところに行き、団長とリオンにハルト兄様を見送った旨を報告する。すると二人から「ご苦労だったな」と労いの言葉を受けた。

「……で、絶世の美少女だって聞いたんだけど、見つけたら口説いてもいいですか？」

「なんであなたはすぐに口説こうとするのよ！　だめに決まってるでしょ？　相手は公爵令嬢なのよ？」

私たちの会話が終了したためアマーリエたちの方に顔を向けると、フィンの質問にアマーリエが呆れたような顔で答えているところだった。その前の会話は聞いていなかったのでよくわからないが、察するに私の話だと思う。公爵令嬢とか言っていたし。団長とリオンもそう思ったらしく、二人の会話にさらりと交ざる。

「お？　フィンは見たことないのか。私は何度か挨拶する機会があったから件のご令嬢に会ったことはあるが、確かにありえないくらいの美しさだったな」

「俺も会ったことないな。だが、兄上の話だとすごく可憐で美しいらしい」

……っ！

目の前で交わされる会話が面映ゆい。つい表情が崩れそうになるのを、顔を背けることでなんとか堪えた。そして、そのまま視線の先にいるフィンに尋ねる。

「なんの話ですか？」

「お前は聞いてないんだっけ？　殿下が人探しを俺たちに命令したんだよ」

「命令？　軍全体に？」

「いや、聖騎士団だけだってさ。なんでも邪な感情を持つ者が多いから、貴族出身者が多い近衛や魔法師団には話を通していないらしい。もちろんこれも他言無用だ」

……ん？　邪な感情？　なんだろう？

確かに殿下の婚約者だった頃は命を狙われることもあったが、それは殿下の婚約者だったからだ。今はもう殿下の婚約者ではないのだから、ただの公爵令嬢を害する必要はないはず。それなのに私に邪な感情を抱くの？　……うーん、謎だ。何かされそうになったら即刻叩き潰すからいいけれど。あ。謎と言えばもう一つ。ちょうどいい機会なので聞いてみる。

「聖騎士団に命令はわかりましたが、殿下なら影を放てばすぐに見つかるんじゃないんですか？」

そう、この国には『影』と呼ばれる隠密部隊が存在する。その仕事は多岐にわたり、あまりよろしくないことも平気で行なう。彼らは貴族家や王家――正確にはその家の当代とそれに準ずる者――に代々仕え、一度仕えたら裏切ることも別の家に鞍替えすることも許されない。そしてそれは、この国の者はおろか隣国の者ですら知っている話だ。

「俺もそう思ったんだけど、手掛かりすら見つからないんだとさ」

「見つからない？　いったい誰を捜しているの？」

あれ？　わざとらしかったかな？　アマーリエが苦笑しているわ。

「知っているか？　数か月程前にある令嬢が婚約者に浮気され、そのうえ濡れ衣を着せられそうになって姿を消したんだ。その後、令嬢不在のまま婚約は白紙に戻されたらしいが、令嬢が戻ることはなかったらしい。その令嬢というのが殿下の捜している人物で『月の妖精』と称される殿下の元婚約者の公爵令嬢だそうだ。今回の失踪は『月の妖精』の名にちなんで『妖精の雲隠れ』と言われてるらしいぞ」

……は？　ただ家出しただけなのに、変な名称が付けられているんだけど……。

一瞬呆気にとられ顔が崩れかけたが、すぐに取り繕ってフィンを見る。

「それってレーネ公爵家のマルティナ嬢だよね？」

「公爵家のお姫様の名前なんてよく知ってたな？　俺たちには程遠い、雲の上の人物だっていうのに」

「まあね（だって本人だもの）。確か特徴は……」

「世にも珍しいプラチナブロンドに、アメジストを彷彿とさせる紫色の瞳、肌は磁器の如く白く滑らかで、妖精のように美しい。風が吹けばそのまま飛ばされてしまいそうな儚い姿で、常に殿下の半歩後ろを歩き、殿下を立てる謙虚さを持つ物静かな令嬢、だとさ。いやぁ、そんな奥ゆかしい美少女なら一日会ってみたいわ」

「そうですね。凄く可憐で、でも芯が強くてしっかりした方だと伺っております」

……誰よそれは。

殿下の隣を歩くと、嫉妬や敵愾心《てきがいしん》剥き出しの視線をもろに浴びて厄介だったので、半歩後ろを歩くようにしただけなのに、いったいどこでそんな捻じ曲がった話になったのか。フィンとノアの話は突っ込みどころが多くていけない。

二人の言葉に内心呆れながら視線をずらせば、事情を知っているアマーリエが、口元に手を当てて笑いを堪えていた。その姿に少々腹立たしさを覚え、一睨《いちげい》で彼女を黙らせ、気持ちを静めてから口を開く。

「でもさ、そんな儚げな令嬢が、数か月前にいなくなったまま影でさえ見つけられないって絶望的じゃゃない？　普通令嬢が姿を晦ましたら数日以内に見つかるか、誰かにかどわかされて痕跡しか見つからないかのどちらかだと思う。稀有《けう》な例は別としてね。……で、もしマルティナ嬢が後者なら、娼館に売られる、慰み者としてどこかに幽閉される、この国じゃ禁止されてるけど奴隷として国内外に売られる……このあたりが攫われたあとのこととして考えられるよね？　でもそれならまだいい。もう既に亡くなっている可能性もあるから」

あり得る可能性を指摘すれば、部屋の中がしんと静まり返った。だがすぐにフィンがその沈黙を破り、こちらに強張った顔を向ける。

「お、恐ろしいこと言うなよ」

「いや、可能性としては十分にあり得る。覚悟しておくに越したことはないな」

「団長までそんなこと言うのかよ……」

フィンがますます渋面になる。眉間に皺を寄せすぎて眉と眉が今にもくっつきそうだ。

「そうは言うけど意外とよく聞く話だよ？　それに、そんなび、美少女……が、一人でそこら辺を歩いていたら即座に攫われると思うよ？　もしそうなら、その可能性を視野に入れておいても損はないはずだよね？」

　捜索の手が及ばないように少しだけ別方向に誘導してみる。うまくいったかな？

「まぁ、そうだけどよ……。だが、聞けば聞く程興味が湧くな。生きているなら一度でいいから会ってみたいぜ。んで、できるなら彼女にしたい！　副団長もそう思うだろう？」

「なんで俺に振るんだよ」

　突然フィンに話を振られてぎょっとしたような顔をするリオン。そういえばこの手の話ってリオンから聞かないな。女性に関わるよりも剣を振るう方が楽しいって印象だわ。

「あ、副団長はそれよりもパートナーだっけ？」

「パートナー？」

「どうしても出席しなければならないパーティーに参加するんだけど、パートナーが見つからないんだとよ」

　なんだ、パートナーがいないのは私だけではなかったのか。ちょっと安心した。……ってあれ？　この流れ、なんとか利用できないかな？　例えば、私が殿下に見つかり婚約を迫られたとして。『既に相手《リオン》がいるからお応えできません』と私が殿下の申し出を断るとする。それを聞いた殿下が『仕方がないですね』と引き下がってくれたりはしないだろうか？

　……いや、ないな。私に興味がない殿下だとしても、そう簡単に引き下がるとは思えない。とはいえ、やってみなくてはわからない事柄ではある。恋愛関係の話なんてしたことがなかったから、殿下の出方など全くわからないし。

そこまで考えて、隣のリオンの顔をじっと見つめる。別にフィンでもノアでもいい。ただ、フィンは軽薄すぎてちょっと……。唯一の女性が現れたら良い方に豹変するタイプとみるが、私が唯一になる可能性はなさそうだ。

一方ノアは穏やかだし、優しい。堅実的にいくなら彼が一番だろう。だが、殿下の出方次第では彼が一番害を被りそうな気がする。その点リオンならば聖騎士団副団長の肩書と、公爵令嬢である私に釣り合うだけの身分が辛うじてあるので、殿下も下手に手を出せないはずだ。

この際偽装でも……ううん、偽装でいい。殿下がほかの人を婚約者に据えたら解消しても構わない。だから、どうか――

「ん？　なんだ、ルディ？」

私の視線に気付いたのか、リオンがこちらに顔を向ける。言うなら今だ。

「……リオン。もし、僕がパートナーを紹介するって言ったらどうする？」

「はぁ？　なんだ急に」

「いいから！　で、どうなの？」

不思議そうな顔のリオンを急かして彼の意見を聞く。

「まあ、そうだな。紹介してもらえれば探さないで済むが……」

「んじゃ、そのパートナーと婚約できるとしたら？」

「ルディ様？」

アマーリエが困惑したような表情を浮かべながら私の名を呼ぶ。だが、それを無視して気付かぬ振りをする。

「婚約？　あー……だがいつかは結婚しなくちゃならないしな。親が何も言わないから自分で見つけるつもりだったし」

「まあ、副団長。私、てっきり剣が恋人なのかと思っていました」

リオンの返事に、即座にアマーリエの突っ込みが入る。私も同じことを思っていたので『うんうん』と力強く頷いてしまった。そんな私たちの反応が面白くなかったのか、リオンがムッとした顔をする。

「んなわけあるか。俺だって男だぞ！」

「へぇ、なるほど。リオンも彼女の一人や二人欲しいと？」

「二人もいらん！　一人で十分だろうが！」

「まあまあ、言い間違いだってば」

そう言って軽くリオンを宥める。

どうやらリオンは浮気をしないタイプのようだ。ならば俄然やる気が出てきた。この調子で一気に畳みかける。

「それじゃリオン。女の子を紹介してもいい？」

「……そうだな、会ってみてもいいがどういう風の吹きまわしだ？」

「秘密」

左手の人差し指を一本立ててそれを口元に添えると、にこりと微笑む。その仕種をした瞬間、リオンの肩がびくりと震えたが、気にしない。

「俺には紹介してくれないのか？」

「だってフィンさんに紹介したらその子泣かせるでしょう？」

「またまた言われてるね、フィン」

「うるさいぞ、ノア」

フィンが何故自分ではないのかとふて腐れているが、そんな彼に鏡を突き付けてやりたい。団長に至っては面白そうに私たちの会話を傍観しているだけで、話に入ってくる気はなさそうだ。そのためそのまま話を進める。

「リオン、五日後非番で用事はないって言っていたよね？　なら職人街の広場に十時に待ち合わせっていうのはどう？　僕もその子に話しておくから！」

「お前が紹介してくれる子だったらまあいいか。わかった。五日後の十時、職人街の広場だな？」

「うん。とびきり元気な子を紹介してあげるから楽しみにしてて！　それとリオン、女の子と出かけるんだからちゃんとそれなりの格好してくるんだよ？　でも職人街だってことも忘れないでね」

「ああ、わかった」

リオンが頷きながら返事をする。軍の制服かギルドにいる時の服装しか知らないからやや不安ではあるものの、一応彼も侯爵家の令息だしそこらへんは大丈夫よね？　……うん、不安だ。

「ルディ様！」

「わっ⁉」

不意に袖を引っ張られてよろめく。なんとか堪えて顔を向けると、そこには不満げな顔のアマーリエがいた。

「どうしたの、アマリー？」

「いいからちょっとこっちに来てください！」

そのままみんなから離されて部屋の端っこに行く。どうやらみんなに聞かれてはまずい話のようだ。ゆえに声を落として話しかける。

「どうしたのよ？」

「どうしたもこうしたもないです。どういう事ですか？」

アマーリエが物凄い勢いで私に詰め寄ってくる。もちろん小声で、だ。

「だからリオンに彼女を紹介してあげようかと」

「その彼女って誰のことです？　まさかエミィじゃないでしょうね？」

「まさか。ここにいるじゃないの、相手がいない女の子」

「え？　私？」

私の言葉に目をぱちくりと瞬かせてアマーリエが呟く。残念、アマーリエではない。

「いいえ、もう一人ここにいるでしょう？」

「まさかティナ様、ご自身を⁉」

「そうよ。だってうまくいけば殿下から逃れられそうなんだもの」

そう言ってアマーリエに先程の考えを軽く説明する。すると彼女は、多少釈然としない様子ながらも「ああ、そうかもしれないですね」と言って、私の話を無理矢理理解してくれたようだった。

「それにしても、副団長を巻き込んでよかったんですか？」

「ええ。彼、満更でもなさそうだったじゃない？　いい思いをする代わりに尊い犠牲になってもらおうかなって。うふふ……」

アマーリエ以外には見えない角度でにやりと笑う。それを見たのだろうアマーリエが、ぶるりと体を震わせた。そんな彼女を後目にリオンたちの方に顔を向ける。

「それじゃ僕は、さっそく彼女に連絡してくるね！　……あ、とその前に。リオン書類持っててくれてありがとう。団長、この書類なんですけど……」

リオンに預かってもらっていた書類を受け取ると、団長に指示を乞う。そして当初の目的を果たすや、団長たちに挨拶をしてその場をあとにした。

借りている部屋に戻るとさっそく私の専属侍女のイルマに手紙を書く。それはもうあの時同様、事細かに指示を出しながら。その手紙を書き終えると、今度はお父様宛ての手紙を認める。イルマだけに送るとお父様が拗ねてしまうからだ。ただ『今度デートをする』と馬鹿正直に書いたら職人街がいろんな意味で物騒になる。そのため、そこは伏せて送ることにした。

そうしてすべての手紙を書き終えた私は急いで『手紙集配所』に行き、手紙を出したのだった。

公爵令嬢デートする

朝もまだ早い時間。いつものように小鳥たちの囀る声で目を覚ます。もう数か月もこのような生活を続けている所為か、休みの日であっても同じ時間に目が覚めてしまう。慣れとは恐ろしい。

ここはグレンディア国軍本部の聖騎士団区画にある客室の一つ。現在私が使用している部屋だ。客室の中で一番小さいこの部屋は、ここのほかに浴室と不浄場しかないけれど、不便はいっさい感じていない。

ふと窓に目を向けると、太陽の光がカーテンの隙間から射し込んできており、天気の良さが窺える。これはもう絶好のデート日和と言えよう。

先日、団長室でリオンにパートナーの話を振った時『女の子を紹介する』だなんて我ながら何を言っているのかと呆れたものだ。ただその話をした時のリオンの反応はなかなかだったし、昨日帰る間際に時間と場所を何度も確認していたことから、割に彼は楽しみなのかもしれないと思った。そうなると彼に話をしたのはあながち間違いではなかったのかもしれない。

かくいう私も何が起こるかとわくわくしている。ダンジョン探索の前のような感じと言えばいいだろうか。でもそれってデートと言わないような……ま、細かいことは気にしない。

ともあれ、身支度をしようとベッドから起き出す。まだ『ルディ』の姿のままでいいので支度は簡単だ。

だが、その前に湯あみをする。向こうで湯あみができるかわからないしね。よし、そうと決まればいざ準備！　いそいそと浴室に向かう。

聖騎士団区画の共同浴場は二階の仮眠室脇にあり、訓練で汗をかいた者や、寝泊りする者などがよく利用している。

一方私は、部屋にある浴室のバスタブを遠慮なく使わせてもらっている。女性だとばれる心配もないので大助かりだ。

ただし、安心の代償として毎回メイドにお湯を用意してもらわねばならず、それだけは毎度申し訳なく思っていた。でもだからといって、毎日濡れタオルで体を拭くだけなど到底受け入れられるものではない。私にだって乙女の矜持は一応ある。できるものなら湯あみはしたい。

そこで私は魔法でお湯を出すことにした。魔法でお湯を作り出すのに、危険もなければ負担もない。むしろ魔力が飽和状態になる前に放出できるのだから願ったり叶ったりだ。

なお、その発想に至るまでに数日を要した。普段侍女たちにお湯を用意してもらっていた私には、魔法でお湯を用意する頭が全くなかったのだ。なんと情けない……。まあそれでも、なんの気兼ねもなく毎日湯あみができるようになったのだから、とりあえずはよしとしよう。

さて、今日も今日とてバスタブの前でちょちょいと魔力操作する。あっという間にバスタブにお湯が張られ、そこに手を入れて一つ頷く。うん、今日も絶好調だ。

半ば強引にイルマに手渡されたハーブオイルをバスタブの中に数滴たらし、お湯が冷めないうちに湯あみをする。この薔薇の匂いのするハーブオイルは個人的にとても気に入っているが、女性的な香りであるために休みの日に人目を忍んででしか使用できない。でも今日は特別だ。

ハーブの香りを存分に楽しみながら体と髪を洗い、元の髪色に一旦戻す。本当はこのままの方が髪を傷めずに済むのだろうけれど、この色で出歩くわけにはいかない。ゆえに魔法で髪を乾かし、再び琥珀色《ルディ色》に染め直した。

湯あみが終わると、上半身に布を巻きつけて胸を平らにする。その上にいつもの服を纏えば、瞬く間にルディの完成だ。

その後簡単に朝食を摂りすべての用意を終わらせると、少し早いがイルマとの待ち合わせ場所に向かった。

青い空に白い雲。よく詩集で見かける言葉だ。今日の空はその言葉通りで実に晴れ晴れしい。澄んだ濃い青は目一杯視界に広がり、その青を所々覆うもくもくとした白い雲が太陽の光を受けて輝いている。それがとても眩しくて、すっと目を細める。

待ち合わせの場所は職人街のとある宿屋だ。既にイルマの名前で予約を入れてある。今日は非番なので残念ながらティーナでは行けず、そこへは徒歩と乗合馬車で行く。

そうして城を出てしばらく歩いていると、ふと誰かの視線を感じた。視線の主に害意はないし毎度のことだから慣れたものではあるものの、あれこれ探られるのはやはり不快というもの。よって、いつものように相手を撒《ま》く算段をする。さて、今日はどうやって撒こうか。とりあえず乗合馬車に乗って撒いてみますか。

……などと張り切っていたのだが、結局視線の主と一緒に職人街に来てしまった。撒き方が甘かったのだろうか？　それとも優秀な影だった？

まあ、一緒に来てしまったものは仕方がない。またあとで対処することにして、とりあえず目的の場所に行くとしよう。

すぐさま気持ちを切り替え、待ち合わせ場所である宿屋を探す。すぐに『グリューンヴィント』と書かれた看板を見つけ、迷わず扉を開けて中に入った。

そこは庶民向けかと思いきや、庶民はもちろん貴族もお忍びで来そうな、それなりに大きな宿だった。入って即目に飛び込んできたのは洗練されたロビーで、この宿の品の良さを如実《にょじつ》に物語っている。更によく見れば、柱の一本一本にまで緻密な細工が施されており、その美しさにほぅ、と感嘆のため息が出る。

そうしてうっとりと周りを見ていると、物腰の柔らかい年配の男性がこちらにやってきて、丁寧に腰を折った。

「いらっしゃいませ」

「二〇二号室の『ジル』に会いたいのですが」

「別の者がご案内いたします。どうぞこちらへ」

どうやらイルマはもう既に来ているようだ。先程の男性と交代でやってきた案内係の男性に案内され、イルマが待つ部屋へと向かう。

部屋の前まで来ると、案内係の男性が部屋の中にいるだろうイルマに声をかける。直後扉が開いたため、彼に礼を述べて中に入った。

ちなみに視線の主は、私がイルマの部屋に向かうのと同時についてきたようだ。だいたいの位置はわかるが、うまく隠れているのかその姿は視認できない。そのため、部屋に防音の魔法をかけて盗聴を防止しようと構えを取る。だがすぐにやられっぱなしは癪だと考え直し、相手の行動を逆手にとって相手に偽の情報を掴ませることにした。

まず自分の口に人差し指を当てて、イルマに静かにしているよう指示を出す。イルマは訝るような表情を浮かべつつも、小さくこくりと頷いた。それを確認してからよそ行きの高い声を発する。

「まぁ、ルディ様！　ようこそいらっしゃいました」

「お嬢様、お久しぶりです。イルマも久しぶりだね」

「はい、お久しゅうございます、ルディ様」

「ねぇルディ様、せっかく早くいらしてくださったのですもの、是非一緒にお茶を飲んでいってくださいましね？」

「では、お言葉に甘えまして」

傍《はた》から見ればとても滑稽だ。なにしろ一人二役を演じているのだから。だというのにイルマはすぐに私の意図を理解し、私が話を振ると即座に返答して茶番に乗ってくれた。

これで聞き耳を立てていた人物はこの中に最低三人はいると思っただろう。十分に目的を果たしたので防音魔法を展開し、音が外に漏れないようにしてから、改めてイルマの方を向く。

「もういいわ。付き合わせてごめんね、イルマ」

「ティナ様、まだ付け回されていらっしゃるのですか？」

イルマが眉根を寄せながら言う。

「ええ。でも本当に嫌になったら直接本人にかけ合うから気にしなくてもいいわ」

「誰が調べているのかご存じなのですか？」

「それはわからないけど、私のあとを付けてくる本人に直接言えばいいじゃないの」

「危険でございます。おやめください」

イルマが私を止めにきた。まあ、普通はそういう反応よね。だって相手はその道の玄人だもの。

だが、生憎私は普通の人間ではない。お母様直伝『気配を読む感覚』が研ぎ澄まされているため、気配を消している人の居場所がわかるし、その力量さえわかってしまうのだ。でも、それを言ってもイルマにはぴんとこないだろうから、ここは一つ黙っておくことにする。

「ねえ、それよりヴェルフの様子はどう？」

半ば強引に話を変える。すると、まだ何か言いたげだったイルマが渋々といった体で口を開いた。

「彼は公爵家にだいぶ慣れたようです。執事のハンネス様と私が数か月みっちり作法を叩き込みましたので、所作も言葉遣いも見違える程良くなりました。ティナ様がいらっしゃらない今はルートヴィヒ様に付き従って王城へ行っております。どうやらルートヴィヒ様とは馬が合うようでして、食事も忘れて会話に花を咲かせており、皆ドン引きしております」

「ふふ、やっぱり予想通りだわ。お兄様とは気が合うのではないかと思っていたのよ。私の勘は間違っていなかったようね」

「はい。不思議な発明品が邸に増えたと奥様がぼやいておられました」

イルマが少しだけ遠い目になる。それ程ヴェルフとお兄様の組み合わせは強烈なのだろう。ヴェルフをお兄様に預けたことに対して後悔はないけれど、お母様には悪いことをしたかな、とちょっとだけ反省した。

そうこうしているうちに時間となったので、いよいよ本来の目的である変装の準備に取りかかる。

イルマが鞄から取り出したのは、洋服とかつらと化粧道具。今回は、緩く波打つ榛《はしばみ》色のかつらに、白い丸襟のブラウス、砂色のベストだ。スカートは胸元のリボンと同じ若苗色で、丈はくるぶしよりも少し短い。ゆえに肌を隠すための、やや黄みを帯びた茶色の編み上げブーツが用意されていた。

ちなみに、この時期でもブーツを履く女性は多い。女性が素足を見せるのははしたないとされているためだ。暑いかと聞かれれば当然暑いと答える。だが、毎年のことなので慣れたものだし、それに今回は普段着ない色合いの服を着るとあって、暑さよりもときめきの方が勝っていた。

そんな上昇した気分のまま、いよいよ着付けに入る。

まず胸の布を緩く巻き付け直し、ささやかながらに胸の形をきちんと出す。ルディだとばれないよう、大きすぎず小さすぎずの程よい大きさだ。

その上に用意された服を着る。ドレスではないので着るのも簡単で、ものの数分で町娘の格好となった。

次に髪を整える。動いても邪魔にならず、かつらがずれないような髪型と指定すれば、しっかりと固定されたうえで両側を残しつつ編み込まれた。仕上げに菜の花色のリボンを結ぶ。菜の花色はまるでリオンの瞳のよう。あたかも彼の色を纏っているような……って深い意味はないわよ?

髪も終わったので次は化粧だ。目の角度が個性的にならないように指示をする。つり上がった素の顔ではどうしてもルディを連想してしまうし、『月の妖精』はイェル村での姿を彷彿とさせてしまう。特に『月の妖精』の姿は王都では危険すぎる。だから平均的な角度というわけだ。

そんな私の要望もきちんと取り入れたうえで、イルマがてきぱきと化粧を施していく。結果、また新しいタイプの少女が完成してしまった。イルマの腕、凄すぎる。

「さすがティナ様。やはり素が素晴らしいのでどんな姿もお似合いです」

「私じゃなくてあなたの腕が凄いのよ？　それに褒めても何も出ないわよ?」

わざと大袈裟に困った表情をすれば、イルマが「それは残念です……」と眉尻を下げて返してきた。それがおかしくて二人同時に噴き出し、笑い合う。

そうしてお腹が捩《よじ》れるくらい笑ったあと、女性用の肩掛け鞄を斜めがけにし、イルマを残して元気よく宿屋を飛び出した。いつもならイルマにはしたないと怒られるところだが、今はこの姿なので構いはしない。

殿下の婚約者だった頃はどこで誰が見ているかわからなかったので、お忍びと言えば男装《ルディの姿》が基本だった。まあそれはそれで楽しかったけれども、本当は女の子らしいお店に行きたくて仕方がなかったのよね。でも素の姿で行けば、お母様によく似たつり目の所為であらぬ噂をたてられる恐れがあったし、今のこの姿は拠《よんどころ》無い状況に陥った時にしようと考えていたためにすることができず、結局今まで女の子らしいお店には行けなかったのだ。当然女の子の格好もできなかったけれど、婚約が白紙に戻ったことによりそんな事態にはもうならないと判断し、この姿を、ひいては女性の姿を解放した。だから女性の姿でのお出かけは今回が初めてで、その分余計にわくわくする。

そんな私の心境をイルマは気付いていたのか、部屋をあとにする際「くれぐれもはめを外しすぎませんように」と釘を刺された。さすがイルマ。私のことをよくわかっている……。


待ち合わせの広場に着いたのは約束の十分前。きょろきょろと辺りを見回せば、噴水の前に燃えるような赤い髪の男性が佇んでいた。リオンだ。

彼は噴水の土台である石垣に背中を預けて、周囲を見回している。おそらく私を探しているのだろう。白いシャツに、濃度を抑えた灰色みの強い茶色のベストと、黒いトラウザーズ姿の彼は、遠目に見ても実にかっこいい。ただ、色みを抑えた庶民らしい格好であるにもかかわらず気品が漂いすぎていて、貴族のお忍び感が微塵も隠せていない。周りにいるお姉さんたちは、皆そんなリオンに目が釘付けで、通り過ぎる瞬間ちらりとリオンを見ては頬を染めていた。モテモテですね、リオンさん。

ちなみに私に向けられる視線は、先程までの人のとは違うものだ。それになんだか増えているような気もする。とはいえ、素人のそれなので気にしなくても大丈夫だろう。

とりあえずリオンのもとに行き、まだ私に気付いていないリオンに声をかける。

「あの、副団長様ですか？」

「…………」

……ん？

リオンがこちらを向いた瞬間、直立不動となった。

……何、どうしたの？　私がルディだって気付いてしまった？

急に不安になっておずおずと声をかける。

「あ、あの？」

「っ!?　す、すみません。あまりにもお綺麗だったので」

「まあ。ふふ、お上手ですこと」

口元に手を添えてくすくすと笑う。普段こんなやり取りをしないため、いざ綺麗だなんて面と向かって言われるととても面映ゆい。むず痒さを覚えながら笑っていると、再びリオンがぴしっと固まった。調子でも悪いのかしら？

「……もしかしてどこかお加減がよろしくないのでは？」

「え？　あ……コホン、失礼いたしました。体が丈夫なことだけが取り柄ですのでご心配には及びませんよ。ああ、そうでした。まだきちんと名乗っておりませんでしたね。私のことはルディから聞いていますか？」

「ええ、少し」

聞いているも何も、私がルディなのだけれどね。

「なら改めて自己紹介を。私はエリオット・ディーター・イストゥールと申します。ルディには『リオン』と呼ばれているのでそれでも構いませんが、そうですね……私のことは『エディ』と呼んでいただけませんか？」

「エ、エディ様？」

「はい。実は家族にはその愛称で呼ばれているんです。一応お忍びですので、本名ではなくそう呼んでいただければありがたいです」

なるほど、リオンは家で『エディ』と呼ばれているのか。エディね。うんエディ、エディ……なんかいつもの癖でうっかり『リオン』と呼びそうで怖いわね。気を付けなくては。

「わかりました、リ………エディ様」

「……」

まずい。思ったそばからやってしまった。リオンは見る限り嫌な顔をしていないようだけれど、代わりに口を噤んだまま一言も発しない。

……どうしよう、リオンが絶句したまま動かないわ。そうよね、完全に失礼よね。とにかく謝らなくちゃ。

「あの、申し訳ありません」

丁寧に腰を折って謝罪をする。もしこれが半年くらい前だったら……ってもう王妃様に叱られることもないのか。いや、だとしてもこれはない。

頭を少しだけ上げると、恐る恐るリオンの様子を窺う。彼は無言のまま肩をふるふると震わせて

いた。それ程怒っているのだろうか？

内心びくびくしながら中途半端な姿勢でリオンの動向を窺っていると、突如頭上から「くっ」と声が降ってきた。その声に驚いて頭を上げる。見ればリオンが右手で口を覆い、必死に笑いを堪えていた。

「くっくく……。いえ、失礼しました。く……私は別に気にしておりません。なんならリオンでもなんでもお好きなように呼んでください」

「あ、ありがとうございます」

リオンに笑われて多少ムッとしたものの、もとはと言えば私が悪い。ここは一つ気持ちを切り替えつつ、彼の言葉に甘えて好きに呼ばせてもらおう。

……そうねぇ、なんて呼ぼうかな。『リオン』だとルディの襤褸《ぼろ》が出そうだし、『エディ』だとまた間違えそうで……。彼の名前はエリオット・ディーター・イストゥールだから……そうね……よし、決めた！

「ではお言葉に甘えて『リディ様』と呼ばせていただきますね」

そう言った途端、笑いから回復したリオンの頭が、がくりと落ちた。あら？ おかしいわね。リオンの『リ』とディーターの『ディ』、更に『エディ』の響きも入れた渾身の愛称だと思ったのに。

「……なんだか女性の愛称みたいですね？」

「確かにエリオット様をリディと呼ぶ者は私のほかにいないでしょうけれど、その方が特別だと思いませんか？ とても素敵ですわ」

微笑みながら思っていることを口にすれば、リオンがばっと右手の甲を口元に当ててそっぽを向いてしまった。余程気に入らなかったのだろうか？

心配になって声をかけようとしたら、リオンのつぶやきが聞こえてきた。

「……くないな」

「え？」

「いえ、なんでもないです。呼び方はそれで構いません」

あ、許可が下りた。気に入らなかったわけではないみたい。

「それと、私もあなたの名を伺っても？」

ほっとしたのも束の間。名を尋ねられ、緊張が走る。実はいまだに考えあぐねていたのだ。

もし彼がこのまま私のパートナーになってくれるのならば、必然的に本名を知られることになる。だから本当なら本名《マルティナ》と名乗るのが無難なのだろう。ただしそれがだめだった場合、本名は私の足を引っ張る枷となってしまう。

更に、今の私は庶民の格好をしている。この姿で『マルティナ嬢』呼びは明らかに変だ。というか、周りに正体がばれてしまう。愛称、もしくは偽名が妥当だろう。だとしたらティナと名乗るか、それともほかの名にするか……。

だが考えとは裏腹に、心は『リオンに嘘を吐きたくない』と告げていた。私は彼にたくさんの嘘を吐いてきたのだ。もうこれ以上の嘘を吐きたくない。私の名前はマルティナだ。そう彼にぶちまけてしまいたい。

ただ、それはリスクを考えると躊躇われた。ならばやはり『ティナ』と名乗るのが妥当なのだろうか？　でも、なんとなく私も別の愛称で呼ばれたい。

「どうかしましたか？」

リオンの声に思考から離れる。いけない。今は彼と話をしているのだ。思い耽って沈黙するのは彼に失礼だ。

「いえ、なんでも。私は……」

どうしよう。早く何か言わなくては。

「私はル……」

——⁉

そのままぴしりと体が固まった。一方で頭が忙しなく回転する。

……なんてこと！　まさかここにきてルディと言いかけるなんて。いくら切羽詰まっていたからといって、ルディの名はないわ！

ありえない名前が自分の口から出てきて、内心大混乱だ。だが、今は混乱している場合ではない。この言い間違いをなんとかしなくては。

とりあえず、ここは一旦冷静になろう。そうね、こういう時はお妃教育や諸々のつらかった時の記憶を引っ張り出して………余計心に傷を負ったわ。でもそのおかげで少しは冷静になれたみたい。

もっとも、表情は微塵も変わらず微笑んだままなので、リオンは私が混乱しているとは思っていないだろう。それに今なら『ルディ様からの紹介でまいりました』とか言えばごまかすことも可能だ。

「ル？」

えっ⁉　何追い討ちかけちゃってんの？

普段言葉をつかえたり二の句を躊躇っていたりしたら、こちらが言葉を発するまで黙って見守ってくれるあのリオンが、こともあろうに突っ込んでくるなんて。

で、でもまだルディの名で……。

「まさかここで『ルディの紹介で～』とか言いませんよね？」

あ、だめだこれ。完全に詰んだわ。

意地でも訂正させまいとリオンがぐいぐい攻めてくる。彼は意外と勘が鋭いから、『ル』が本当の名に近いと悟ったのだろう。私もそこでさりげなく話を続ければよかったものを、言い淀んでいるうちに先を越されてしまった。そしてこうなってしまった以上、もうごまかしきれない。

そもそもちゃんと決めていなかった私が悪いのだ。ならば本名は無理だとしても、きちんと名乗るとしよう。

「……はい。私の名は『ルティナ』と申します」

「ルティナ嬢……とても綺麗な響きですね」

その言葉に息を呑む。リオンから発せられる一語一語がいつもとは違っていて、戸惑いを隠せない。

「ルティナ嬢、もしよろしければ敬語と敬称をやめませんか？」

「敬語と敬称を、ですか？」

「はい。その方がこの場に馴染んで周りから浮くこともないと思います。だめですか、ルティナ嬢？」

「構いません。わかり……わかったわ、リディ。私も好きなように呼んでね」

そう言って彼ににこりと微笑みかける。ルディの口調にならないように気を付けながら砕けた口調にするということは、素の自分でもよい、ということかな？

「なんだ……反則……い」

「え？」

リオンがまたもやぼそりと呟いていたが、うまく聞こえずに聞き返す。だがリオンは「なんでもない」と言って、首を左右にぶんぶんと振った。

「それより、ここにいてもなんだしどこかへ行かないか？　行きたい場所はある？」

行きたい場所かぁ。令嬢の姿であちこち回れないと思ったから、ここにこの姿で待ち合わせしたけれど、特にどこかに行きたいというのはなかったわ。

「ううん、ないわ」

「そうか……ならせっかく職人街にいるし市《マルクト》を見て回らないか？」

「市？　とっても楽しそう！」

「決まりだな。さあ、周りのやつらに声をかけられないうちに行こう」

……ん？　声をかけられる？

不思議に思って周りを見れば、男性も女性も関係なく皆こちらをちらちらと気にしていた。私たち浮いていたのかしら？　……でも、別にいいわね。すぐにここを離れるし。

「ええ、行きましょう……え？」

私が頷くや否や、目の前にすっと手が伸びてきた。その手を辿って頭を上げると、そこにはダンスを申し込む時のようにこちらに手を差し出しているリオンの姿があり、その顔には爽やかな笑みが浮かんでいた。

「お手をどうぞ」

「ありがとう」

促されるままに彼の手に己の手を乗せる。すると、ぎゅっと手を握りしめられた。

――っ⁉

ぎょっとして視線をリオンに戻せば、にっこり顔の彼と目が合う。

「人込みではぐれないように、な」

「え、ええ」

……何これ。いつものリオンと違ってなんか……。

そういえば、彼に女の子扱いされたのは初めてかもしれない。あまりの照れくささに、頬に熱を感じて俯《うつむ》く。なんだろう、凄く居たたまれないというか、気恥ずかしくてどこかに隠れてしまいたい気分だ。こんなふうに家族以外に手を握られたのは初めてで、先程から心臓がばくばくと動いている。私このまま死なないよね？

そんな馬鹿な事を考えながらリオンに微笑み返し、この場をあとにしたのだった。

勝利をもぎ取った第三部隊の三人は警邏という名の出歯亀をする

SIDE：ノア

広場の植え込みからひょこっと顔を出す私……と相棒と隊長の三人。私たちの視線の先には、今日初めて会ったとは思えないくらい仲良く手を握って歩いている一組の男女がいた。我らが聖騎士団の副団長と、副団長補佐官の少年から紹介された少女だ。

私たちは五日程前、副団長が女の子とデートをすると聞いて、真っ先にこの地区の警邏担当を願い出た。こんな面白い機会を逃す手はない。

だがどこで話を聞きつけたのか、同じ第一師団の仲間が『自分たちもそこの警邏をやりたい！』と一斉に声を上げてしまい、その場は一時騒然となった。結局団長の計らいにより、数人一組のチームを作り、トーナメント形式の集団戦を行なって最後まで勝ち残った者を担当とする、ということでなんとか騒ぎは収束した。

今にして思えば団長も楽しんでいたのかもしれない。近年稀に見る……というのは大袈裟だが、かなり張り切って仕切っていたのでまず間違いないだろう。

それはともかく、トーナメントの準備は団長の指揮の下、あれよあれよという間になされていいった。こういう時の第一師団の結束力は半端ではない。団長の提案から半刻後にはトーナメントが開催されていたのだから、あいた口が塞がらないとはまさしくこのことだろう。

トーナメントには当然私とフィンも参加した。何度でも言うが、こんな面白い機会を逃すわけがない。ただ、強い者が多い第一師団の中で私たちが勝ち残れるなどという都合の良い話があるわけもなく、デート当日の警邏担当は半ば諦めていた。

しかし、そこに奇跡が起きる。アマーリエ隊長が私たちをチームに誘ってくれたのだ。隊長は各師団長の次に強く、次期師団長と言われる程の実力を持つ。ゆえに、隊長と組めなかった者たちは皆恨めしそうに私たちを見ていた。

とはいえど、さすがは第一師団の騎士たちだ。いざ試合が始まるとその顔つきは瞬時に騎士のそれに変わり、素晴らしい剣技を披露していく。アマーリエ隊長も、私たちの期待に応えるかの如く次々に相手を負かしていった。

なお、私とフィンは負けないように対戦中一生懸命逃げ回った、とだけ言っておこう。

そうして我々は順調にトーナメントを勝ち続け、見事優勝を収めた。もしこれが私たちだけだったら一回戦すら勝ち上がれなかっただろう。それを感謝の意とともに隊長に告げたら、隊長が片目をぱちりと瞑り「あなたたちが私の補佐をしてくれたから勝てたのよ」と言ってくれた。可愛いを通り越して男前ですね！　とは思ったけれど、命が惜しいので口が裂けてもこの言葉は言うまい。

まあ、そんなこんなで今に至る。

「見た？」

でででっ！」

「ああ、見たぜ。くそう、羨ましい！　めっちゃ可愛い子じゃん。間近で見てみた……いっ⁉　い

二人に話しかければ隊長がこちらを向くことなく無言で頷き、フィンが羨ましそうに返してきた。
だがフィンの声は何故か途中で奇妙な色に変わり、即座に切羽詰まったものになった。

不思議に思い彼の方を見る。すると、アマーリエ隊長が両頬に手を添えてうっとりとした表情で去っていく二人を見ており、その足が思いきりフィンの足を踏み付けていた。しかも体重が相当かかっているようで、フィンが苦悶の表情を浮かべている。ただ、踏みつけている当の本人は気付いていないらしく、副団長たちをうっとりと眺めたままだ。

「はぁ〜。可愛いわぁ。ティナ様ってばとっても可愛らしい！　二人とも見た⁉　あの恥じらった表情！　堪らない！」

アマーリエ隊長はそう言いながら、フィンの背中を力強くバンバンと何度も叩く。それに合わせてフィンの顔が面白いくらいに歪んだ。

隊長は非力そうに見えてその実かなり膂力《りょりょく》がある。当たり前だ、剣を握っているのだから。そして、それで殴られるのだ。フィンは堪ったものではないだろう。

「いてぇっ‼　隊長、足踏んでるし背中痛い！」

「あら、ごめんなさい」

「もー！　気を付けてくれよ？　んで、隊長。あの女の子、知り合いですか？　もしよかったら俺にも紹か……、っ⁉」

――!?

再びフィンの語尾が消える。同時にごくり、という微かな音が耳に届いた。だがそんなことはどうでもいい。考えることも忘れてその場に佇む。

きっと私もフィンも同じような顔をしているだろう。軽く目を見開いて口をぽかんと開けている、そんな顔だ。『きっと』としたのは、私が隊長しか見ていなかったからにほかならない。

だって仕方がないではないか。隊長が左の人差し指を唇に添え、少しだけ首を傾げて「秘密ですわ」と言いながら、優しく微笑む姿なんて今まで一度も見たことがなかったのだから。しかも、あどけなさの残る少女がふと覗かせた大人の表情のなんと美しいことか。まだ大人になりきれていない、徐々に少女の殻を破ろうとしている、そんな可愛らしい娘がほんのわずかに浮かべた艶《あで》やかな表情。その表情にくらりと傾いたとて、いったい誰が私たちを責めようか。惚れてしまうのも時間の問題かもしれない。

そんな突拍子もないことを考えつつふと隣のフィンを見れば、フィンが目を右手で覆って上を向いていた。その耳は真っ赤だ。軽薄ではあるが実はかなり初心なこの男は、どうやら上司としか思っていなかった年下の少女の意外な一面に、大いに面食らっているようだ。

「あ〜、くっそ可愛いっ！　やっべぇよ、もうこれダメだろう？　だよなっ！　……可愛すぎてツライ」

フィンが一人でぶつぶつ言っている。同意なんて求めてもいないだろうが、おおむね私も同じ意見だ。

一方、隊長は『意味がわからない』と言わんばかりの表情を浮かべて我々を見ていた。いつもの隊長の姿だ。

「何ぶつくさ言っているの？　ほら、さっさとしないと見失っちゃうわよ！」

少し焦ったように言う隊長の言葉で目を向けてみれば、副団長たちの姿がかなり小さくなってい
た。よってすぐさま二人のあとを追う。騎士服姿の私たちがこそこそとしている様は怪しさ満点だ。

まあ、怪しすぎて誰も声をかけてくることがなかったので、ある意味順調に事が運んだが。

そうして私たちは、『警邏』という名の『尾行』を満喫した。とはいっても、その都度垣間見る隊長の意外な表情の数々にすっかり中《あ》てられて、正直それどころではなかったけれども。

翌日、勝利をもぎ取れなかった者たちに「副団長はどうだった？」と尋ねられたが、私もフィンも副団長たちのデートの様子を思い浮かべては、合間合間に浮かんでくるあの時の隊長の姿に「隊長が可愛過ぎてツライ……」としか答えられなかった。

公爵令嬢と市

「うわぁ。すごい！」

目の前の光景に心が躍る。きっと私は目を爛々《らんらん》と輝かせているだろう。

ここは職人街の南に位置する市。国内随一と謳われるこの市は、一日では回りきれないくらい広

大で、その広さは広場がある中心部から王都の南端にまで及ぶ。当然お店は無数にあり、店構えもちゃんとしたものから、足元に布を敷いただけのものまでさまざまだ。また、扱う品もさまざまで、国内の物はもちろん異国の物もそれなりに揃っており、ここで手に入らないのならこの国では入手できないと言われる程品揃えが豊富となっている。でもその分人でごった返しているので、目的の物を探すのはなかなかに骨が折れそうだ。

とはいえ、見る分にはなんの問題もないし、見て回るだけなら何度訪れたとしても飽きることはないだろう。なにせここは国内最大の市だ。今からそこを見て回ると思うと楽しみでならない。

そんなわくわくする気持ちを抑えきれずに周りに目を向けていると、ぎゅっと私の手を握る力が強まった。驚いて、つっとそちらに顔を向ける。

「喜んでもらえたようでなによりだが、あんまりはしゃいで手を離すなよ？」

そう言って目を細めながら微笑むのは言わずもがなリオン。その笑みはいつもとは違い、穏やかで優しい。だからだろうか。間近で見ていた私はなんだか居たたまれなくなり、ぱっと目線を逸らしてしまった。すると隣からくつくつと笑う声がして、反射的に空いている方の手でぺしりとリオンの腕を叩く。でもリオンは私がじゃれているとでも思っているのか、視線を戻した今もにこにことしたままだ。まあ、あながち間違いではないため「もう！」としか言えないのが悔しいところだが。

それはともかく。ずっと突っ立っているわけにもいかないので、リオンの手に引かれていろんなお店を見て回る。賑わいを見せる市は活気があって見ているだけでも楽しい。欲しい物があるわけではないためじっくりとは見ていないが、ちらっと見るだけでも市の雰囲気は伝わってくる。

ただその一方で、今も繋がれた手が私を完全に市に集中させてくれない。確かに、これだけ人がいるとはぐれた時に捜すのが大変だ。そういう点で言えば手を繋ぐのは一番手っ取り早い防止策と言えよう。だがそうはいっても、気持ちは一筋縄ではいかない。気恥ずかしい思いがあるのも確かだ。事実、ふとした瞬間に彼の手を意識してしまい、その都度どこかに隠れたくなる。まったく困ったものだ。

そんな照れくさい気持ちを覚えながらもそっと手元を見る。剣だこのある、大きくてごつごつとした男らしい手だ。きっと、小さい頃から剣を握ってきたのだろう。ただひたすら剣技を磨いて、騎士となるために。

しかし、皮肉なことに彼は家を継がなければならなくなった。彼の兄弟はクラウス様のほかにいないため、彼はいずれ騎士を辞めて侯爵家の仕事に従事することになるだろう。兄を失い、騎士を辞めるのはどんなにつらいだろうか……。

そう思うと繋いだ手に力が入りそうになった。けれど。幸か不幸かそれは未遂に終わった。リオンが私の顔を覗き込んで「どこか気になる店はあるか？」と尋ねてきたからだ。ゆえに目に留まったお店を示す。

「あのお店を見てみたいんだけど」

「わかった、行こう」

リオンは一つ頷くと私の手を引いて、私が行きたいと言ったお店に連れていってくれた。

「あ、これ可愛い！」

リオンの手に引かれてやってきたのは万年筆のお店。商品である万年筆が台の上に所狭しに並べられており、基本のもの、蓋付きのもの、インク内蔵型のものなどいろいろと取り揃えられてある。

その中で目に入った一つの万年筆を取る。ピンクの花柄が可愛らしい女性向けの万年筆だ。

ただ、いいなとは思うものの購入はしない。ルディの姿が多い私には宝の持ち腐れだからだ。

ではほかに何かないかと手にした万年筆を戻しながら隣に目を向け、目が釘付けになった。

それは一対の万年筆。空色に白い雲と太陽が描かれたものと、夜空色に数多《あまた》の星と三日月が描かれたもので、合わせると月が太陽を見上げるよう絶妙に配置されてある。その絵の筆致《ひっち》は実に繊細で、職人というより画家が手がけたものに思えた。

そんな芸術品のような万年筆を食い入るように見る。するとリオンが私の視線を追ったのだろう。声をかけてきた。

「へぇ、いい物だな」

「だ……そうよね。万年筆自体とてもいい物みたい」

危なかった。隣にいるのがリオンなので、ちょっと油断してルディが顔を出してしまった。でも、幸い気付かれていないみたい。ほっとして万年筆に意識を戻す。すると頭上から「おや？」と声がした。

「騎士様じゃないか。今日は見回りじゃないのかい？」

声の主はこのお店の主だ。顎と口周りに髭《ひげ》を蓄《たくわ》え、人好きのする笑みを浮かべる店主は、お父様よりもだいぶ年上に見える。

「今日は非番だよ。見回りならほかのやつらがしているさ」

「そうかい。非番で彼女とデートとは騎士様もやるねぇ。お嬢さん、その万年筆は対になっていてね。わしも気に入っているから、ちと高いが対で大事にしてくれる人に売ろうと思っているんだよ。騎士様、そちらのお嬢さんが気に入っているようなら二人でどうだい？」

何気ない会話からさっそく商売の話に持ってくるとは、なんとも商魂逞しい。内心感心しつつ値段に目を遣る。インク内蔵型で蓋付きのため値が張るが、私でもなんとか買えそうだ。今日の記念に購入しようかな。

「さすが玄人、乗せるのがうまいな。いいだろう、買った！　俺が払う」

「そうこなくっちゃな！　まいどあり！」

「リディ⁉」

目を丸くしてリオンを見れば、リオンがこちらに気付いてにっと笑う。そして私の手を離したかと思うと、すぐさま懐から財布を取り出し、私が止める間もなく支払いを済ませてしまった。直後、箱に入れられた万年筆がすっと私の前に差し出される。

「華やかな君には明るい空色を」

「えっ、あの……」

「お嬢さん、こういう時は『ありがとう』と言って受け取ればいいんだよ。騎士様も嬉しいし、こっちも嬉しいからね」

ほかのものよりもはるかに高価な代物だったので受け取りを躊躇っていたら、店主が片目を瞑って私を促してきた。更に「俺が二つ持っていても仕方がないだろう？」とリオンが私の前に箱を差し出したまま言う。それでもなお遠慮しようとしたのだが、これ以上は逆に失礼にあたると思い直し、素直に受け取ることにした。

「ありがとう、リディ」

「ああ、今日の記念だと思ってもらえると嬉しい」

「ええ。大事にするわね」

万年筆の入った箱を受け取るとにっこりと微笑んで礼を述べる。それから受け取った箱を肩掛けの鞄の中にしまい、お店をあとにした。

気になるお店があれば立ち寄り、商品を眺めては次へ。それを幾度か繰り返しながらリオンと二人、手を繋いで歩く。

あれから購入した物はないけれど、眺めるだけでも存分に楽しめる。だから、このまま午前中が終わるのだと思っていた。だが。

「ん？」

リオンが突如花屋の前で声を発した。彼の声に反応してそちらに顔を向ければ、種類ごとに分けられた花が、それぞれ大きな花瓶に入れられた状態で無造作に置かれてあった。

「まあ、綺麗な花ね。どの色も素敵だわ」

白やピンク、黄色に紫。色とりどりの花が店を彩っている。どれも綺麗で、自然と頬が緩んでしまう。

そうしてにこにこ微笑んでいると、リオンがとんでもないことを口にした。

「店主。すまないが、持てるだけの花を束にしてもらえないだろうか？」

……はい？　今なんて？　……冗談よね？

そう思いたかったが、彼は本気だった。というのも、リオンが店主に声をかけるやすぐに財布を取り出し始めたからだ。それに驚いて、思わず彼の腕を引っ張る。

「ちょちょ、待って、リディ。私、そんなに持てないわ！」

「大丈夫。君に荷物を持たせる気はない。俺が持つから安心してくれ」

違う。そうじゃない。それに、たとえそうだったとしても、安心なんてできるわけがない。だって花束を抱えて歩いていたら嫌でも目立ってしまうもの。その光景を思わず想像してしまい、慌てて彼を引き止めにかかる。

「どっ、どの花も素敵だけど、私あなたのその気持ちが何よりも嬉しいわ！」

「だが……」

リオンが口ごもり、眉尻を下げる。それを見て一瞬申し訳ない気持ちになったけれど、さりとて私も譲れない。目立つのも然りだが、そんなにいっぱいもらっても、聖騎士団に持って帰ることはできないからだ。それゆえ、折衷《せっちゅう》案を提示する。

「そうね……なら、私はこの黄色いお花が一輪だけ欲しいわ。あなたの瞳の色だもの」

「！　店主、この花を一輪もらいたい」

私の言葉は効果があったらしい。リオンはさっそく一輪だけ購入し、長さを調整したうえで私の髪にそっと挿《さ》してくれた。すぐに鞄から鏡を取り出して見てみる。花は誇らしげに榛色の髪に咲いており、それが嬉しくていよいよ顔が綻んだ。

「ありがとう、嬉しいわ！」

「そう言ってもらえて俺も嬉しい。それじゃ行こうか」

当然の如く差し出された手に迷うことなく手を乗せ繋ぐと、そのまま花屋を離れて通りを歩く。

ふと空を見ればまだ昇っている最中だと思っていた太陽が、もう少しで真上というところまできていた。そろそろお昼か。そう思うとなんだかお腹が空いてくる。なんとも都合の良いお腹だ。

とはいえここは市のど真ん中。周りは露店ばかりで食堂のようなものは何一つない。お昼はどうするのかと思いながら歩いていると、目の前に先程いた広場よりも小さい広場が見えてきた。

そこは簡易の休憩所となっているようで、丸テーブルがそこかしこと置かれてあり、人が思い思いに座っていた。

空いている席を見つけ、リオンのエスコートで席の脇に行く。するとリオンがすっと椅子を引いて、その上にハンカチを敷いてくれた。その姿に、知らない誰かといるような奇妙な感じを覚えるも、表情は崩さずにお礼を述べて着席する。

「お腹空いただろう？　今何か買ってくる。食べたいものはあるか？」

「ううん。嫌いなものはないから、リディと同じものでいいわ」

席に着くや食べたいものを尋ねられ、素直に答える。ギルドにいたこともあって、庶民の食べ物に抵抗はない。

「わかった。すぐに戻ってくるから何かあったら大声で助けを求めてくれ」

「ええ、わかったわ」

私が頷くとリオンも小さく頷き返し、「じゃあ行ってくる」と言って人混みの中に消えていった。それを見送るとすくっと立ち上がる。

……さて、と。私の方も動きますか。

まず席を確保しておくためにハンカチに盗難防止の魔法をかけて——といっても風圧をかけただけだが——席を離れる。

次に幻影魔法を使い自分の姿を作り出すと、目的の場所とは違う方向へ歩かせた。

一方、私は認識阻害の魔法をかけ、遠回りをしながらある一画に向かう。

この広場には周囲をぐるりと囲むように腰の丈程の木が植えられている。木と木の間隔は等間隔ではあるが、枝が四方八方に分かれており、びっしりと葉が生い茂っているために向こう側は見えない。そのため植え込みに身を隠してしまえば、上から覗くか、裏側に回らない限り見つかることはない。……私のような人以外には。

「あ、やばっ。あんたたち逃げるわよ」

「え、なんで？　別に見つかったわけじゃないだろう？　彼女向こう側歩いているし」

「確かに。見つかったようには見えませんが」

「甘いっ！　あれは幻覚！　もう見つかってんのよ！　ほら、早く行くわ……」

「楽しそうね？　私も混ぜてもらえないかしら？」

ひそひそ声が聞こえる中、植え込みの切れ目からひょいっと顔を覗かせて見れば、見知った顔が三つあった。そのため認識阻害の魔法を解き、口角を上げつつ三人の会話に混ざる。すると、私の声に反応して三人がばっとこちらに顔を向けた。

実は先程の広場から、ずっと玄人程手馴れたものではなく、素人程下手でもない尾行が続いていることに気付いていた。悪意を感じなかったので当初は無視しようと思っていたのだが、さすがに長時間見続けられるのは気になるというもの。だからリオンがいなくなった隙に、その視線の主たちを見てみようと思い立ったのだ。

もちろん、危険だと感じた場合にはすぐにその場を離れるつもりだった。でも耳を澄ませば聞き覚えのある声。それゆえ、ひょっこりと顔を出してみたという次第だ。

「ティ、ティナ様ご機嫌よう」

「何が『ご機嫌麗よう』よ！　アマリー、あなたずっと私たちのこと見ていたでしょう？」

「な、なんのことかしら？」

「……はぁ。もういいわ。それよりあちらに行きましょう？　私たちの隣が空いているわ。後ろの騎士様たちも一緒に昼食にしませんか？」

前半はアマーリエに、後半は彼女の後ろにいる二人――フィンとノアの方に目を向けて言う。すると、女性受けしそうな笑みを湛えたフィンが私の前に一歩踏み出し、私の諸手をすっと掬《すく》い上げるように取った。

「それは嬉しい提案だね、美しいお嬢さん。私はフィン、こっちがノア。よろしくね」

「ティナと申します。どうぞよろしくお願いいたします」

「美しいあなたにぴったりなお名前ですね。それであの、もしよかったら今度……」

「今度、なんだって？」

突如私の背後から地を這っていいかんばかりの、それはそれは低くて重みのある声が聞こえ、反射的に振り返った。そこには飲み物を手にして仁王立ちするリオンの姿があった。

「フィン。お前何、人の相手を口説いている？」

そう言いながらリオンがこちらに向かって歩いてくる。その視線は逸らされることなく真っ直ぐフィンに注がれていた。

「じょ……冗談だよ、冗談！」

さっと私の手を離したフィンが、焦りをにじませた声で返す。その声がやや掠れている気がして向き直れば、フィンが私の後方に目を向け、数歩程あとずさりながら、前に突き出した両手を小刻みに振っていた。その顔色は真っ青だ。

……？

不思議に思い顔だけ振り返ってみる。だが、認識できたのは無表情のリオンがこちらに歩いてくる姿だけだった。

フィンは何故そんなに青ざめているのだろう。リオンの表情を見る限り然程怒っているようには見えないのだけれど……。疑問を残しつつもう一度フィンに目を戻すと、すっと視界が遮られた。

リオンが私とフィンの間に割って入ってきたのだ。

「ルティナ、こいつに近づいてはダメだ」

「そうですよ。絶対に近づいちゃだめです」

リオンが背を向けたまま顔のみをこちらに向けて、私に注意を促す。続くようにアマーリエがリオンに同意した。

「あ、ひでぇ隊長まで！」

フィンが眉間に皺を寄せ、不満を顕にする。その様子に一瞬フィンの肩を持とうとして、すぐにやめた。フィンの肩を持ったら話がややこしくなる気がしたからだ。

とはいえ、このままでも十分埒が明かない。ちょいちょいとリオンの服の裾を軽く引っ張り、フィンに向かっていた彼の意識をこちらに引き付けた。するとリオンが上半身をわずかに捻って私の方に振り返る。

「どうした？」

「ねえ、リディ。少しの間だと思ってハンカチを置いてきてしまったの。そろそろ戻らないと心配だわ。お話は向こうでしましょう？」

「ハンカチなら別になくなっても構わないが……そうだな。ルティナが望むならそうしよう」

リオンがこちらの意を酌んでくれたので「ありがとう」と伝える代わりに、にっこりと微笑みかける。それに対し、リオンも微笑みながら軽く頷いた。

「なあ、俺たち邪魔者じゃないか？」

フィンのつぶやきが聞こえる。だが、その表情まではわからない。

「だとしても、今更引けないでしょう？　それにティナ様と一緒にいられるのよ。私は引かないわ！」

「相変わらずぶれませんね、隊長。いっそ清々しいです。まあでも、そうですね。そろそろお昼ですし私たちも何か食べましょう」

「あっ！　ノア抜け駆けずるいぞ！」

「そうよ！　ティナ様の隣は私よ！」

先程の席に戻る私たちの後ろで、アマーリエたちがわいわいと騒ぐ。警邏の時はいつもこんな感じなのだろうか？　随分と楽しそうだ。

「どうした、ルティナ？」

「え？　あ、うん。みんな楽しそうだなって」

先程のテーブルに戻り、こっそり魔法を解除すると、ハンカチが置いてある椅子に座りながら答える。ハンカチは触れられた形跡もなく無事だった。さすがに騎士がいる中で盗みを働くような間が抜けた者はいなかったようだ。

「君はどう？」

「え？」

突如振られた言葉に理解が及ばず聞き返す。するとリオンが心なしか不安げな表情で、私の顔を覗き込んできた。

「楽しい？」

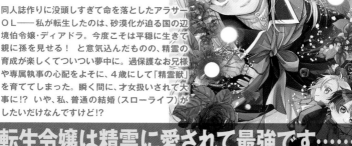

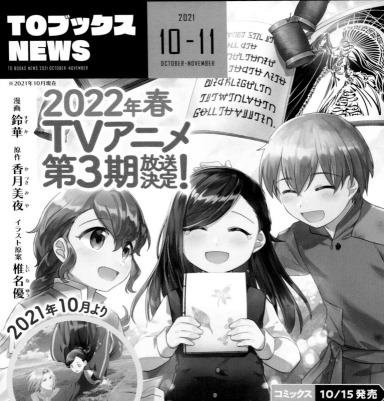

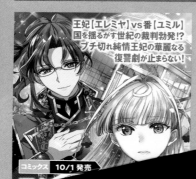

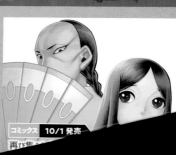

TOブックス11月の刊行予定（※発売日は変更になる場合があります。※一部地域で発売日が異なります。）

「本好き」シリーズ怒涛の3ヶ月連続刊行！

11/10 発売

本好きの下剋上 ふぁんぶっく6

著：香月美夜《かづきみや》 ほか　イラスト：椎名優《しいなゆう》

文庫　10/1 発売

本好きの下剋上

第二部 神殿の巫女見習い2

（TOジュニア文庫）

作：香月美夜《かづきみや》　絵：椎名優《しいなゆう》

10月発売	第二部②巻 文庫 第二部⑥巻 コミックス
11月発売	ふぁんぶっく⑥ 第四部③巻 コミックス
12月発売	第二部③巻 文庫 第五部⑦巻 ノベル

最新情報は原作公式HPへ！

www.tobooks.jp/booklove/

コミックス　10/15 発売

新シリーズ！

外面完璧！中身残念！
お仕事は最低限!?
ぐーたら妹と織りなす
異世界ほのぼの
スローライフファンタジー、
コミカライズ第1巻！

異世界で妹天使となにかする。@COMIC 1

漫画：示《しめす》よう子《こ》　原作：深見《ふかみ》おしお　キャラクター原案：福《ふく》きつね

コミックス　10/15 発売

どんな相手も金棒一閃！
リアルチートな鬼っ娘が
VRゲーム配信で大暴れの
冒険ファンタジー、コミカライズ第2巻！

打撃系鬼っ娘が征く配信道！ @COMIC 2

漫画：ありのかまち　原作：箱入蛇猫《はこいりへびねこ》　キャラクター原案：片桐《かたぎり》

新シリーズ！

万能な剣士と孤独な少女——
二人の出会いが国の行く末を変えていく、
宮廷冒険ファンタジー！
待望のコミカライズ第1巻！

「わたしはね……あなたになりたいの！」
騎士団（パーティ）から追放された魔法剣士ソロンは、半幽閉された孤独な皇女・フィリアにそう宣言された。恩師の頼みでその少女の家庭教師となったソロンは、自分に憧れて生きてきたという彼女を守りながら魔法と知識を与えていく。万能ゆえに追放された剣士と、出生の秘密を抱えた皇女。取り巻く思惑に翻弄されながらも二人の出会いが国の行く末を変えていく——。

コミックス　10/15 発売

追放された万能魔法剣士は、皇女殿下の師匠となる @COMIC 1

漫画：鳴原千《なきはらせん》　原作：軽井広《かるいひろし》　キャラクター原案：COMTA《こむた》

その言葉でようやく意味を理解した私は、リオンを安心させようと満面の笑みを浮かべ、力強く頷く。

「ええ、もちろん！」

私がきっぱりと言いきると、リオンが一瞬目を見張ったあと破顔した。

「それは良かった」

「あ……」

リオンの笑顔を見た瞬間、胸のあたりに『疼《うず》く』とは少し違う形容し難い痛みとともに、心が満たされるような思いが生じた。それは私の心をじわじわと支配し、息もできないくらいに締め付ける。

……やだ。重篤《じゅうとく》な病気かしら……。明日お医者様に診てもらった方がいいわね。

病気かと少し心配になった私の耳に、フィンたちの声が届く。

「甘い、甘すぎる。今なら砂糖が吐けるかもしれない」

「よく言うよフィン。自分だって甘いセリフいっぱい言ってるくせに」

「うるさいぞノア」

「はいはーい。テーブルくっつけますよ。お二人ともそろそろ現実に戻ってきてくださいね」

アマーリエの言葉にはっと我に返る。何気なくリオンを見れば、ばちりと目が合った。

「⁉︎」

刹那、物凄い勢いで互いに顔を逸らす。

……何よこれ……とても恥ずかしいわ……。

顔に熱を帯び、視線がさまよう。

そんな私をよそに、アマーリエがテーブルを持ってきて私たちのテーブルにくっつける。そこにフィンとノアがさっと椅子を置いた。椅子は私の隣にも置かれ、そこにアマーリエが鼻歌でも歌いそうな勢いで座る。その隣にはフィン、フィンの隣にはノア、そして最後にリオンといった並びで、リオンと私はほぼ向かい合わせとなっている。言わば放物線を描く形だ。フィンはその真ん中の、全体が見渡せる特等席だ。ちゃっかりしているわ。

「んじゃ、何か買ってくるか。隊長は何が食べたい？」

席に座らず立ったままだったフィンがアマーリエに尋ねる。

「私？　んー、あなたたちと同じ物でいいわ。ああ、それと……」

「俺も買いに行ってくる。ルティナ、ここでアマーリエ隊長と待っていてくれ」

「はい」

フィンとアマーリエが話をしている最中、リオンが私の方に顔を近づけてそう言った。それゆえ短く返事をする。するとリオンは満足そうに小さく頷いて、話を終えたフィンたちとともに買い出しに行った。

三人の姿が人込みに紛れて見えなくなる。途端に、アマーリエがこちらに顔を向けてきた。その表情はどこか怒っているような……？

「な、何？」

「ティナ様。何故『ルティナ』と名乗ったのですか？　そのまんまじゃないですか！」

「だってまさかリディがあんなにぐいぐいくるなんて思わなくて……その、うっかり……」

「先程から思っていたんですが『リディ』ってなんですか⁉　もー、あの人、私のティナ様に！」

今にもハンカチの端を咥えて、ぐぬぬと言い出しそうな勢いのアマーリエを慌てて窘《たしな》める。

「ちょ、アマリー⁉　リディはあなたの上官でしょう？」

「ティナ様のお心をかき乱すなど、たとえ副団長といえども許せません！」

言うが早いか、アマーリエが両手を握りしめてテーブルにドンッ！　と叩きつけた。その衝撃でリオンが買ってきてくれた飲み物がわずかに真上に跳ね上がる。

「いや、ちょっと落ち着いて、ね？　私は大丈夫だから！」

アマーリエの怒りの方向性が多少別の方に向かっている気もするが、この際それは無視して懸命にアマーリエを宥める。その甲斐あってか、アマーリエの勢いが弱まった。

「はっ⁉　そうでした。私としたことが……。とにかく私が危惧しているのは、あの三人のうちの誰かがティナ様の正体に気付いて殿下に報告してしまうのではないか、ということです。次回会った時に殿下が一緒だったりしたらどうするんですか？」

「大丈夫よ。彼らはきっと報告しないわ。それに、殿下が会いに来たところで、この姿では私だと気付かないはずよ。断言できるわ」

「そんな悠長な……」

「だって、私の本当の姿を知っている人がどれくらいいると思う？　しかも、あの姿しか知らない人からすれば、今の私なんて全くの別人だわ。殿下は絶対気付かないわよ。だから安心して、ね？」

私が自信をもって言いきると、アマーリエは心ならずも聞き入れてくれた。

でも、そうはいうものの実際はどうなるかわからない。私だってアマーリエと同じことを危惧したもの。今だっていつリオンたちにばれてしまうかとひやひやしている。だからこそ、自分自身を安心させる意味も込めてアマーリエにそう言ったのだ。残念なことに気休めにもならなかったけれど。

「「「ただいま」」」

いつの間にか時間が経っていたようで、三人が料理をたくさん持って戻ってきた。それをアマーリエと二人、笑顔で迎える。

「おかえりなさい」

「早かったわね」

「お嬢様方をお待たせするわけにはいきませんからね」

右手を左胸の前に持ってきて、わざとらしくお辞儀をするノア。

……あれ、ノアってこんなキャラだっけ？　その気取った言動はフィンの専売特許では？

「ルティナ、お待たせ。二人でなんの話をしてたんだ？　やけに仲が良さそうだったが」

買ってきた料理を置きながらリオンが言う。その言葉に思わずアマーリエと顔を見合わせたが、すぐに向き直り笑顔で「秘密よ」と答えた。リオンはそんな私たちに苦笑していたけれど、こんなところで話せるような内容ではないので仕方がない。

「なあ、それよりもさっさと食べようぜ！　午後の見回りの時間になるぞ」

「よく言うよな。お前ら全員さぼって俺たちの尾行していたくせに」

「あら、おほほほ。なんのことかしら～？」

「もう、アマリーったら」

フィンの一言で皆それぞれ席に着き、賑々《にぎにぎ》しくお喋りをしながら昼食を摂った。


その後三人と別れ――といってもリオンが無理矢理追い払ったのだが――私たちは再びお店を見て回ることにした。

市は通りが一本違うだけで趣ががらりと変わるので、見て回るのが本当に楽しい。ついついあの店この店と足を向けてしまう。当然周囲への注意が散漫になり、人にぶつかりそうになる。だが。

「ルティナ」

すかさずリオンが私の肩を抱き、自身の方に引き寄せて私を護ってくれた。

「っ！」

普段とは違う状況と、肩から伝わる彼の温もりに思わず動揺する。

……ど、どうしよう。なんか少し恥ずかしいわ……。

「大丈夫か？」

「え、ええ……ありがとう」

私が礼を述べると、リオンが肩から手を離してくれた。そして即座に手を繋ぐ。

「……っ」

手を繋ぐことにある程度慣れたとはいえ、それでも面映ゆいことに変わりはない。気恥ずかしさを覚えながらもお店を見て歩く。

お店は、雑貨屋なら雑貨屋という範疇《はんちゅう》で纏まっているわけではない。食料品を扱うお店があったかと思えば、その隣は衣料品を扱うお店とか、とても自由だ。だからこそ、この広い市で掘り出し物を見つけだしたいという探求心が湧いてくるのかもしれない。そうして一度《ひとたび》掘り出し物が見つかれば、その探求心は何物にも代えがたい喜びへと変わるだろう。

それはリオンにも当て嵌まったらしい。私を見る時とはまた違う、少年のようなきらきらとした目でとある一点を見ていた。その姿はちょっぴり可愛らしい。

「リディ」

「どうした、ルティナ?」

何かを気にしていても彼はちゃんと私の方を見ているようで、呼びかければ即返事が来た。

「私、あの貝細工のお店に行ってみたいわ」

そう言って私が示したのは、リオンが気にしているお店の隣のお店だった。

彼が興味を抱いたお店は、決して女性向きとは言えない。だから彼は絶対に言い出してこないだろうと踏んで先回りしたのだ。今日一日彼は何くれとなく私のために行動してくれた。今度は私が彼のために何かをしてあげたい。それに、彼が興味を示したお店は私もちょっと気になる。

「わかった。行こう。足元に段差があるから気をつけて」

「ふふ、ありがとう」

きっとリオンは私の意図に気付いたのだろう。繋いでいる手にほんの少しだけ力を込めてきた。

ゆえに私もきゅっと力を入れ返す。

「見て、リディ！　素敵な細工品ね。貝を研磨して一つずつ填め込んでいると聞いたことがあるけど、こんなに緻密なものだったのね。綺麗だわ……あら？　リディ、こっちのお店は短剣に同じ細工が施されてあるわ」

わざとかな、とは思いつつも彼が気にしているお店の話を振る。すると、リオンが素直に話に乗ってきた。

「置物、というわけでもなさそうだな」

「そうね。でも、ここにあるのはすべて短剣だわ。しかも一風変わったものばかり。本当に置物ではないのよね……」

お店には、不思議な形の短剣がずらりと取り揃えられてあった。どれも見たことのないものばかりだ。試しに鞘から引き抜いてみる。

「……不思議な色の刀身だな。それに、普通の短剣と違って厚みと幅がある」

「ほんとね。よく見たら先端が少し鋭利かしら？　あら？　こっちの剣は刀身が直角に曲がっているわ。これで切れるのかしらね？」

「ちょっとコツが必要だろうな。……って、ルティナはこういう話も大丈夫なのか？」

「へ？　あ……」

言われて気付いた。剣を前にしてうっかり素の顔が出てしまっていたらしい。慌てて場を取り繕う。

「あー……まあ、何も知らない令嬢だったら眉を顰めるかもしれないけれど、私の場合ほら、ルディが、ね？」

なんとなく婉曲な言い回しをして、リオンに解釈を委ねる。ルディの名を出しておけば、そう悪くはとられないだろう。

案の定、彼は私の言葉をいいようにとったようだ。

「ああ、なるほど。あいつも相当の剣好きだからな。まあ、そのおかげで君との会話が弾んだのだから、あいつにはあとで礼を言った方がいいかもしれないな」

「まあ、リディったら。ルディにお礼を言っても苦笑で返されるのが関の山よ？」

「それもそうだな」

そこまで言って互いに笑い合う。自然に話が落ち着いたのもあり、リオンが疑問を抱く様子はなさそうだ。内心でほっとする。

それからは無難な会話を心がけつつ、しばらくこのお店に留まった。

その後武器屋を離れ、ほかのお店を見て回る。本音を言えば、まだまだ見足りない。

とはいえ、時は正しく流れる。気付けば真上にあった太陽はだいぶ傾き、空が茜色に染まりかけていた。それゆえ、名残惜しくも別れを切り出す。

「リディ、私そろそろ帰らないと……」

宿で着替えてから戻るとなると、城に着く頃には夜になってしまう。これは急いだ方がいいだろう。そう思って少し焦っていると、リオンに名を呼ばれた。

「ルティナ、家まで送ろう」

「え？　ああ、大丈夫よ。近くに侍女を待たせているの。だから気にしないで」

「だが……」

心配そうにやや眉尻を下げてこちらを見るリオン。またもや絆《ほだ》されそうになったけれど、今日はまだ正体をばらしたくない。失礼だと思いつつもリオンの話を遮った。

「今日はどうもありがとう。とっても楽しかった」

「ああ、俺もだ。……ルティナ、また近いうちに会えないか？」

次のデートの話を振られるとは思わず、また振られてもルディを介してだと思っていた私は、彼の言葉にぱちりと目を瞬かせた。そんな私の反応に、何を勘違いしたのかリオンの表情が悲しげなものになる。

「ダメか？」

「そっ、そんなこと！　ただちょっとリディから次の話が出てきてびっくりしただけよ。本当よ？」

リオンの悲しそうな表情を見たのは初めてだ。なんか胸にぐっとくるものがあったし悲しそうな表情をさせたくなくて、即座にリオンの右手を諸手で掬い取り、彼の顔を見つめた。

「なら……」

「ええ。リディの都合の良い日をルディに言ってもらえたら日程を調整するわ。それじゃ、次も楽しみにしてるわね！」

「ああ、わかった。俺も楽しみにしてる。それとルティナ、やはりそこまででも送って……」

「ううん、本当にすぐそこなの。だから大丈夫よ。またね、リディ」

リオンの手を離すとたっと走り、彼の手の届かない場所まで行って振り返る。にこやかな笑みを浮かべつつ高く上げた手を大きく振れば、リオンがそれに応えて手を振り返してくれた。

「ルティナ、気を付けて！」

「ええ、リディもね！」

そう言うとすぐにリオンに背を向けて、軽快な足取りでイルマの待つ宿屋に向かったのだった。

公爵令嬢と魔法師団師団長と

あのデートの日から数日が経ち、日常の生活に戻っていた。

といっても、すべてが以前のままというわけにはいかない。リオンを見る度にあの日のことを思い出してしまい、気恥ずかしさからわずかに目を逸らしてしまう。ただ、幸いにもリオンは私の微妙な変化に気付いていないようで、彼の私に対する態度は何一つ変わらない。実にありがたいことだ。よって今日もいつも通り机に向かい、リオンと一緒に内務をこなす。

「ふぅ。終わったー！」

「まじかー。こっちも手伝ってほしいんだが……」

「無理。それはリオンにしかできないでしょ？　僕はこの書類を団長に引き継いでくるね」

リオンの頼みを撥《は》ね付けて立ち上がると、そのまま部屋をあとにする。リオンはそれに対して何も言わず、一つ頷いて私を送り出してくれた。

すぐ隣にある団長室の扉の前まで来ると、いつもの如くノックをし、応えと同時に中に入る。部屋の主は今まさに席を立とうとしていたようで、私に顔を向けるなり「どうした？」と急くように尋ねてきた。

「こちらの書類に目を通していただきたいのですが」

「ああ、わかった。机の上に置いておいてくれ。あとで見る」

団長は机の上にちらりと視線を向けて私に指示すると、側にあった書類を持って歩き出す。

「どこかに行かれるのですか？」

「ああ、ちょっとな。ほかにも用があるのか？」

「いえ、特にはありませんが、ただその書類を渡すだけなら僕が持っていきますよ？」

リオンはしばらく書類にかかりきりだろうし、ちょうど一段落したところだからと、親切ごかしで申し出てみる。すると、団長は少しだけ眉尻を下げて困ったような表情を浮かべた。

「だがなあ、これは魔法師団師団長に置いてくるものだからな……。ルディ、君はエリオットに魔法師団の区画に行かないように言われてるんだろう？　私もエリオットに、君を魔法師団の区画に近づけるなと釘を刺されている」

「大丈夫ですよ。一回だけじゃないですか。しかも置いてくるだけ。長居をするつもりはないし、さっと渡してさっと帰ってきますよ！　その書類を師団長に渡してくればいいんですよね？」

「ああ、まあそうだが……。うーん、なら頼むか」

「はい、行ってきます」

団長から書類を受け取り、団長室を飛び出す。向かうは魔法師団の区画にある師団長室だ。

何故リオンが、私を魔法師団の区画に近づけたがらないのかはわからないけれど、ちょっと行って書類を置いてくるくらいなら別に構わないだろう。命が危険に曝されるというのも大袈裟だろうし。

などとリオンの忠告を安易に捉えながら塔の中央にある会議室の脇を通って、魔法師団の区画へと向かった。


……そういえば魔法師団の区画って初めてだわ。

初めて訪れた魔法師団の区画は、聖騎士団と造りが同じだというのにどこか不思議な雰囲気が漂っていた。目に見えない、あえて言うのならば『薄い膜のようなもの』が辺りにぴんと張り巡らされてあるようで、肌にひしと伝わってくる。

その感覚には覚えがあった。我が家の訓練室だ。訓練室ではお父様の結界が幾重にも張り巡らされてあり、魔法が思いきり放てるようになっている。それはつまり、我が家の訓練室に張ってあるお父様の結界と同じものがここにも張ってある、ということだ。

この結界はおそらくほかの区画、ひいてはこの塔を守るために張られたものだろう。なにせここは魔法師団の本部、魔術師の総本山だ。一階には訓練場もあるので当然の措置と言えよう。

そんなことを考えながら廊下を歩く。すれ違う人たちはあまり私に関心を抱いていないらしく、皆何か思案……というか自分の世界に浸っているようだった。

師団長室に着き、扉を数回程ノックする。……なんの応答もない。試しにもう一度ノックして少し待ってみるも、やはり反応はなかった。どうやら留守のようだ。

……どうしようかな。

ここで待ってみたところで師団長がいつ戻ってくるかわからない。ならばいっそのことそこら辺の魔術師にでも尋ねてみようか。そう考え、辺りを見回そうとしてふと気付いた。ここは師団長室がある四階で、ほとんど人が通らない場所だ。先程の人たちは会議室に入っていったようだし、探したところで誰も見つからないのではないだろうか？

……仕方がないわね。下の階に行って誰かに聞いてみましょう。

そう判断して踵を返そうとした瞬間――

「いっ⁉」

右手首に痛みを覚えて思わず顔を顰めた。いったい何事かと、突然のことに混乱する。そんな私の耳に、場にそぐわない歓喜の声が届いた。

「ああ、やっと会えた！　思いのほか聖騎士団のガードが堅くて会うことがかなわなかったんですが、まさか君が自らここにやって来てくれるとは！　これも何かの縁ですね」

「は？」

慌てて振り返ると、そこには捜していた人物、魔法師団師団長がいた。師団長は私の右手首をぎゅっと強く握りしめ、満面の笑みを湛えている。いや、あの、その笑みにしてその手はおかしくないですか⁉

半ば半眼になりつつ、彼の姿をじっと見る。言動はともかく、折り紙付きの美しさだ。ただまあちょっとだけ氷のような色合いの瞳が冷たく見えるけれども、いつもにこやかに微笑んでいるからかそこまで冷たい感じはしない。むしろ笑みだけ見れば温和な印象すらある。

そんな彼の笑みにくらっとくる婦女子は多いと聞く。なんでも皆一様に『ギャップが！　ギャップがー！』と言って胸を押さえながら倒れ込んでいるらしい。これはさぞや彼の隣の座を狙う者が多いのだろうと思えば、予想に反してその座を狙う者は少なく、皆親衛隊に加入して素行よく追いかけているのだとか（ご令嬢方談）。けれど、当の本人はそのことに関していっさい反応していないようだ。黙認しているのか面倒なのか……。それに対してご令嬢方は『絶えず微笑んで、私たちが仲違いしないようにお心を砕いておられるのですわ。なんてお優しいのかしら』と都合の良い解釈を並べていた。返す言葉がなかった私は、曖昧に微笑んでやりすごしたのを覚えている。

なおご令嬢方は『魔法師団の漆黒のローブを纏うお姿と、冷たい印象のご容貌には、怜悧《れいり》という言葉がぴたりと当て嵌まりますわね。それなのにあの笑顔なんですもの。謎めいておられますわ』という話もしていた。あの時だけは私も同意見だったために、みんなの輪の中に入って話をしたのよね。ただ、その後全員が恍惚《こうこつ》の表情を浮かべて明後日の方向に視線を向け始めたものだから、その場の雰囲気が異様なものになってしまい、収拾するのが大変だったけれども。まあ、今だから笑って語れる話だ。

それはさておき、彼女らが言うように確かに目の前の彼は、怜悧な印象も、にっこにこな笑みも相反することなく両立しており、均衡でありながら実に不自然だ。現に今も何を考えているのか全くわからず、なかなか不可思議だ。

「あ、あの。団長から書類を預かってきました。こちらを……」

「ああ、ありがとうございます」

師団長に書類を渡すため、さりげなく師団長の手を解こうと試みる。掴まれた手が痛いので正直放してほしい。だが、師団長はやや痩躯《そうく》の体に似合わず意外と力があって、私のささやかな抵抗ではびくともしない。さすが男性の力だ。更に師団長は、私の持っていた書類を空いている手でひょいと奪い取ると笑顔のまま礼を述べてきた。完全に作戦失敗だ。

とはいえ、力ずくで解くわけにもいかない。下手な騒ぎは命取りだ。

……どうすればいいの……。

今更ながらにリオンの言葉の意味を理解し、途方に暮れた。その時。

「妹に触るな！　今すぐその手を離せ！」

突如私の真横から、怒気を孕んだ声が発せられた。

それは知っているのに知らない声。いつもは私を甘やかすようにかけられる優しい声が、今はとても恐ろしいものに思え、どうしても顔を向けることができなかった。

けれどそう言ってもいられない。腹をくくって、まずは視線をちろりと、続いて顔をゆっくりとそちらに向ける。

そこにいたのは紛う方なく我が麗しきお兄様。相も変わらず完璧な容姿のお兄様は、現在師団長を睨み付けている。それにもかかわらず目の前の師団長は、怯えるのではなく怪訝そうな表情を湛えてお兄様の方を向いていた。

「妹？　ルー、どこに女性がいるのです？　彼は男性ですよ。それにあなたの妹とは似ても似つかない」

「あなたの目はかなり節穴のようですね？」

……ちょっとお兄様⁉　相手は上司ですよ！

先程の暴言といい、お兄様は自分の立場を理解しているのだろうか？　ついお兄様が心配になりおろおろとしていると、お兄様の後ろに控えるヴェルフと目が合った。ヴェルフは私にぺこりとお辞儀をしてこちらにやってくる。

「ルディ様、ご無沙汰しております」

「ヴェルフ、そんなこと言ってる場合じゃないでしょ！　早く二人を……」

「大丈夫ですよ、ルディ様。いつものことですので」

ヴェルフは、私が二人の口論に驚いていると思ったのか、焦った様子もなくのんびりと答える。

しかし、私が気にしているのはそこではない。

「そうじゃないから！　早く二人の口を止めないと僕の方がまずいんだってば！」

「あ、無理です。二人を止めるなんて私にはとてもとても……」

「ヴェールーフー！」

いくら人通りがほとんどないといっても、どこで誰が見ているかわからない。急いで二人の口を噤ませてこの場を去らないと、私の話が団長やリオンどころか殿下の耳にも届いてしまう。私はま

だ殿下に会いたくない。だからヴェルフに二人をなんとかしてもらうように頼んだのに、あっさりと断られてしまった。裏切り者！

ほとほと困り果てて口論する二人に顔を戻す。するとお兄様が、私の手首を掴んでいる師団長の手をはたき落として、自由になった私の手を引っ張った。その勢いでお兄様の胸に飛び込む。かなり勢いがついていたと思うのだが、お兄様はよろけることなく私を受け止めてくれた。意外と筋力があるのね。

ただ、気のせいだろうか？　がっちりと押さえ込まれているこの状況。まるで捕らえられたグレートベア……。助けてもらっておいてなんだが、なんとも言えない気分だ……。

そんな複雑な心境の私に、お兄様は顔を向けることなく、耳に届くか否かくらいの声量で話しかけてきた。

「ティナ、手首大丈夫？　私の部屋に行ったらすぐに魔法をかけてあげるからね」

お兄様は私をマルティナとして見ており、そのように接してくるのだが、非常にまずいことに私は今男装中だ。だからこれ以上下手に喋らないでほしい。それに、いくらお兄様の話を戯言《ざれごと》だと思っている師団長でも、ここまできたらさすがに勘付くはずだ。

そう思いちろりと師団長の顔を窺えば、師団長がいまだお兄様の言葉を信じていないような面持ちで、目を眇めている。……鈍い。でもこの様子ならごまかしが利くだろうか……。

「ティナ？　僕はル……」

「とにかく私の部屋に行こうか？」

「ひゃっ⁉」

何も知らない令嬢が見たら頬を染めてお兄様を見つめることだろう。なにしろお兄様は満面に、誰もが見蕩《みと》れるような笑みを湛えているのだから。だが、私は知っている。この笑みの瞳の奥底には、怒りという感情が眠っていることを。私にとってこの笑みは、恐怖以外の何物でもないのだ。

そしてこうなったが最後、私は精神衛生上お兄様の指示に従うほかない。

そんなわけで、私は捕らえられたグレートベアよろしくお兄様に連行されて、お兄様の部屋とやらに向かった。


お兄様は、小さいながらも魔法師団の区画に研究員としての部屋を与えられている。そこで実験やら製作やらいろんなことをしている……らしい。

その部屋にお兄様はもちろん、私とヴェルフ、それから師団長の四人が集まった。まあ、集まったといっても私は強制的に連れてこられたし、ヴェルフは言わずもがなだし、師団長は……好奇心からなので無理矢理ではないわね。それはともかく。

お兄様に促されるままに、部屋の隅っこに置かれた応接用のソファに腰かける。私の隣にお兄様が、テーブルを挟んで向かいに師団長が座った。

なお、ヴェルフはそそくさとお茶を淹れに行った。……逃げたわね。

「ティナ、腕を見せて。ああ、少し赤くなってるね。どっかの誰かが馬鹿力だったから痛かっただろう？　今治してあげるよ」

私の方を向いたお兄様が即座に私の手を取って、師団長に掴まれたあたりに手を翳《かざ》す。するとお兄様の手から淡い光が発せられ、じんわりとした温もりが伝わってきた。回復魔法だ。

やがて光が収まり痛みも引くと、お兄様が治療した手とは反対の手を取って、そっと自分の目の高さまで持ち上げた。

「ああ、やっぱり。ティナ、魔力切れを起こしただろう？　腕輪の効力が失われている」

その瞬間私の目が、すばしっこい魚の如く高速で泳いだ。

心当たりが無いわけではない。いや、むしろ大いにある。これでもかというくらい魔法をぶっ放し、魔力切れを起こして一日近く眠ったのも記憶に新しい。それをお兄様に正直に言おうとして……やめた。言ったが最後、確実に怒られるからだ。そのため、何も答えられずに視線をさまよわせていると、向かいの師団長が口を開いた。

「ルー、彼は本当に君の妹なのですか？」

「だからさっきからそう言っているだろう？」

ああ、何故お兄様はそんなに簡単に私の正体をばらしてしまうのだろうか。私がこの格好をしている理由なんてお兄様ならすぐにわかるだろうに。

そう思ってお兄様にこっそりと尋ねたら、お兄様が「え？　そろそろ逃げ道を塞いで帰宅させようかと」としれっととんでもない返しをしてきた。

悪魔だ……悪魔がここにいる！　そう心の中で叫んだ私は、今確実に死んだ目をしているだろう。自分では見られないためにに実際にはわからないが、半眼でお兄様を見ているのは確かだ。そして、そんな私に救いの手……はなく、更なる追い討ち——最早とどめだと思う——がかけられた。

「なるほど。それならあの桁違いの魔力は頷ける。実は彼……いや、彼女は数か月前のスタンピードで魔物の群れをほぼ一人で一掃し、魔力切れを起こして気を失っています」

ちょっ、師団長⁉　何ばらしてるの⁉　ほら、ほらぁ！　お兄様が目を眇めてこっちを見てきたじゃないのよ！

「あ、あのっ、お兄様！　私が魔法を使わなかったら聖騎第一《ハイリヒ》のみんなが危険だったのです！　それで……」

「それで家出中の公爵令嬢が命の危険を顧みず、全魔力を使い切って気を失った、と？」

「うぐっ！」

ああ、言い返せない。内容が内容だけに、お兄様は物凄く怒っている。

でもそれはもっともだ。だって、お母様は次元が違うので別としても、お父様やお兄様がそんな無謀なことをしたら私だって怒るに決まっているもの。

とはいえ、私は何一つ後悔なんてしていない。確かに、お兄様に対して申し訳ないという思いはあるものの、再び同じようなことが起これば、私は迷わずこの力を揮《ふる》うだろう。断言する。

けれどもそれは、お兄様にまた心配をかけてしまうことにほかならない。だから私が今からするのは、これまでの行ないについて、かつこれからのことに対してのものであり、そして単なる自己満足だ。

「……ティナ？」

お兄様が怒りの表情から一変、不思議そうな表情でこちらを見てきた。それを無視してお兄様の目をじっと見る。それから静かに頭を下げて、今一番言わなければならないたった一つの言葉を口にする。

「お兄様、ごめんなさい……」

一呼吸置いて頭を上げる。すると、お兄様が何かを堪えるようにきつく眉根を寄せて、目を瞑っていた。

「……はぁ。あの時それを渡せてよかったよ。その腕輪が機能したから気を失っただけで済んだと考えることもできるからね」

そう言うなりお兄様はゆっくりと目を開けて、『仕方ないなぁ』とでも言うかのように苦笑いを浮かべた。

「ルー、その腕輪はいったいなんの腕輪なんです？　あの時彼女は、通常の速度以上の速さで魔力を回復していたと記憶しておりますが」

「……」

お兄様は私との会話に割り込んできた師団長を一瞥すると、すぐに立ち上がり近くのチェストからある物を取り出して戻ってきた。そしてそれを目の前のテーブルにことりと置く。

それは、唐草模様が緻密に彫り込まれた、品のある銀の腕輪だった。私が今身に付けている腕輪とは違い、完全に女性向きのそれを師団長が手に取り無言で見つめる。

「ルー、あなたの魔力が込められてありますね。あの腕輪と同じですか？」

師団長はしばらく腕輪を見たあと、お兄様の方を向いてそう尋ねた。その問いにお兄様が小さく頷く。

「妹のために作った腕輪ですよ。爆撃魔法を得意とする妹のためのね」

「そういうことでしたか。だとしたら素晴らしい発明ですね」

「お兄様っ！」

確かにお兄様の発明は素晴らしい。けれども、その腕輪はほかの人に見られてはならない。お兄様の身が危うくなるから。

それなのにお兄様は、あっさりと師団長に話をした。その行動に驚いて慌ててお兄様を見れば、お兄様が私の肩にそっと手を乗せにこりと微笑んだ。

「大丈夫だよ、ティナ。このへ……人に言っても世間には広まらない。むしろ言わないといつまでも解放してもらえないからね」

……今『変人』って言おうとしたわね？　ま、言い直したから大丈夫だろうけれど。

「でもお兄様……」

「それよりもティナ。この話が済んだらお前にはしっかりと話をしてもらうからね」

「っ⁉」

なおも食い下がろうとしたら、お兄様が私の言葉を遮って先手を打ってきた。藪をつつこうとしたら、つつく前に大蛇が出てきたような気分だ。

そのきまりの悪さから、お兄様に向けていた視線をついっと逸らす。視線の先ではヴェルフが口をぎゅっと引き結んで、必死に笑いを押し殺していた。

……もう！　覚えておきなさいよ……って、その前にお茶はどうしたのよ！

恨みを込めてぐぬぬとヴェルフを睨みつけていると、隣からフッと声がした。それを聞いて、反射的にお兄様を見上げる。だが、てっきりこちらを向いていると思っていたお兄様は、私ではなく師団長の方を向いていた。

「その腕輪はそれで一応完成です。作り方はすべて私の頭の中に入っておりますので、書き溜めたものはすべて処分しました。それ以上作るつもりもありません。それに、それは魔力の波長が合う者の間でしかやり取りができません。ですから、私と妹……父も可能ですね、とにかく研究対象としては不向きかと思います」

「……そうですか。それは残念です。ええ、実に残念」

師団長が眉尻を下げ、眺めていた腕輪をテーブルの上にそっと置く。お兄様はその腕輪を取りつつ、もう片方の手で私の手を取り、今まで私が嵌めていた腕輪とそれを挿《す》げ替えた。

「おにい、さま？」

目を一回ぱちりと瞬かせたあと、お兄様を見る。するとお兄様がにこりと微笑んだ。

「言っただろう？　ティナのために作ったって。だからこれはお前のだよ、ティナ」

「本当にいただいてもいいの？」

「もちろん。お前に似合うように細工も施してあるから、受け取ってもらえないと困ってしまうな」

わざと困った表情を浮かべて言うお兄様に、私の口角が上がる。

「まあ、お兄様ったら。でしたら何かお礼をしないといけませんわね？」

「だったら家を出る時から今に至るまでの話を全部聞きたいな。こう見えてもその姿にかなりの衝撃を受けているんだよ？」

その瞬間、私の表情筋が笑顔のままぴしりと固まり、それからあちこちでぴくぴくと痙攣《けいれん》し始めた。

「ティナ器用だね。目元と口元が同時に震えてるよ」

「お兄様がそうさせたんじゃないですか！」

「だっていなくなった家族にやっと会えたんだよ。そんな状況になったら誰だってその間の経緯を聞くだろう？」

「え？　それは……そうね……」

お兄様の言葉に酷く納得して口を閉ざす。もし私がお兄様の立場なら確実に経緯を聞くわ。

「随分と素直だね」

「ええ、まあ……」

お兄様と同意見では反論のしようもない。気が重いけれどここはおとなしく説明しますか。

……あ、でもその前に。

ようやく出されたお茶を一口飲んでから、お兄様に話しかける。

「お兄様、この話は多くの耳に入れるようなものではありませんわ」

「あ、いえ。私のことはお構いなく。いないものとして扱ってください」

「あの、そういうことではないのですが……」

師団長に席をはずしてもらいたかったがために言った言葉なのだが、逆に師団長が居座る構えを見せてきた。困惑以外の何物でもない。そんな私に、お兄様が申し訳なさそうな顔をしながら話しかけてきた。

「ティナ、諦めてもらえないかな？　これはどうすることもできないんだ。無理に席をはずさせても、なんやかんやと理由をつけて乱入してくる。そういう生き物だ」

「ええ、当然です。その腕輪を研究できないのは非常に残念ですが、私の研究対象はもう一つありますからね。彼女の話を聴けるのは実に興味深い」

「やっぱり却下」

お兄様が渋面を浮かべて師団長を見る。

一方師団長は、何を考えているのかわからない笑みでもってお兄様を見ていた。

……意外と仲が良いわね、この二人。

それはともかく、私としてはお兄様とヴェルフになら話をしてもいいと思っている。ただ、師団長の口から話が漏れるのは避けたかった。けれど、お兄様は師団長をどうすることもできないと言う。ゆえに少々困ってしまい、どうしたものかと師団長を見れば、ばちっと目が合った。瞬時に師団長が、お兄様に向けていた笑みとは違う類いの笑みを湛える。

「大丈夫ですよ。これは私の探究心によるものですのでほかの誰にも言いませんし、なんなら魔法の誓約書を交わしても構いません」

「……」

なんだろう。師団長は魔法の誓約書の話を持ち出してまで他言無用を約束してくれているのに、『探究心から』と言われるとどうしても素直に喜べない。そんななんとも言えない気持ちで師団長を見ていたら、お兄様に「凄い顔になってるよ」と突っ込まれてしまった。よって慌てて顔に意識を向ける。

ちなみに魔法の誓約書というのは、誓約を交わした者たちが交わした内容を違えることのないよう、誓約書に魔法をかけて誓約の遵守《じゅんしゅ》を強制するものである。もし約束事を違えたら、即座に魔法が発動して違えた者を攻撃する仕組みになっている。その攻撃力は相当なもので、場合によっては命を失うこともあるため、おいそれとは使えない。それゆえ、一般ではあまり使われることのない代物なのだが、国と国との交渉の場では時折使用されている。

そして、それを師団長が使用してもいいと言っているのだ。そこまで言うのだから、彼は本当に他言するつもりはないのだろう。ならばわざわざ魔法の誓約書を交わす必要はないのかもしれない。とはいえ、万全を期するのは悪いことではない。よそ行きの笑みを顔に張り付けて師団長に釘を刺す。

「……その必要はないですわ。わたくしはあなたを信じます。ね？　『グレンディア国軍魔法師団師団長様』？」

「ふふ、話が早くてとても助かります。『レーネ公爵令嬢マルティナ様』」

私の言葉に師団長がわざとらしい笑みで返してきたのだが、これは喧嘩を売っているのだろうか？　それとも、ただ単に私を真似て返しただけなのだろうか？　際どいところだ。

「……お前たち、こんな時くらい腹芸をやめたらどうだい？」

お兄様が呆れたような顔で言う。その言葉に、はっと我に返った。いけない。こういった場に来るとつい公爵令嬢の顔が出てしまう。今は身分も性別も隠しているのだ。気を付けなければ。

改めて気を引き締めると、この場にいる全員に事の顛末を語った。


「……はあ。ティナも相当だが、殿下もかなり……」

「それ以上は不敬ですわよ、お兄様」

すべてを話し終えたあと、お兄様がぐったりとしながら呟いた。その途中で慌てて、けれど平静を装って口を挟む。私たちだけならまだしも、この部屋には師団長もいるのだ。迂闊な発言は命取りにもなるので、是非とも気を付けてもらいたい。

「そうは言うけどね、ティナ。なるべくしてなったとしか言えないよ？　その顔のこと然り、お前と殿下はもう少し二人で話し合うべきだったんだ。互いに無関心であったがゆえの会話不足、それがこの結果だ。もっとも、私や父上としては、ティナが好きでもない男と結婚せずに済んだのだから嬉しい限りだけどね」

「ですからお兄様、不敬です。まあ、私と殿下の会話不足は認めますけれど……」

確かにお兄様の言う通り私たちは会話不足だった。といっても、政務などの仕事に関してはそれなりに話し合っていたと思う。だからここで言う会話不足とは、自分たちのことに関しての話だ。その最たる例が『月の妖精』である。

詳《つまび》らかにするつもりはないので話を端折《はしょ》るが、あの顔は殿下の反応を基にして作られたものだ。そこに私らしさはない。ゆえに、ストレスが溜まるのは当然のことだった。

しかし、その間に何もしなかったわけではない。何度も殿下に真実を告げようとしたのだ。けれど、その度に要らぬことを考えてしまい、最終的に私が我慢すればいいと口を噤んでしまった。

でも、もし殿下に『元の顔に戻したい』ときちんと告げていたのなら。また、子供じみた思いだからと言えずにいた、『期待をかけてくれるのは嬉しいけれど、たまには褒めてほしい』という言葉を素直に殿下に告げていたのなら。そうしたら私たちの関係は、多少なりとも変わっていたのかもしれない。まあ、しょせん『たら』『れば』の話なのだが。

「ところで気になったのですが、レーネ嬢のそのお顔は素なのですか？」

師団長の言葉に現実に引き戻される。ああ、そうだった。お兄様もヴェルフもこっちが素顔だと知っているから、その前提で話をしていたわ。

「ええ、そうですわ。師団長様にはもう一つの顔でお会いしておりましたわね」

「ええ。とてもおとなしい方だと思っていたのですが、こちらが本当のレーネ嬢でしたか」

師団長がいつもより更に深い笑みでこちらを見る。その言動が妙に引っかかった。彼はいったい何が言いたいのだろう？　不審に思いながら師団長を見ていると、次の瞬間師団長がとんでもないことを口にした。

「しかし、レーネ公爵令嬢ともあろうお方が、そのようなお姿でこんなところにいらしたとは驚きですね」

「「なっ⁉」」

師団長の言葉に、私とお兄様が一斉に声を上げる。同時に、この部屋の空気が一気に張り詰めたものになった。

迂闊だったわ。師団長の名を冠しているのだから一筋縄ではいかないとわかっていたのに、つい彼を信じて釘を刺すだけにとどめてしまった。その結果がこれだ。

「おい、何を企んでいる？」

先程私が竦《すく》み上がりそうになった恐ろしい声音で、お兄様が師団長に問う。だが師団長は、そんなものどこ吹く風だといった様子で、涼しい顔——というか普段の笑みなのだけれど——をしていた。

「企むだなんてとんでもない。私はただ、レーネ嬢にご協力いただきたいと思っているだけで、他意なんてとてもとても」

「……妹はあなたに協力しませんよ。私が許しません」

「そこをなんとか。彼女の力は興味深いので是非とも協力してほしいのです。でなければ……ね？　私の性格は知っているでしょう、ルー？」

……ちょっとこれ完全に脅《おど》しでしょう⁉

驚きのあまり頭が真っ白になり、口が動いているか否かくらいのわずかな開閉を繰り返す。だがすぐにそんな場合ではないと思い返し、意識を無理矢理現実に繋ぎ止めた。

しかし、それで状況が良くなるはずもなく。主導権は依然として師団長が握ったままだ。なんとかその主導権をこちらに引き戻し、師団長を牽制《けんせい》したいところだが、困ったことに何も案が浮かばない。そのためどうしたものかと思案していると、突如背中が温かくなった。何事かと見れば、お兄様が私の背中に手を当てて優しい笑みを浮かべている。

「なるほど……」

こちらを見ながらそう言ったお兄様は、次に師団長に顔を向けて口を開いた。

「『好奇心は猫を殺す』って言うけれど、それは本当かもねぇ……コーネリウス・ヴァーグナー！　貴様、余程我が公爵家を敵に回したいと見えるな!!」

最初は抑えているようだったお兄様の声がどんどんと大きくなり、遂には怒声となった。それに驚いて肩がびくりと跳ね上がる。怖いなんてものではない。あまりに恐ろしくて泣いてしまいそうだ……いや、泣かないけれど。

「ルー、何をそんなにむきになっているのです？　私は別に公爵家に喧嘩を売っているわけではありませんよ？」

「明らかに脅しておいて何を言っているのやら。言っておくが妹にこれ以上何かしようとしたら、貴様とその家がどうなっても知らないぞ？」

……お兄様！　それも脅しですよ!?

「やれやれ、穏やかじゃないですね。ですが、我が家を潰そうとしても無駄ですよ？　公爵家よりも家格が低いとはいえ、魔法の名門であるヴァーグナー家がそう簡単に傾くとは思えません。それにもし、裏で手を回すのに飽き足らずそちらが実力行使に及んだとしても、こちらは数で対抗するのでなんら問題はありません。なにせ我が家は魔術師の系譜ですからね」

「へぇ、そこまで話を広げるんだ？　面白い。だがまあ、そうだな……その仮の話に私はこう答えよう。『数で対抗といってもしょせん魔術師の集まり。物理攻撃を受けたらひとたまりもないだろうね』と」

なんだかおかしなことになってきた。なんで実力行使の話になるの？　まるで戦術の議論を繰り広げているみたい。

しかしそうは思えど、口を挟める雰囲気でもない。ここはおとなしく二人の様子を見守ることにした。だが――

「それはそちらも同じだと思いますけれどね。だいたい、物理といってもどこに協力を求めるのです？　あてがないのではないですか？」

「くっ……ふははははっ！」

……お兄様！　それは最早魔王の笑い方です!!

お兄様は嘲《あざけ》るような表情を師団長に向け、力強い笑い声を上げる。すっかりお兄様のペースだ。

「実に面白いことを言う。私たちの母親……公爵夫人の存在をお忘れか？」

「公爵夫人？　確か夫人は……」

そこまで言った途端、師団長が急に目を見開いた。どうやら気付いたようだ。

「そう、母はクルネールの出。しかもその血は妹に受け継がれている。更に言えば妹の魔力はそちらよりもはるかに上。仮に強固な防御壁を用意しても、妹があっさりと防御壁を破壊して、そちらの喉元に剣を突きつけるだろう。魔術師だけだったらそれでよかったのだろうが、残念。元から勝ち目はなかったね」

お兄様はそう言いながら長い脚を組むと、太股《ふともも》の上に左肘を付けて、その手の甲に顎を乗せた。

そして、優雅な仕種で師団長の方に右手を向けて不敵に笑う。その姿は嫌になるくらいとても様になっていた。それはあたかも魔王のよう……なんでもないですお兄様。お兄様がこちらをちらっと見てきたので、慌てて視線を逸らす。

一方師団長は、いつもの笑みを消してお兄様を見ていた。笑顔が常の師団長にしてはいささか珍しい光景だ。だからといってまた見たいとは思わないが。

「わかっただろう？　下手な真似はせずに妹から手を引くことだ。妹を危険な目に遭わせたらレーネの者だけでなく、クルネールもそちらに牙を剥くぞ？」

「……はぁ。敵いませんね。仕方がありません。レーネ嬢のことは諦めましょう」

「最初からそうしていればいいんだよ。……ということだ、ティナ」

どういうことよ!?　いえ、わかっているけれども……。

それにしてもさすがお兄様だ。ちょっとどうかと思うところはあったにせよ、うまく話を纏めてしまった。私ではこううまくはいかない。きっとお兄様ならお父様から家督を引き継いでも、なんの問題もなくやっていけるだろう。

「守ってくださりありがとうございます、お兄様」

私を師団長の魔の手から救ってくれたお兄様に、屈託のない笑みを向ける。するとお兄様は私の頭に手を乗せて、ぽんぽんと軽く叩いてきた。

「これは私が勝手にやったことだ。気にしなくていいよ。それよりそろそろ戻らなくていいのかい？」

「え？　あっ‼」

時計を見れば既に半刻近くが経っていた。これはやばい。すぐに帰ると言った私がいつまで経っても戻ってこなかったら、みんな心配するだろう。特に過保護なリオン。彼が騒ぎ出したら大変だ。

……急いで戻らなくちゃ！

慌てて立ち上がると勢いよくお兄様を見る。

「お兄様、私行きますね。あ、お兄様。私のことはお父様には……」

「え？　もうばれていると思うけど……」

「……は？」

今、不穏な言葉があった気がする。

「じょ、冗談……ですよね？」

「逆に聞くけど、どうして冗談だと思うの？　父上だよ？　スタンピードの時に物凄い魔力を感じて私ももしかしたらと思っていたぐらいなんだから、父上が気付かないわけないよね？　あ、でも父上のことだから、男所帯の聖騎士団にティナがいると思いたくなくて、気付かない振りをしている可能性もあるな……」

「うぇぇ……」

その話は聞きたくなかった。うまくお父様を躱していると思っていたのに……。もう、やだ。リオンのところに帰ろう。

「……とりあえず戻りますね」

「ああ。たまにはここに遊びにおいで。いつでも待っているよ」

「はい。ではお兄様、師団長様、ヴェルフ。私はここで失礼しますわね」

三人に向かってぺこりとお辞儀をする。本当は淑女の礼をしたかったのだが、生憎この姿だったので仕方なくお辞儀にとどめた。

「レーネ嬢、また楽しいお話をお待ちしておりますよ」

「あなたは懲りませんね」

お兄様が目を眇めて師団長を見るが、それに反応することなく師団長が話を続ける。

「大丈夫ですよ、ただ単にお茶をしましょう、と言っているだけですから。なにせ彼女は現在婚約者がいませんからね」

「却下！」

目を眇めていたお兄様の目がキッとつり上がる。そこからまた二人の言い合いが始まった。

……本当に仲良しさんねぇ……。

そんなことを思いつつ二人を静観していると、突如別のところから「あっ」と声が上がった。見れば、ヴェルフが何かを言いたそうにこちらを見ている。

「どうしたの、ヴェルフ？」

「お嬢様、次はあまり面倒な用事を押し付けないでくださいね？」

「ああ、手紙に書き忘れていたわ。ヴェルフ、この間は国境までおつかいありがとう。また何かあったらよろしくね」

私が有無を言わせぬ笑顔でそう言うと、ヴェルフがたっぷりと間を置いてから諦念《ていねん》に至ったかのような表情で「……はい」と返事をした。その声はどことなく切なげだ。いったい私は彼に何かしただろうか？　そんなに無理難題を押し付けたつもりはないのだけれど……。

……まあいいわ。そろそろ聖騎士団に戻りましょう。

そうして私はお兄様と師団長が言い合う中その場をあとにし、急いで聖騎士団に戻ったのだった。

公爵令嬢ナンパされる

お兄様たちに会ってから三日。私はリオンとデートをするため、今日も職人街の例の宿屋に来ていた。そしてそこで、公爵邸から呼び寄せたイルマに手伝ってもらい、着替えをしている。

服は前回とほぼ同じだ。ただし、スカートの色が菜の花色に、素材がシフォンに変わっている。

それに気付くやすぐさまスカートとにらめっこをする。

……ねえ、これ絶対私の相手がリオンだってわかっていて用意しているわよね？　だって今回はスカートまでもがリオンの瞳の色で、まるで彼の色を纏っているみたい……って前回も同じことを思った気がするわ……。

とはいえ、それがあと押しをしてもらえているようで、私としてはありがたい。実は今日、リオンに大事な話をしようと思っているからだ。

正直なところ、それを話すのに躊躇いはある。だが、前回のデートから一週間以上が経っており、時間的に余裕がなくなってきた。今日こそは絶対にリオンに告げないといけない。

……何を、って？　それはもちろん、私の本名や姿よ。

私のパートナーとなるからには、リオンに公爵邸まで迎えに来てもらう必要がある。それには、私がどこの誰なのかを伝えなくてはならない。

ただし、私がルディだと告げるかはいまだに悩んでいる。そこを伝えなくても話は通じるし、リオンを混乱させずに済む。それに、この先の仕事に影響を及ぼすことはなるべくなら避けたい。ただ、そうしてルディだと告げずに振舞い続け、のちに何かの拍子に露見してしまったら、その時は今以上にややこしいことになるだろう。それが怖い。

そんなわけで、いまだにルディと告げるか考えあぐねている。

本当は、前回の失敗もあるからもっときちんとあれこれ決めて今日を迎えたかったのだが、結果はこれだ。自分は意外と優柔不断なのだと思い知った。

まあ、そんなことを思い知ったところで今日を迎えてしまったのだから仕方がない。先程も述べたがもう残された時間は然程ない。というのも、王家主催のパーティーまであと一か月となっており、ドレスを仕立てる点において、超特急で仕立てても完成するかどうかの危うい状況だからだ。時間的に余裕がないとしたのはそういう意味で、である。

お父様の話だと、お母様が率先してドレスの製作に当たっているらしいのだが、如何せん採寸をしないと何も始まらない。また、婚約者がいる場合は相手の髪色や瞳の色のドレスを身に纏うのが一般的とされている。もしリオンと婚約を結ぶとなった場合、それが仮の婚約であっても黄色や赤色のドレスにしておいた方が無難なのだ。そうでないと周りに何を言われるかわからない。

よって、今日はそのあたりをリオンに告げて、はっきりとさせなくてはならなかった。そして色よい返事をもらったら、その足でお母様が予約している仕立屋に乗り込んで採寸をしてもらうのだ。ならばよりいっそう気合を入れなくてはね！

……よし、目指せ婚約！　そして殿下の手から逃れて幸せになるわよ！　おーっ！

心の中で拳を突き上げて己を鼓舞すると、スカートを閃《ひらめ》かせ、部屋をあとにした。後ろの方でイルマの怒声が聞こえたような気がしたけれど、気にしない、気にしない。

宿屋を出ると真っ直ぐ待ち合わせの広場に向かう。今回はスカートが軽い所為か、前回よりも足取りが軽やかだ。広場まで走って向かいたくなる。だが、それはすんでのところで堪えた。今回もイルマに跳ね回るなと釘を刺されたからだ。ゆえに、おとなしく歩く。

宿屋から広場までの距離は割に短い。大通りの端の方に宿屋が、通りの突き当りに広場がある。だから真っ直ぐ進めば問題なく数分で広場に着く……はずだった。

――ドンッ!!

「っ!?」

歩いていたら突如真横から思いきり誰かに押され、ぐらりと体が傾いた。思ってもいなかった事態に思考が追いつかず、無意識裡《り》に体のバランスをとろうと手が宙を泳ぐ。すると、宙を掻いていた手首を何者かにがしっと掴まれ、そのままぐいっと斜め前方へと引っ張り上げられた。それにより、跳ねるようにとんとんと数歩斜め前に進む。

しかしそれで終わりかと思いきや、勢いが収まらぬうちに今度は後方に引っ張られた。そして、手の甲を壁と思われるものに強く押し当てられ、数秒遅れで同じものに背中がダンッとぶつかった。

……痛っ！　もう、なんなのよ⁉

一連の出来事に一瞬混乱したものの即座に気持ちを切り替え、辺りを窺う。どうやらここは大通りに繋がる細い脇道のようだ。少し先に大通りが見える。が、それにもかかわらず人通りは全くといっていい程ない。

そこまで確認して視線を近くに戻せば、側に二十代後半とみられる二人の男がいた。私を押した男と引っ張った男か。

一人は中肉中背で、短めの髪を真ん中で分けている。私の手首を掴んでいるのは彼だ。もう一人は長身で、肩より少し長い真っ直ぐな髪を無造作に下ろしている。二人とも生成りのシャツにベストとトラウザーズといった格好で、実に庶民らしい服装だ。それを見て、はて？　と首を傾げた。

私が知っている庶民の知り合いの中に、彼らのような人たちはいない。記憶を辿っても、該当する人物は思い浮かばない。だというのに、知らない人だと済ませるには二人の顔に見覚えがありすぎた。

ただそうはいっても、どこで会ったのかが思い出せない。既視感を抱くくらいだからどこかで会っていると思うのだが……。

そう思いまじまじと男たちを見ていると、なんとなく彼らの所作が綺麗なことに気付いた。

もしかして、彼らは貴族か商人なのだろうか？　そこまで考えるも、やはり心当たりがない。

いや、心当たりがない、ではない。あんなにお妃教育を頑張ったのだ。殿下の婚約者だった時はすらすらと名前が出てきたではないか。思い出せ自分！

……。

…………？

…………!!

「……どなたですか？」

——はい終了。

思い出そうと頑張ったものの、結局わからないことがわかった。こういう時は素直に尋ねた方が時間の無駄にならなくていい。

「ああ、そんなに考え込まなくても僕たちは知り合いじゃないよ。ただ、僕たちと一緒にお茶をしないかと思ってね」

短髪の方の男が言う。そっか。思った通り知り合いではなかったか。ならばそこまで気を遣う必要もないだろう。

「残念ですが、先約があるのでお断りします」

「こっちを優先してくれると嬉しいな」

きっぱり断ったのに、なおも食らいついてきたのは長髪の男。はっきり言って面倒くさい。断っているのだから遠慮してくれればいいのに。

「お断りします。別の方をお誘いください」

拒絶の言葉を紡ぎながら、男の手を外そうともがく。そういえば、つい先日も同じことをした気がする。まさかとは思うけれど、最近の流行りなの？

「そうつれないこと言わないでよ」

「嫌です、放してください」

「放さないと言ったら？」

そう口にした短髪の男の目に、ぎらぎらとした光が宿った気がした。

……あ、これもうやっちゃっていいよね？

穏便に済ませようと思ったが、向こうがその気ならば仕方がない。こちらも手荒くいくとしよう。

即座に体内の魔力を操ると、矢じりよりも鋭利な氷の錐《すい》のようなものをいくつか生み出し、狙いを定めて放つ。放たれた氷は、それぞれの頬を掠めながら勢いよく飛んでいき、彼らの後方にある建物に突き刺さった。

「「……？」」

あまりの速さに、風を切る音しか聞こえなかったのだろう。二人は動きを止めたあと、一呼吸置いておもむろに自らの後ろを振り返った。

それから数秒程して、壁に突き刺さった氷の錐に気付いたのか、ぐりんと勢いよくこちらに向き直る。その際に頬の違和感に気付いたのだろう。二人は向き直るなりそっと頬に手を添え、その手を見て目を見開いた。

「はっ⁉」

「なんだこれっ⁉　あ、お前！」

彼らの手には赤い液体が付着していた。その頬には一筋の赤い線。それを互いの顔に見つけ、お行儀悪くも指をさし合っている。

そんな二人を無視して口を開く。

「『放さない』と言われたら先手必勝、殺《や》られる前に殺るだけよ！」

口角をついっと上げながら、自分の周りに無数の氷の錐を生み出す。すると私の手を掴む力がわずかに弱まった。

――今だ！

思いきり手を引き抜くと、手首を掴んでいた男を突き飛ばしてもう一人の男に体当たりさせる。それから魔法を解除し、大通りに向かって必死に走り出す。後ろで「待て！」とか、「逃げるな！」とか怒鳴り声が聞こえたが、いっさい無視だ。誰が待つものですか！

すぐに大通りに出ると、そのまま一気に広場まで走る。人目の多い広場ならあの男たちも下手な真似はできないし、もし何かあってもリオンがいればいいように対処してくれるはずだ。

「はぁ、はぁ……」

もう大丈夫だろう。小さいながらもリオンの姿が見える。

そのままリオンに気付かれないように息を整えると、心持ちゆっくりと歩いて、この間と同じ噴水のところに行った。

公爵令嬢仕立屋に行く

「こんにちは、リディ」

「やあ、ルティナ。今日も綺麗だね」

こちらに背を向けるリオンに声をかけると、振り返った彼が笑顔で挨拶を返してきた。リオンの人誑しの才はなおも健在のようだ。

「まあ。ありがとう、嬉しいわ。でもリディ？　そうやっていろんな女性に声をかけているの？」

「まさか！　ほかの女性を褒める機会だってないのに、そんなことできるわけがないだろう？」

「本当かしら……」

すっと目を細めてリオンを見る。するとリオンの眉が見る見るうちに下がり、情けない顔となった。そしてすぐに、彼の目つきが恨めしそうなものに変わる。

「ルティナ……」

「ふふ、冗談よ。それより今日はどこへ？」

これ以上続けたらリオンの表情がえらいことになりそうだったのでさりげなく話題を変えると、

彼の顔がぱっと明るくなった。現金ねぇ。

「本当は観劇にでも、と思ったんだがこの格好だろう？　ドレスコードがある観劇には行けない。だから今回は次のデートの時用に君のドレスを見ようと思ったんだがどうだろう？」

「それって仕立屋に行くってことよね？　私、ドレスを仕立てるのも買い物するのも全部お店の人に来てもらっていたから、とっても新鮮だわ！」

「なら、決まりだな。ではルティナ嬢、お手をどうぞ」

「ふふ、ありがとうございます」

リオンがわざと恭しい態度で手を差し伸べてきたので、あえてそれに乗っかり手を添える。そのままリオンのエスコートで、貴族御用達のお店が並ぶ通りへと向かった。

貴族御用達のお店は先程の広場の北側、広場から目と鼻の先くらいの距離にある。前回行った市とは全く違い、通りに沿って立ち並ぶ建物はどこもかしこも一様に立派だ。当然通りは建物に見合うように道幅が広く、馬車がすれ違っても余裕がある造りとなっている。

私たちはその通りを脇に寄って、手を繋いで歩いていた。初めは手を繋がれる度に慌てふためいていたけれど、だいぶ慣れた気がする。まあいまだに恥ずかしい思いはあるものの、それとともに嬉しい気がするのも確かだ。

だが、浮かれてばかりもいられない。先程の男たちの事をリオンに話さなくては。

「あの、リディ」

話しかけながらリオンの顔を見る。リオンが私の声に反応してこちらに顔を向けてきた。

「うん？　どうした、ルティナ？」

「えっと……」

……ほら、早く口にしなくちゃ！

話そうと口を開くも、言葉が出てこない。言えばリオンを心配させてしまう………いや、違う。私があの男たちに触れられたと彼に言いたくなかったのだ。でも、私が口にしなければあの男たちはまた別の女性を狙うかもしれない。だから、私の気持ちは無視して言わなければならないのだけれど……。

「……ううん、素敵なところだなって改めて思ったの。いつも馬車から見るだけだったから。それにこうして歩くのも新鮮ね」

……結局言えなかった。

今まで言いたいことは殿下相手でもきちんと口にしてきた。それなのに、リオンが相手だとどうしてもうまくいかない。そればかりか失敗ばかりしてしまう。どうして言えないのだろう。酷くもどかしい。

それでも表情を崩さずに満面に笑みを張り付けていると、リオンが嬉しそうに目を細めた。

「喜んでもらえてなによりだ。それより、君の家が贔屓《ひいき》にしている仕立屋ってある？」

「え？　ええ、あるわ。『エーデルブルーメ』っていうお店よ」

贔屓にしているお店を素直に答えると、リオンが驚いたように軽く目を見開いた。

「それって物凄く有名な店じゃないか」

「知ってるの？」

「ああ。母がいつもそこで仕立ててるし、あちこちで耳にするから……」

そういえばリオンの母親であるイストゥール侯爵夫人は、あのお店の服をいたく気に入っていると以前話した時に言っていたっけ。正確にはそこの女主人であるフラウテレーゼの服が。

それを思い出し、更に笑みを深くする。

「そうだったわね。イストゥール侯爵夫人は、フラウテレーゼの服を愛用なさっているものね」

「母に会ったことが？」

「え？　あ……まあ何度か」

慌てて言葉を濁す。もう少しあとで真実を告げようと思っていたのに、ついやってしまった……。

思わず顔を顰めそうになるのをなんとか堪え、リオンの次の言葉を身構えて待つ。だが、リオンはそれ以上この話に突っ込んでくることはなく、立ち並ぶお店の方に顔を向けて口を開いた。

「へえ。意外なところで繋がっているんだな。あ、その店ならあそこだな」

リオンが話を流してくれたことにほっとしつつ、彼の視線を辿る。そこには、蔦《つた》と葉を模《かたど》った看板掛けに『エーデルブルーメ』と書かれた看板がかけられているお店があった。

お店の前まで行くと一度立ち止まりお店を見る。そこは周りのお店よりも格段にあか抜けていて、別世界の様相を呈していた。白い外壁の所々には薔薇や小花のモチーフが浮き上がるように彫り込まれてあり、そこかしこに置かれた水瓶のオブジェが絶妙に外観を引き立てている。

だが、引き立てるといってもそのオブジェ自体も一級品で、目に映る範囲においてどこも手を抜いたところは見受けられない。そしてそれらも含めてお店として見てみると、更に品格が上がるのだから驚きだ。さながら、一つの芸術品がそこにあるかのようだ。

しかしながら、ここまで芸術を極めていてもお店は全く悪目立ちしていない。ここの主のセンスは本当に素晴らしいもので、格別の外観であってもうまい具合に周りと調和している。芸術とはなかなか奥が深い。

「まあ、素敵なお店ね。早く中に入りましょう！」

いくらお忍びとはいえ、これから入るのは一流のお店だ。それらしく見えるようにリオンの腕に己の手を添えて、お店の中に入った。

お店の中は、色とりどりのドレスを纏った人型の置物がそこかしこに置かれてあり、まるで私たちを出迎えているかのようだった。置物に着せてあるドレスのデザインも、裾に向けてスカートが広がっていくもの、体のラインに沿っていたスカートが途中から魚のヒレのように広がるもの、胸のすぐ下からスカートに切り替わっているものとさまざまで、見ていて本当に飽きない。

ただ、私はそうでもリオンは得意ではないだろう。手短に済ませようと早々に決意する。

「いらっしゃいませ」

私たちが入るとすぐにお店の奥から物腰が柔らかそうな女性が顔を出してきた。おそらく三十代と思われるその女性は、私たちの方を向くなり美しい所作でお辞儀をする。

「この店の主、テレーゼにございます。本日はどのような服をお探しでしょうか？」

「彼女のドレスをいくつか注文したい」

「リディ⁉」

リオンの言葉に驚いて顔を向けると、彼が私を見て柔らかな笑みを浮かべた。

「今度のパーティーのドレスはもう注文した？」

リオンの口調が急に変わったのに気付き、目をぱちりと瞬かせる。……ああ、そうか。ここでは貴族らしくということね。

彼の意図を理解してにこりと微笑み返す。

「お母様がある程度デザインを指定しているはずだけれど、生地や色はまだのはずよ？　採寸もまだですもの」

「なら今日はそのドレスの話を進めよう。あと、別の日に行く観劇用のドレスも」

「そんな……。採寸だけでも時間がかかってしまうのよ？　あなたに悪いわ……。それに、たぶんパーティー用のドレスは我が家で仕立てるはずよ。だから気を遣わなくてもいいわ」

「時間がかかるくらいどうってことないさ。パーティー用のドレスも、無理にとは言わない。ただ、以降は俺に贈らせてもらえると嬉しい。これからも会ってくれるんだろう？」

「！」

言われてどきりとした。まさかリオンの方から話をしてくるとは思わなかったからだ。

しかし、これはよい流れではないだろうか？　だってリオンは私と婚約する気があるから話を振ってきたはず。ということは、私が真実を告げても変わらず側にいてくれる確率は高い。

ただ、フラウテレーゼがいるこの場で真実を告げるのは考えものだ。私の正体が知られるのが問題だからではない。私が聖騎士団にとって捜索対象者であることが問題なのだ。しかも極秘の。

もしも、何かの拍子に私たちの口からぽろっとその話が出てしまったら、フラウテレーゼに多大な迷惑をかけてしまう。その点、私たちだけならうっかり口を滑らせてもなんら問題はない。なにせ私は副団長補佐官のルディだからね。

以上のことを踏まえると、ここで話をするよりもどこか個室のあるお店で二人きりで話をした方がよさそうだ。なれば今は何も告げず、リオンの問いにこくこくと頷くだけでいいだろう。

そこまで考えると、リオンの目をしっかりと見て力強く首を縦に振った。

「ええ、もちろんよ」

「なら決まりだな。では頼む」

リオンが目を細めて私に微笑んできたかと思うと、すぐにフラウテレーゼの方に顔を向けて一つ頷いた。すると、彼女が軽く腰を折る。

「かしこまりました。ではまず採寸をさせていただきますので、お嬢様はこちらにどうぞ。その間、お連れの方はそちらの席でお寛ぎください」

「それじゃリディ、ちょっと行ってくるわね」

「ああ。フラウと話したいこともあるだろう。すまないがドレスのことはさっぱりわからない。君の好きなように作るといい」

「ふふ、ありがとう」

にこりと微笑みながらリオンに軽く手を振ると、カウンター奥の部屋に入る。そこは試着や採寸などを行なう部屋のようだった。一人掛け用のソファが二台と、テーブルが壁際に置かれてあるだけで、それ以外はほぼ何もない。

その部屋の中央まで行くと、すぐさま採寸作業に入る。部屋の奥の扉から女性店員が数名現れ、みんなで私の服を脱がし始めた。

正直なところ、誰かに服を脱がされるのは恥ずかしい。公爵邸にいる時でさえできることは自分でやっていたからだ。だが、おしゃれを前にした女性たちを相手に抵抗は無駄だと身をもって知っている。そのため、されるがままにする。

そうしてあれよあれよと服を脱がされて、胸元の布が姿を現した。同時に女性店員やフラウテレーゼが目を見開く。

「お嬢様……」

「ごめんなさい、訳があってこの姿なの。布は取っても構わないわ。じゃないと正確に測れないでしょう?」

「かしこまりました。では失礼いたします」

フラウテレーゼが私の胸を覆う布をゆっくりと解いていく。その間に彼女に告白することにした。

「あの、フラウ……」

「はい、なんでございましょうか、マルティナ様」

私が声をかけると、下を向いていたフラウテレーゼが頭を上げ、さも当たり前のように私の名を呼んだ。それに驚いて目を見張る。

「……知ってたの？」

今の私は変装をしている。それに、彼女の前ではいつも『月の妖精』の姿だった。だというのに、どうして彼女は私がマルティナだとわかったのだろうか。

「たった今、お姿を拝見して気付きました。長年この仕事をやっておりますと、お姿を拝見するだけで何故かわかってしまうのです。最初は自信がありませんでしたが、こちらの布を解いて確信に至りました」

本人はさらっと言っているが、一朝一夕で身につくような芸当ではない。職人とは凄いものだ。

頼りに感心しつつ、本来言うべきだった話を忘れないうちに彼女にする。

「さすがフラウテレーゼね。そんなあなたを見込んでお願いがあるのだけれど、聞いてもらえないかしら？」

「わたくしにできることでしたら」

フラウテレーゼがさっと目を伏せ、わずかに頭を下げる。

「そうかしこまらないで。簡単なことよ。今日私がここに来たことをお母様以外に内緒にしてほしいの」

「もちろんでございます。守秘義務に当たりますので、従業員一同口が裂けても他言いたしません」

頭を上げたフラウテレーゼは、真っ直ぐ私の目を見てしっかりとした口調で言った。それでこそこの店の主だ。

「ありがとう。では、何か書くものを。お母様宛てにドレスの件で一筆認めるから、打ち合わせをする際にそれを渡してもらえないかしら？　支払いの件もそちらで進めておいて構わないわ。ああ、あとドレスの色は、向こうにいる彼の瞳か髪色でお願いするわね」

「それでしたらご安心ください。レーネ公爵夫人が赤の布地を選んでいらしたので、その布地でお仕立てしている最中にございます」

「え？」

　フラウテレーゼの言葉に目を瞬かせる。私がリオンとデートをしたのは今回で二度目だ。しかもごくごく最近のこと。むろん、デートをしたと誰かに話した覚えもない。知っているのはせいぜいアマーリエくらいだ。それにもかかわらず、もう既に彼の髪色でドレスを製作中だと彼女は言う。

　不思議に思い、採寸されながら彼女に聞く。

「どうしてお母様は赤い布地を選んだのかしら？」

「色を決める際『今までずっと殿下の瞳の色ばかりだったから青色ではなく反対の色にしたいわ』と公爵夫人がおっしゃいまして、わたくしがお嬢様にぴったりの赤色をご提案いたしました」

「でも、採寸はまだだったのよ？」

「それも公爵夫人が『あとで微調整をすればいいから、前回の採寸で作り始めるように』と指示なさいまして、そのご指示に従い進めておりました。わたくしが拝見する限り、お嬢様にそこまでの変化はございません。今回の採寸を踏まえつつ最後にお嬢様にお召しになっていただき、最終的な調整をさせていただきます」

「そう。わかったわ、ありがとう」

フラウテレーゼにお礼を言ったところで女性店員が紙とペンを持ってきた。既に採寸はし終わっていたし、着替えも終わっているのでそれを受け取り、お母様に文を認める。

そうして、認めたものをフラウテレーゼに渡すと、彼女は大仰にお辞儀をして受け取った。

「はい、確かに承りました」

「よろしくねフラウ」

これでドレスの心配は、最終調整を残してなくなった。

心配事が減ってすっかり上機嫌になった私は、リオンのもとに戻ると必要な話をさっさと詰めて店をあとにした。

思いがけない再会と気付いた心

「ティナ?」

エーデルブルーメを出たところで、愛称を呼ばれて振り返る。そこにいたのは、ブルネットの長い髪を上半分だけ結い上げて、淡い紫色のハイネックワンピースに身を包んだ一人の女性……いや、少女だ。彼女はガーネット色の瞳をこちらに向け、弧を描くように口の両端を上げている。その口の左下には黒子があり、羨ましい程の姿態も相俟《あいま》って、艶やかな大人の雰囲気を漂わせている。その人物こそ私の幼馴染みで大親友、エミーリエ・パウラ・ローエンシュタイン。侯爵令嬢だ。

「まあ、エミィ！　久しぶりね」

「ほんと久しぶりね、ティナ。元気そうでなによりだわ。それにしてもどうしてここに……って、まあ！　ティナと一緒にいらっしゃるのはイストゥール様ではないですか？」

私から隣に視線を移したエミーリエが口元に右手を添えて、わずかに目を見開く。どうやらエミーリエはリオンと知り合いらしい。でも変ねぇ……。彼女からはリオンと知り合いだという話を聞いたことがないけれど。

「……ああ、ローエンシュタイン嬢でしたか。挨拶が遅れてしまい申し訳ありません」

「いいえ、こちらこそ。この間はありがとうございました。困っていたので本当に助かりました」

「とんでもない、お役に立てたのなら幸いです」

私を置いて二人が会話を始める。当たり障りのない挨拶程度の話だ。でも……そうだというのに何故か少し落ち着かない。もやもやとした何かが私の心を支配していく。

それはとても形容し難い不快感。置いてけぼりを食った子供のような、そんな焦燥感が私の中を巡っていく。特に二人が笑顔になる度にそれが顕著になった。

だからといって、どうやったらそれがなくなるのかが全くわからない。仕方がないので、とりあえず表情を取り繕ったまま黙って二人を見ていることにした。

そうして、何もせずにリオンの横に突っ立つ。その間二、三分くらいか。

「イストゥール様、ティナと少しお話をしてもよろしいですか？」

エミーリエがちらりとこちらを見たかと思うと、突如私の名前を口にした。それに少しばかり驚き、目をぱちぱちと瞬かせる。

「え？　ええ、それは構いませんが」

「では少しお借りしますね」

エミーリエはリオンが頷くなり私の左手をそっと取って、そのまま少し離れたところに移動する。そして私たちの会話がリオンに聞こえない辺りにまで移動すると、ようやくこちらを向いた。

「ティナ、今までどこにいたの？　あの日、あなたが冤罪回避で家を出ると言うから協力したけれど、そこから数か月も音沙汰なしだなんて思わなかったわ。それに、その姿はどうしたの？」

やや身を乗り出して私に詰め寄るエミーリエに対し、申し訳ない思いが湧き上がり眉尻を下げる。

「ごめんなさい、エミィ。私、全部あなたに押し付けて、一人充実した日々を送っていたわ……」

「それはいいのよ。あなたが幸せになるのを願っていたのですもの。それよりも、あなたがいなくなってから今までの話を聞かせて？」

どうしようと思ったのは一瞬だ。すぐに話が長くなると判断し、あとで話をすると伝えることにした。

「ええ、わかったわ。ここではちょっと長くなるから、別のところで話すわね。……そうね、職人街の西に商店が立ち並ぶ大きな通りがあるでしょう？　その大通り沿いにグリューンヴィントという宿屋があるんだけど、そこの二〇二号室を今日一日貸し切りにしてあるの。だからそこで待っていてもらえないかしら。部屋には私の侍女のイルマがいるわ。『二〇二号室のジルに会いに来た』と言えば案内係が部屋まで案内してくれるはずよ。それと、今日は早めに戻るつもりだけど、遅くなったらごめんね。でも遅くとも夕方になる前には戻るわ」

「ふふ、それじゃおいしいお菓子を買って先に部屋で待っているわ。イストゥール様との関係も話してくれるのでしょう？」

「え？　ええ、まあ……」

エミーリエが目を細めたかと思うと、裏がありそうな妖艶な笑みを浮かべてきた。

……これは根掘り葉掘り聞かれるわね。

瞬時に悟った私は、頬をひくっと引き攣らせた。

「イストゥール様、わたくしはここで失礼いたします。どうぞごゆっくり」

リオンのもとに戻るなり、エミーリエがにんまりとしながらリオンを見て言う。口調は丁寧なのに態度はそこまででもない。親しいのか親しくないのかいまいちわからない距離感だ。

「ありがとうございます、ローエンシュタイン嬢」

一方のリオンは、嬉しそうに顔をほころばせてエミーリエに礼を述べる。その表情は今まで目にしたことのない、幸せそうなものだった。

……あ。

リオンのその顔を見るや、叫びたいような、泣き出したいような、わけのわからない感情が込み上げてきた。それを、口を真一文字に引き結び、歯を食いしばることで、表に出てこないよう必死に堪える。するとその感情は、必死に堪えた甲斐あってか私の中からすうっと消えていった。

……いったいなんだったのかしら？

内心首を捻ったものの、あの笑顔の何が引き金となったのかがわからない。今まで感じたことのない感情で気にはなったけれど、考えるだけ無駄だと早々に判断し、先程から気になっていた別のことを彼に聞くことにした。

「ねぇ、リディ」

既に小さくなっていたエミーリエの後ろ姿からリオンに視線をずらし、彼の名を口にする。それに反応してリオンがこちらに顔を向けた。

「どうした、ルティナ？」

「あなたはエミーリエと知り合いだったのね。それに彼女を助けたって何かあったの？」

私の問いにリオンが目をぱちりと瞬かせる。でもすぐにいつもの表情に戻った。

「あー……二か月程前にヴァイス公爵家で夜会が催されていたのは知っているか？」

「いいえ。たぶんお父様がお断りしていたと思うわ」

「そうか。実はローエンシュタイン嬢がその夜会にどうしても参加しなくてはならなくなったらしいんだが、パートナーが見つからず困っていたそうだ。それで父親経由で話が入ってきて、俺がパートナーを務めたんだよ」

なるほど、二か月前なら知るはずもないか。だって私はその間一度も邸に戻っていないものね。

「まあ、そうだったの。イストゥール侯爵はエミーリエたちのお父様と懇意にしているのね？」

「ああ。元々家同士それなりに交流があったんだ。互いに侯爵家だったこともあってな。だから顔を合わせたことは何度かあったんだが……」

そこまで言ってリオンが言い淀む。どうしたというのだろうか。

「リディ？」

「いや、パートナーだけかと思ったら、その後ローエンシュタイン嬢との婚約話が挙がってきたんだ。まさかそんな話になるとは思わなくて、正直驚いた」

「え？」

苦笑しながら言ったリオンの言葉に、体がぴしりと固まる。

……どういうこと？　リオンはエミィと婚約するの？　だって私とこれからも会ってくれるってさっき……。

いや、違う。彼は『これからも会ってくれるだろう？』とは言ったが、『婚約してくれるだろう？』とは言わなかった。なら、あの言葉はどういう意味だったのか。もしかして、彼はエミーリエと婚約するつもりだった？　だから私に婚約の話を振らなかった？

……ううん、そんな不誠実なことをリオンがするはずない。彼がそんな人間でないことは、私が一番よくわかっているもの。

けれど、なんだろう……。胸騒ぎがする。この先を聞いてはならないような、そんな気がするのだ。

しかしそんな私を置いてけぼりにして、リオンが満更でもないような顔で話を続ける。

「しかも俺たち以上に互いの父親が意気投合してしまって……。酔った勢いもあってその場で正式な婚約を交わそうとした時にはさすがに焦ったわ」

「……その場、で？」

「ああ。仮に両思いであったとしても、酔った勢いで婚約させられるなんていい気持ちはしないだろう？　ローエンシュタイン嬢にも悪いから『早急すぎないか』と父親たちに言ってやったら『なら仮の婚約でもしてみればいい』とか返してくるし……」

――いやだ！

「その話も進んだものだから……」

――これ以上聞きたくない！

「もういい」

「え？　ルティナ？」

私のものとは思えないくらい、とても低い声が出た。その声音でリオンの話を遮ると、リオンが不思議そうな表情でこちらを見てきた。その表情に苛立ちを覚える。

……何よ、すっとぼけた顔しちゃって！　最初からそういった話があったんじゃない。とんだ茶番だったわ！

そう、本当に茶番だ。私一人だけが何も知らずに勝手に浮かれていたのだから。婚約できると、殿下から逃れられるとそう思っていたのだから。でも……。

……何が『親が何も言わないから自分で見つけるつもりだった』よ。思いきり干渉しているじゃない！

今回の話は侯爵がリオンを放任しているという話だったからうまくいっていたのだ。その前提が崩れたら、婚約話自体が立ち消えになる可能性だってある。彼とこうして会うことだって、難しくなるかもしれないのだ。

それに、いくらリオンが私と婚約したいと彼の父である侯爵に言っても、イストゥール侯爵が……侯爵家当主が婚約に頷かなかったらそれまでだ。

事実、侯爵はエミーリエを推している。まあ、私の存在を知らないので当たり前だが。

加えて、彼の気持ちがどこを向いているのかがよくわからない。もしエミーリエの方を向いていたら……？　いや、それは先程否定したではないか。彼は不誠実な人間ではない、と。

だが、恋情なんてわからないものだ。一瞬にして燃え上がる。殿下とユリアーナのように。だからリオンも――

……あ。まさかさっきのあの笑みって……。

ああ、そういうことか。実に馬鹿馬鹿しい。乾いた笑いが出てしまいそうだ。

これ以上表情を取り繕うのも馬鹿らしくなって、不機嫌な顔を隠さずにリオンをキッと睨みつける。

「用事を思い出したので帰ります。送ってくださらなくて結構よ。さようなら、エリオット様」

「えっ⁉　あ、おい！　ルティナ！」

くるりと向きを変えるとずんずんと歩き出す。後ろで私を引き止めるリオンの声がするけれど、その一切合切を無視してやった。もう、本当にイライラしていて何も考えられなかったのだ。ゆえに感情の赴くまま行動し、捨て台詞をも吐いた。あとで後悔するとわかっていながら……。

リオンと別れ、中央広場の方に向かう。その足取りはぐんぐん凄まじい速度で進んでいるかと思えば、途端にのろのろと遅くなる。頭の中では先程のリオンの言葉がぐるぐると回っているが、ただぐるぐる回っているだけで、思考の方は靄《もや》がかかっているらしく何も考えられない。

……もう何がなんだか……。

どうして私は、リオンとエミーリエが婚約すると聞いただけで、こんなにも衝撃を受けているのだろう。彼とは仮の婚約でいいと思っていたはずなのに。それで十分だと思っていたのに。それなのに……。

……どうしてこんなに胸が苦しいの？

わからない。この胸の張り裂けそうな痛みも、気を抜いたらこぼれてしまいそうになる涙の意味も何もかも……。

ただただ心が苦しい。

「リディ……」

ぽつりと漏らした声は、誰の耳にも届かず消えていく。まるで私の想いのように……。だって私はこんなにも——

……？　こんなにも、何？

「あ……」

唐突にそれに触れてしまい、これ以上開かないのではないかというくらいに目を見開く。同時に足がぴたっと止まった。

私『こんなにも』のあと、何を思った？　思ってしまった？　……ううん、考えてはだめ。でもこれ以上考えてはだめだと思うのに、こういう時に限って頭の靄が晴れていく。そして――

……あぁ……ああ、そうか……。私、リオンのことが好きなんだ。

気付いてしまった。

ちょっとおどけた姿も、手のかかる子のように私を構い倒す姿も、いたずらがばれて少年のようににっと笑う姿も、私を一人の女性として接してくれる姿も全部ひっくるめて彼のことが……。

……っ！

そう思った瞬間、無意識に押し止めていた想いが泉のように湧き上がり、そして一気に溢れ出た。その想いは、今まで抑制していたこともあって次から次へと噴き上がる。こうなってはもう、誰にも止められない。

なんて愚かなことだろう。恋の危険性は被害者である私が一番よくわかっていた。だからこそ私はそんな危険を冒さぬよう、無意識のうちに心に蓋をしていたのだ。愛し愛されたいという二律背反な思いを抱きながらも。

だというのに、その蓋をあろうことか私自らが開けてしまった。せっかく今まで気付かぬ振りをしてきたというのに。そして、一度開けてしまった蓋はもう二度と閉め直すことができない。私に残された道は、彼を諦めるか、最期まで身を焦がすかのどちらかしかない。

その事実に気付いて、力なく項垂れる。何故このタイミングで気付いてしまったのだろう。まるで道化ではないか。だって彼への想いに気付いた瞬間、失恋してしまったのだ。これを笑わずして何を笑うというのか。

「……っ」

喉が引き攣って乾いた笑いさえ出てこない。再び頭に靄がかかったみたいでうまく考えることもできない。この先どうしたらよいだろう。どんな顔をして彼に会えばよいのだろう。

再び歩みを進めながら考える。

わからない。わかりたくない。でも……。

……リディ……。

私の脳裏に浮かぶのは、にかっと笑う彼の顔。その彼に向って決して届くことのない右手を伸ばす。

……ああ、彼に会いた――

――ズドッ!!

「うぐっ！」

突如鳩尾《みぞおち》のあたりに衝撃が走り、くぐもった声が出た。同時に酷い吐きけと痛みが私を襲う。

……痛い、苦しい……。

立っていられなくて膝をつきかけたところで誰かに支えられる。いったい誰だろう？

おもむろに目を動かせば、薄暗い路地と朝に会った二人の男。それから、ごろつきのような男たちの姿が見えた。

「……ったく散々手間をかけさせやがって」

「でも手に入ったんだからいいではないですか」

「まあ、そうだが……にしてもこの女も馬鹿だな。一人でのこのことこんなところに来るなんて。おい、連れていけ」

男の声に併せて、ざらざらとしたものが頭から被せられる。けれど。

「リ、ディ………」

今の私に抵抗する気力は残っておらず、ただ彼の名を呟くことしかできなかった。

書き下ろし
番外編

公爵令嬢と幻影の魔術師

「おい、また被害者が出たぞ」

「嘘だろ……。なんで警戒に当たっているのにこうも事件が起こるんだ？」

ユリアーナの件が片付いてから一か月。仕事終わりに軍本部にある食堂でフィンたちと夕食を摂っていると、ほかの席にいる騎士たちの会話が聞こえてきた。

最近はこの話題でもちきりだ。なんでも、ここ半月の間に四人の女性が殺されているのだとか。私は聖騎士団所属といっても事務方だから、詳細についてはいっさいわからない。現場は庶民街らしいのだけれど、箝口令《かんこう》を敷いているらしくて、住民たちも往来で口にしたりはしていないようだ。

「また出たのか……毎夜見回りしているのにな。いったいどうなってんだ？」

向かいの席に座るフィンがぼやく。無理もない。彼だって勤務時間を延長して警戒に当たっているのだ。それを嘲笑《あざ》うかのように何度も被害者が出れば、ぼやきたくもなる。

しかも傷害事件なら（よくはないが）まだしも、起こっているのは殺人事件だ。これ以上被害者が増えれば聖騎士団の責任問題にもなりかねない。本腰を入れているのはわかるけれど、この件に関してはもっと大袈裟なくらい大胆な行動をとらないとだめではないだろうか。

「本当にどうなっているんでしょうね。今日もこれから会議のようです。団長たちは上からいろいろと言われるでしょう。お気の毒なことです」

「えっ⁉　いつ会議が決まったの？」

唐突に齎《もたら》された情報に驚き、被せ気味にノアに尋ねる。そんな話、誰からも聞いていないんだけど⁉

「ついさっきのようです。ここに来る途中、団長が伝令に言われているのを聞きましたから」

「ちょっと、やばいじゃん！　リオン、もう帰っちゃったよ!?　誰か呼びに向かわせたのかな？　僕が呼びに行かなきゃだめかな？」

「ルディ君、落ち着いて。団長が指示していましたから、大丈夫ですよ」

「そうなの？」

それならリオンを疎む者たちに『会議に参加しなかった』と非難されずに済むだろう。ほっと胸を撫で下ろす。

「ああ、よかった……あ、でも、よくないか」

「？　何がよくないんだ？」

安堵の言葉をすぐに否定した私に、フィンが尋ねてきた。隠す話でもないため、彼の問いに即座に答える。

「明日リオンは非番なんだよね。それで『久しぶりの休みだ！　体を思いきり動かすぞ！』って嬉しそうにしていたから……。それなのにこれから会議でしょ？　長引くのは目に見えているし、何より彼、会議が大嫌いだからさ……」

話をしているうちに段々と気が滅入ってきた。リオンを宥め賺して会議に向かわせるのは、並大抵の苦労ではない。こちらも大変なのだ。

そんなわけで、項垂れながらどうやって彼をその気にさせようかとあれこれ思案していると、フィンが優しい口調で話しかけてきた。ついでにデザートもくれた。

「あー……なんだ、その……お前の苦労は皆までわかってやれないが、頑張れよ？」

「ありがとう、フィンさん。とってもいい人だね」

「今頃気付いたのかよ」

「今までがあれだからね」

「うっさいぞ、ノア！」

……また始まった。

いつものことなので一方の味方に付くつもりはないけれど、今私は食事をしているのだ。少し静かにしてもらいたい。ただ、言って静かになるのなら疾うにしている。なにしろここは軍の食堂だ。静かに食べるなど、どだい無理な話だろう。よって、向かいの席で二人が言い合っている中『私だけは』と、一人黙々と食事することにした。

「ごちそうさまでした！　それじゃ、フィンさん、ノアさん。僕は副団長室に戻るね」

ささっと食事を済ませると、いまだに言い合う二人に声をかけてすっと立ち上がる。

「お前、このあと上がる予定だったんだろ？　大変だな。給料は弾んでもらえ」

「うん、そうする」

「あ、ルディ君。これ、よかったらあとで食べて。それか、もし副団長の説得に手間取ったらこれを彼の口に放り込むといいよ」

そう言ってノアが可愛らしい包みに入った飴を差し出してきた。それをありがたく受け取る。

「ノアさんありがとう。あとでいただきます。それじゃ、また！」

食器の入ったトレイを手にして、その場を去る。

トレイを返却しつつ急いで副団長室に戻ると、会議に行くのをごねていたリオンを宥め賺して、彼を会議に向かわせた。なお、ノアからもらった飴が大活躍したのは言うまでもない。あとでノアにお礼を言っておこう。


翌朝。聖騎士団区画にある訓練場の扉の前にいた。

余程のことがない限り、騎士たちは毎朝訓練場で朝礼をする。ただし全師団は入りきらないし、第四から第十三師団までは王都にいないため、いるとしても第一から第三師団まではあるが。

「おはようござ……」

いつものように訓練場の重い扉を開け——閉めた。そのまま挨拶を続けるとか、状況を確認するとか、そんな考えすらなかった。

……い、今の何？　私ってば寝惚けてるのかしら？

これが夢であってほしいと、切に思う。だが頬をつねればとても痛いし、周りを見れば間違いなく訓練場の扉の前だった。それはいつもとなんら変わらない。至って普通の光景だ。

けれど悲しいかな、訓練場の中だけは違った。異様な雰囲気なんてものではない。ちょっと垣間見ただけなのにそう感じたのだから、相当な有様だったのだろう。

とはいえ、いつまでも扉の前に突っ立っているわけにもいかない。私の見間違いだという希望を胸に、恐る恐る扉を開けた。……間違いじゃなかった。

「あ、あの……」

「「「おはようございます、ルディさん!!」」」

見渡す限りの騎士たちが、全員こちらを向いて頭を下げている。それゆえ戸惑いの声を発すると、騎士たちが声を揃えて挨拶してきた。

「な、ななな、何事ですかっ⁉」

「すまない、ルディ。黙って頷いてくれ」

「え？　やだ」

頭を下げたまま懇願してきたリオンの声は、心なしか震えていた。それが少し可哀想に思えたけれど、さりとて頷くことはしなかった。そもそも、詳しい話すら聞いていない。世間知らずのお嬢様ならいざ知らず、曲がりなりにもお妃教育を受けた身だ。理由も聞かずに頷くようなお人好しではないし、お妃教育を抜きにしても、端からそのような感性は露程《つゆ》も持ち合わせていない。

「そこをなんとか頼みたい」

リオンに代わって団長が頭を下げたまま頼み込んできた。これはまた意外なことになってきた。

かといって私の意思が揺るぐことはない。

「頼むも何も、まだ何も聞いていないのに、頷けるわけがありませんよね？　いったい皆さんは何をお願いしたいのですか？」

「それは……」

「あー、もう、はっきり言ってください！　それと皆さん頭を上げてください！」

団長が言葉を濁したが、更に追及するとようやく話し出した。ただし、頭を下げたままで。ほかの騎士たちも下げたままだ。

「ルディ、君はこの半月の間に起きた事件を知っているだろうか？」

「事件って女性が次々に殺されたってやつですか？」

「そうだ。我々も馬鹿じゃない。二人目の被害者が出た時点で連続殺人だと気付き、箝口令を敷いて見回りを強化したさ。だが……」

団長の話によると、いくら騎士を投入し毎夜見回りを徹底しても、何故か犯人に遭遇することができず、そればかりか被害者が出てしまうらしいのだ。

そして昨日もまた被害者が出た。聖騎士団はいよいよ崖っぷちに立たされ、これ以上なり振り構っていられなくなったとか。当然だ。被害者が四人ともなればそうなるわ。やや遅い気もするけれど……。

「で？」

「は？」

「『は？』じゃないです。その事件と僕に頭を下げたことと、どう繋がるんですか？」

「う……」

事件の概要はわかった。だが、何故皆頭を下げているのか、私に何をお願いしようとしているのか、という大事なことを知らされていない。そのため団長に聞いてみるも、団長はそのまま口を閉ざしてしまった。

「リオン、君なら隠さずに話してくれるよね？」

「……ああ」

埒が明かないので団長の隣で頭を下げているリオンに話を振ると、リオンが苦しそうな声で返事をしてきた。

「その……俺は最後まで反対したんだが、もう打つ手がなく……」

「うん。打つ手がなくて？」

「お前……あ、いや、あなたにそれらしい格好をしていただいて、犯人をおびき出していただきたいと……」

私の機嫌を極力損ねないように気を遣っているのだろう。リオンの言葉遣いがやけに丁寧になった。正直、違和感しかない。背中のあたりがむずむずする。

「普通に話していいから。つまり君はもう二度と僕に女装はさせないと誓ったけれど、ほかに策がないということでいい？」

「……ああ」

「みんなにもちゃんとそのことを伝えたうえで、こうして頭を下げているということだね？」

――ダンッ!!

「すまない！　お前が嫌がっていることは重々承知している！　だが、俺たちにはもうほかに手がないんだ！」

「頼む、ルディ！　私たちの頼みをどうか聞き入れてくれ！」

「「お願いします!!」」

リオンが片膝を勢いよく地につけて懇願してきたかと思えば団長も同様に膝をつき、最後にほかの騎士たちも膝をついて頼み込んできた。その光景を見て、私がみんなにそうさせているような錯覚を覚えたけれど、よくよく考えてみれば彼らは自身の意思で膝をついている。『良心の呵責をついてくるとは考えたな～』とは思いつつも、それでも首を縦に振らなかった。というのも……。

「女性ならアマリーがいますよね？　彼女は強いから彼女に任せれば問題ないのではないですか？」

そう、何も私でなくても、アマーリエがいればなんの問題もないはずだ。そしてそれを口にすれば、そろりと頭を上げた団長が、気まずそうな表情を浮かべた。

「アマーリエ隊長がいるのならそうしただろうが、彼女は現在、別任務で部下を連れて王都を離れているんだ」

「え？　フィンさんたちはここにいますよ？」

視線をずらせばフィンとノアが片膝を地につけ、頭を下げている。彼らはアマーリエと同じ部隊だが。

「彼女が連れてったのは数名だ。だからフィンたちはここにいる。部隊長と副部隊長を同時に動かすわけにもいかないからな。それよりも、頼む、ルディ！　民たちのために力を貸してくれ！」

「う……酷いよリオン。そう言われたら『嫌だ』なんて言えないじゃないか……」

リオンは本当にずるい。だって非力な者ならたとえ断ったとしても『仕方がない』で済むけれど、私には戦う術がある。それなのに断るなんて、人の心を持たざる者の所業ではないか。少なくとも私には無理だ。良心が咎める。

「すまない。何があっても俺が必ず護るから」

「……」

頭を上げ、真剣な面持ちで言うリオン。

本来なら感動すべき場面だろう。女性が言われて嬉しい言葉なのは間違いない。だが、現在自分がルディという少年の姿なのだと思うと、嬉しいような、はたまた悲しいような、複雑な気分だった。

「……はぁ。わかりました。引き受けます。でも団長、絶対にこのことは他言無用でお願いします」

「ああ、絶対上には知らせないし、ほかの騎士や魔術師たちにも言わない。ここにいる者たちだけの秘密だ。徹底させる。あ、あと服やかつらが必要だろう。経費で落としてもらって構わないから見繕ってきてくれ。被害者は皆一様に赤みを帯びた茶色の髪で、癖はあまりない。長さは肩よりも少し長いくらいだ。身長は君よりも少し低いが……まあ、大丈夫だろう」

被害者は女性、というだけではないのか。秘匿されている情報だから仕方のないことだけれど初めて知ったわ……。でも、少し前進したかも。似たような姿の女性が狙われるというのなら、犯人の方に何か特別な思い入れがあるのかもしれない。

「では、朝礼が終わったらさっそく買いに行きたいと思います。簡単でいいですよね？」

「そうだな。事件はいずれも夜に起きている。夜ならそこまでこだわる必要もないだろう」

「……え？」

団長の言葉に眉を顰める。

……夜だからこだわる必要ない、って……それ私、いらなくない？　ほかの騎士たちが変装しても、ばれたりしないんじゃないかしら？

そう思って疑問を口にすると、リオンが理由を説明してくれた。

「皆警邏で面が割れているんだ。なるべく犯人に気付かれたくない。その点、俺の補佐官殿は面が割れていない」

「ああ、なるほどそういうこと。ならやっぱり引き受けるのは今回だけだよ？　この事件は僕も思うところあって引き受けるんだからね？」

「わかってる」

「ああ、ルディ、感謝する」

……本当にわかっているのかしら？　……まあ、私に女装を願い出た代償は、きっちりと払ってもらうつもりだから構わないけれど。

「よし！　では、朝礼を行なう！」

そうこうしているうちに、いつもの朝礼が始まった。それをほかの騎士たちとともに受け、終わるや否や即座に職人街へと足を向けたのだった。

夕刻。私が借りている聖騎士団の客間で、昼間に購入した服に着替える。

服を買う際、服を体に当てて選ぶ作業はとても楽しくて長時間にわたり迷ったが、結局ピンクの薔薇模様が可愛い淡色のワンピースにした。かつらは濃い色合いなので淡い色はよく映えるだろう。

鏡を見ながらついくるくると回ってしまい、お店の人に奇異の目で見られたけれど、その甲斐があったというものだ。

それはともかく。今回胸に巻き付けた布は、ルディの姿を生かそうと思っているためそのままにした。ゆえにワンピースを着るのはあっという間だった。

着替えが済み、次にかつらを被る。真っ直ぐな髪を少し内巻きにした可愛らしい髪型だ。髪の色は指定のあった、赤みを帯びた茶色である。眉の色が薄い色合いなので、不自然な印象にならないよう眉に濃い色を乗せておいた。

仕上げに、選びに選んだ靴を履く。相手は殺人犯だ。動き回れる方がいいと判断してかかと部分は低めにし、かといって意匠が簡素にならないよう、可能な限り可愛いものにした。

よし、準備万端！　この姿なら公爵令嬢《マルティナ》だと気付かれる恐れもないはず。

「ルディ、用意は終わったか？」

すべての支度が整ったところで、部屋の外からリオンの声が聞こえてきた。すぐさま返事をし、部屋の扉を開ける。

「リオン、お待たせ～」

「……」

「？　どうしたの？　……もしかして、変？」

リオンが無言で私を見つめてきたため、どこかおかしいのかとその場でくるりと回る。おかしいところはなかったと思うけれど……。

「あ、いや。そうじゃない。ただかつらを被って服を変えただけなのに、こうも変わるものかと思ってな。顔はお前のままなんだがな……」

「ふふ。……どう？　似合う？」

ワンピースのスカート部分をちょいと摘まみ、片足ずつ順番に軸にして右、左、と軽く上半身を捻る。すると、リオンが首を縦に振った。

「ああ。少なくとも一目で男だと気付かれることはないだろう。それとも『似合っている、綺麗だ』と言ってほしかったか？」

「……そんなこと言われたら調子狂うから言わなくていいよ。それより早く行こう！　団長たちが待ってるよ」

思いがけない言葉に一瞬どきりとしたけれど、表情を崩すことなく話を逸らす。

それにしても驚いた。危うく女性の面が顔を出しそうになったくらいだ。リオンは時折、不意打ちのような発言をしてくるから困る。自分が少年だというのを忘れてしまいそうになっていけない。

とにもかくにも動揺する気持ちをなんとか静め、リオンとともに団長たちが待つ場所に向かった。

「団長、遅くなりました」

聖騎士団の区画にある小さな会議室に行くと、既に団長たちが来ていた。その中には第二、第三師団の師団長や各師団の部隊長たち（アマーリエを除く）もいる。

どうやら王都にいる騎士たちを総動員して事に当たるようだ。

「構わん。まだ時間に余裕がある。それにしても、化けたなルディ」

「そうですか？　今回は化粧をしていないから素顔のままですし、本当に簡易的な格好ですよ？」

団長が感心頻りな様子で私を見てきたので、軽く受け答えをする。すると、リオンが呆れたような目を向けてきた。

「お前それ、令嬢たちの前で言ってみろ。袋叩きに遭うぞ？」

「大丈夫！　ご令嬢方の前ではうまくやるから！」

そう言って片目をぱちりと瞑る。直後リオンが「はぁ」と一つため息を吐いた。

「お前のそういうとこが洗練されているんだよな……これだからモテるやつは……」

「何言ってんのさ。リオンだってモテているじゃないか。この間も恋文が届いていたよね？」

「あれは恋文じゃなくて、親衛隊の類だ。誰も俺の本当の姿なんか見てねぇよ。肩書きだけだ」

卑屈になるわけでもなく、リオンが淡々と言う。さして恋愛事に関心はなさそうだ。よって話を早々に締め括り、話題を転ずることにした。

「まあまあ、そんなこと言わずに。ありのままの君を見てくれる人がきっと現れるよ。ところで団長、僕はこの格好で何をすればいいんですか？」

「ああ、君はただ指定された場所を歩いていればいい。私たちが遠くで見張っている。もちろん何かあれば即駆けつけるから安心してくれ」

「ほかに何か注意すべき点とか、こうしてほしいこととかありますか？」

みんなの足を引っ張りたくないので、念入りに確認する。だが団長からは「特にない」と返されてしまった。本当に敵をおびき出すだけでいいらしい。

「それじゃ、現地に向かう。既に要所には騎士たちを配置している。抜かりはいっさいない。今日こそ犯人を捕まえる。皆、心して当たってくれ！」

「「「はっ!!」」」

団長の一声で一気に士気が高まる。その勢いのまま私たちは現地である庶民街に赴き、ほかの騎士たちと合流した。


「首尾はどうだ？」

「今のところどこも変わりはないようです。ここも動きはありません」

庶民街に着くや団長たちと別れ、裏通りを通って指定された最初の地点に向かう。途中、リオンが情報を得ようと配置についている騎士たちにさりげなく接触していたが、特段これといった異変はなさそうだった。

「わかった。そのまま任に当たってくれ。ルディ、そろそろ日が暮れる。準備はいいか？」

「うん、大丈夫」

事件が起こるのは決まって夜だ。日が完全に落ちたその時が私の出番である。気合は十分。しっかりと役目を果たそうと、いっそう意気込む。だが、リオンはやる気満々の私とは違ったようだ。

「……悪いな」

力なく微笑みながら、リオンが私の頭に弱々しく手を乗せてきた。いつもは遠慮なくぽんぽんと叩いてくるのに、今日は猫を撫でるような優しい手つきだ。余程申し訳ないと思っているのだろう。

ゆえにわざと大袈裟に微笑んで見せた。

「大丈夫だよ、リオン。いざとなったら君が護ってくれるんでしょう？」

「ああ、絶対に護る」

「ふふ。僕は誰かに護られる程柔じゃないし、そんな主義でもないけれど、君が護ってくれるなら安心だね」

「……………そうだな。よし、俺に任せとけ」

リオンを元気づけるように言った言葉は思った以上に効果があったようで、私の頭に乗せたままのリオンの手つきが力強いものに変わった。

「よかった。元気になったみたいだね。それじゃさっさと手をどけてくれないかな？」

言うが早いか、リオンの手を叩き落とす。するとリオンが目を丸くしたあと、声を立てて笑い出した。

「くっ……ははっ！　おまっ、くっ……励ますか、怒るかどっちかにしろよ」

「それとこれとは別だよ。いつも言ってるでしょ？　子供扱いするなって」

「わりぃ、わりぃ」

「もう！　全然悪いと思ってないくせに。どうせまたすぐにやるんでしょう？　……ま、いいよ。それじゃそろそろ行くとしようかな」

そう言って脇道から大きな通りに出ると、瞬時にルディの仕種から女性の仕種に変更し、歩き始める。リオンと話をしている間に辺りはすっかり暗くなっており、薄っすらと月の光が周囲を照らしている。確かな足取りで歩くことができそうだ。

もっとも、今回はただ歩くだけではだめだ。犯人をおびき出さなくてはならない。団長に指定された道は、だいたい歩いて三十分くらいのもの。何度も往復はできないため、心持ちゆっくりと歩く。もちろん周囲への警戒は怠らない。

建物は庶民街ということもあり、タウンハウス街にある建物の四半分以下の大きさだ。外観も凝ってはおらず、すっきりとしたものが多い。足元は石畳となっているので歩きやすく、いざという時の小回りも難なくできそうだ。

などと周りに気を配りながら歩くこと十分。まだ何も起こらない。

この道は大通りであるはずなのだが、人の姿はまったくない。歩き始めてから今まで誰ともすれ違っていないことからも、ここの住人たちがどれ程警戒しているのかが窺える。まあ、それも被害者が四人ともなれば当然のことだろう。

更に歩くこと数分。指定された道の半分は過ぎてきた。そろそろ何かが起こってもいいはずだけれど……。そう思い目だけで辺りを見回すが、気味が悪いくらいに誰の姿もない。少し……ほんの少しだけ心細く思う。

……無言で歩き続けるのも意外とつらいのね。隣にリオンがいてくれたら楽しく歩けるのに。って、いけない。今は任務中よ。雑念は追い払っておかなくちゃ。

頭をわずかに振って気持ちを切り替え、何事もないかのように歩き続ける。

指定された道はもうすぐ終わりだ。即座に踵を返せば犯人に悟られる可能性があるため、迂闊に向きは変えられない。少し離れた場所で休憩し、それから戻ってきた方がいいだろう。

そんなことを考えながら歩いていると、ふと頭の中に違和感を覚えた。

……？　何？　今の……。

なんとも言えない不快感に一瞬眉を顰めたものの、ここで立ち止まってはいけないと足を動かす。本音を言えば、立ち止まって不快感の正体を突き止めたい。しかし、単独で捜査に当たっているわけではないので、ぐっと我慢する。

やがて指示された地点に到達すると、数分程別の場所で待機してから踵をめぐらす。先程の違和感は目と鼻の先だ。その場に留まることもできないし、うろうろしすぎても相手に警戒されるので、次は何かしらの進展がほしいところだ。

そんな願いを込めつつ、ゆっくり、されど不自然にならない程度に違和感のあった場所を通り過ぎていく。その瞬間。

……きた！　この感覚だわ。でもいったいどこから……。

感覚を頼りに、人の気配を探っていく。けれど――

……？　どこにも異常がない？　そんなはずは……。

違和感を覚えた以上どこかに人が潜んでいると踏んだのだが、周囲には元々いた騎士たちの気配しかない。たとえ息を潜めていたとしても、またその道の玄人だとしても探し当てる自信が私にはあった。それなのに……。

……新たに増えた人はいない？　いいえ。確かに魔法をかけられたわ。

そう、私が覚えた違和感は、精神に作用する魔法そのものであった。とはいっても私は高魔力の持ち主だから、精神関連の魔法はお父様とお兄様のにしかかからないのだが、それはさておき。

私には効かなかったものの、あれは間違いなく魔法だった。だからこそ、近くに魔術師がいると思ったのだ。しかし、あるのは違和感のみ。いったいどういうことだろう。

表情を崩さず、歩きながらあれこれと考える。当然のことだがそこに『誰か』が居なければ、人を殺すことはできない。魔法の遠隔操作には限度があるし、基本魔道具は制限が設けられてあるので、人を殺す魔法は放てない。かといって魔物の類は論外だ。被害者は皆絞殺《こうさつ》だと聞いている。だというのに、周りを見ても怪しい人物はいっさいいない。いったいなんの冗談だろうか。

不自然な現象に悶々としながら歩き続ける。すると、私の目の前にふっと人が現れた。すっとではない、ふっとだ。これまたいったいなんの冗談だと思いつつ、後ろに飛び退き距離を取る。直後、その人物が目の前から掻き消えた。

「なっ⁉」

驚きの声を上げた途端、後ろに何かの気配を感じ、咄嗟に体を捻って裏拳をかます。だが——

「⁉」

私の拳は、弧を描くように宙を移動しただけだった。手応えはおろか感触すらない。

これはどういうことだろう。物理攻撃が効かないのだろうか？　試しに氷の礫《つぶて》を即座に生み出し放つ。

——ヒュッ！　ヒュ、ヒュン！

繰り出した礫はいずれもその人物――男の体を通り抜け、奥にある家屋の壁に当たってポンポンと跳ね返る。

ならこれはどうか、と続けて水をかけてみる。しかし、男が濡れた形跡は微塵もなかった。

……いったいどういうこと？

気味の悪さを覚えつつも、必死に考えを巡らせる。

最初に覚えた違和感は、私には効き目のない精神に作用する魔法だった。それがなんの魔法だったのかは、残念ながらかかっていないのでわからない。

次に、ふっと目の前に現れた男。これは幻影……だろうか？　そう仮定すれば、攻撃が効かないのも実体がないのも説明がつく。でも、何かがおかしい。

というのも、目の前の男は幻影の特徴を兼ね備えながら、幻影魔法とするにはある決め手に欠けるのだ。だというのに幻影と同じで物理攻撃も、魔法攻撃も当たらない。どうやって攻撃すればいいのかわからず、いよいよもって混乱する。その直後。

「何故……」

「え？」

「何故効かない!!」

突如男から荒らげた声が発せられ、私の顔面すれすれに男の顔が現れた。

「ひっ!!」

驚愕なんてものではない。驚きすぎて思わず後方宙返りをしながら、男に蹴りを食らわせていたくらいだ。まあその攻撃は先程同様男には当たらなかったけれど、それを利用して後ろに転回し、男との間合いをしっかりと取った。

……こ、怖かった。心臓がありえない程ばくばくしているわ……。

無理もない。あれは誰だって恐怖に思うだろう。浅い呼吸どころか息も絶え絶えだ。

それでも、油断してはならないといまだに落ち着かない呼吸を無理やり整え、男を見る。男は音もなくこちらにスススと寄ってきた。またもや顔前で寸止めする気だろうか。無駄だとわかりつつも身構える。だが予想は外れ、男は寸止めよりも前に動きを止めた。その瞬間。

……え？　……うっ！

ふと男と目が合った気がした。刹那、言いようのない気持ち悪さが私を襲う。

男の目は夜ということを抜きにしても昏《くら》く、気を許せば深淵《しんえん》に引き摺り込まれそうな程に不気味であった。そして――

「あ、あなた……その目……」

気付いてしまった。男の本当の姿に……。

でもだからといって、どうすることもできない。どうやったって女神は呼べないし、打つ手がない状況に変わりはない。

しかし、本当にそれだけだろうか？　何かを見落としているような気がしてならない。何かがしっくりとこないのだ。

とはいえそれはなんの根拠もない、漠然とした思いだ。本当に正しいのか、別の要素があるのか、それすらもわからない。けれどほかに手はないため、その勘にすがって思案する。

……このすっきりとしない思いは何？　何が足りない？　どこが違う？　どこが……あれ？

男の動向に注意しつつ必死に考えていると、風向きが変わったのかふと魔力の残滓《ざんし》のようなものが感じられた。それゆえ、魔力の残滓が多い方へと目を向ける。すると、今いる大通りから脇に逸れた道の辺りに、小さな箱が置かれてあるのが見えた。

……あれは……。ええ、そういうことなの!?

小箱の発見により、今まで点と点だったものが一気に繋がる。これでようやく手が打てる。

少しほっとしながら向き直ると、リオンが今まさに男に攻撃を仕掛けるところだった。

「はあっ!!」

「あっ！　待って!!」

制止が間に合わず、鞘に納まったままの剣が男を捉える。けれど——

「……なっ!?」

リオンの剣は空を切っただけだった。それを認識したのだろう。リオンが驚愕のような表情を浮かべ、男を見る。そんな彼に、すかさず無駄だと伝える。

「だめだよ！　この人に普通の攻撃は通じない！　ここは僕に任せて！」

「だが、ルディ!!」

「まあ見ててって！　ねえ、そっちじゃないよ、こっちだよ！　そう、こっち！」

リオンに軽く片目を瞑って見せると、彼に害が及ばないように彼のいる場所から男を引き離す。

先程見つけた小箱に近い場所だ。

改めて周りに誰もいないのを確認し、目の前の男に顔を向ける。男性は苦悶に満ちた表情をしていた。そこまで彼は……。ううん、やめておこう。相手に同情しても仕方がない。だって彼は――

「ねえ、あなた。とてもつらいことがあったのね？　でも、これ以上被害者を出すわけにはいかないの。それに、あなたがやったことは到底許されない。お願い、罪を償って」

男を見ながら後方にある小箱に向かって光の魔法を放つ。途端に辺りはまばゆい光に包まれた。

「ぐっ⁉」

光魔法はそこまで得意ではない。けれど、明かりをともすくらいの光魔法なら難なく放てる。彼にとっては、そんな私の光でさえもつらいようで、嫌悪と思しき表情を満面に湛えていた。

「あなたの居場所はここではない！　女神の御許《みもと》で己の罪を悔い改めなさい‼」

言い終わるよりも早く、男の体から目を瞑らないといけない程の光が発せられ、同時に突風にも似た激しい衝撃が私を襲った。

「わっ⁉」

衝撃に耐えきれず、体が吹き飛ばされる。浮遊感を覚えてすぐさま立て直そうと意識を向けるが、夜の所為か天地を見失ってしまい受け身が遅れた。

……だ、だめっ！　このままじゃ地面に激突しちゃう！

焦りで更に混乱する。それゆえ対応もままならず、身を縮こませて目を固く瞑ることしかできなかった。その直後。

――ドン！

「おっと」

思っていたよりも柔らかいものにぶつかり、動きが止まった。

……無事、なの？

目を開けてそっと辺りを見回す。私の体はしっかりと固定されており、そこから落ちる様子もない。

……？　受け止められている？　でもいったい誰が……。

「大丈夫か？」

「！」

安否を尋ねながら私の顔を覗き込んできたのは、リオンだった。その声は少しばかり心配そうな色を帯びている。

だが、そんなことはどうでもいい。だって彼の顔が意外と近くにあって驚きの方が勝っていたのだもの……。

「う、うん……。ありがと」

本当はきちんとお礼を言いたかったが、なんだかやけに照れくさい。つっとそっぽを向きつつお礼を口にすれば、リオンが「くくっ」と笑った。

「大丈夫そうだな。……よかった。立てるか？」

「うん。大丈夫」

リオンの言葉に小さく頷くと、地面に下りる。少し目が回っていたようでふわっとした感覚は残っていたものの、ちゃんと地面を踏みしめている感覚はあった。……うん、大丈夫だ。

「それにしても、あれはいったいなんだったんだ？　攻撃が全く効かなかったぞ？」

「ああ、それは……」

「大丈夫かっ⁉」

リオンの疑問に答えようとしたその矢先、団長が遠くの方から慌てた様子でこちらに駆けてきた。

団長はこちらに来るや私の全身にくまなく目を向け、それからほっとしたような表情で息を吐く。

「どうやら無事のようだな」

「はい、団長。なんともありません。リオンが助けてくれたので」

そこまで言うと顔に笑みを湛える。すると、団長がリオンの方を向いて目を三角にした。その様子に、思わず目を丸くする。

……えっ？　何？　なんかまずいこと言った⁉　当たり障りのない言葉だったと思うけど？

困惑する私をよそに、団長がリオンに捲し立てる。

「エリオット！　勝手な行動は慎め！　ルディが心配なのはわかるが、作戦に支障を来《きた》したらどうするつもりだったんだ！　だいたいお前は事あるごとに『ルディ、ルディ』と……」

「ぐっ……」

団長の言葉が正論であるためかリオンは言い返すこともできないようで、なんとも言い難い表情を浮かべている。それでも団長のお小言は止まらない。

「あ、あの……」

「ルディ、君は向こうで休んでいてくれ。私はもう少しエリオットに言いたいことがある」

「……はい」

リオンを助けようと思ったのだが、団長に先回りされてそれ以上言えなくなってしまった。仕方がないので団長の指示に従おうと歩き出す。すると――

「ありがとう……」

「……え？」

どこからともなく大人の男性の声が聞こえてきた。とても穏やかな声だ。

「どうした、ルディ？」

「何かあったか？」

その声は私にしか聞こえなかったようで、団長とリオンがきょろきょろと辺りを見回す私に不思議そうに尋ねてきた。

「……ううん」

動きを止め、何もない宙を見つめたまま言うと、視線を戻しながらにこりと微笑む。

「なんでもない」

「そうか。ならいいが……ルディ、君から見てあれはなんだったのか、説明できるか？」

団長は怒る気が失せたらしい。早々に事後処理に当たることにしたようだ。そのためリオンに再びお小言が向かわないように、すぐにその話に乗る。

「あれはたぶん、死霊だと思います」

「死霊だと？　馬鹿な、ありえん……そんなこと上に報告できるわけがない……」

「まあ正確には幻影魔道具と、それを使用した者の怨念のような強い思いなどが合わさって生まれたものですね」

「……更にありえん話になったんだが」

団長が物理的に頭を抱えて項垂れる。実際に見た者ならばいざ知らず、椅子にふんぞり返っている者たちには信じてもらえない話だろう。団長が苦悩するのもよくわかる。

「……でしょうね。でも事実ですから。ほら、そこの脇道に逸れる辺りに小さな箱が置かれてあるでしょう？」

すっと小箱の置いてある辺りを手で示しながら言う。すると、リオンがすかさずその場に行って小箱を持ってきた。さっきまで動いていたのによく持ってきたわね……。

「リオン、それ危険物だったらどうしたの？」

「もしそうならお前が即対処しただろう？　それがないから安全だと踏んで持ってきたんだ」

「あー、もう確かにそうなんだけど。あ、それより話の続きですね。えっと……」

リオンの言葉に苦笑しながら、先程のことについて二人に話をする。

「魔力や魔法は可能性を秘めたものです。いまだに解明されていないことも多い。ですから、今回もきっとその類だと思います。小箱のこともそうです」

「どういうことだ？」

団長がさも不思議そうに首を傾げる。

「その小箱は正規の魔道具で、幻影魔法が封じ込められてあります。でも、基本それだけです」

リオンが持つ魔道具は、単なる投影装置にすぎない。魔道具には幻影の魔法が封じ込められてあって、小動物や植物など人に害のないものしか映しだせない。言ってしまえば子供のおもちゃだ。けれど、そこで疑問が生じてくる。

「幻影魔道具って、人の姿は映しだせないんじゃないか？」

「うん、本来ならそうなんだけど……」

リオンの言う通り、人の姿……しかも大人の男性を作り出して辺りをうろつかせるなど、本来なら絶対に不可能なことだ。だがあの実体のない男は、人の姿で動き回っている。それは何故か。

確かに制約のある魔道具で人の姿を作り出すのは不可能だ。まして、動き回るなどありえない。でも、魔道具では無理でも魔法ならば可能な話だ。

幻影魔法には魔道具のような制約はない。どんな姿も作り出せるし、動かせる。ただしどんなに優秀な魔術師であっても、魔法を放てば必ず魔力の残滓のようなものがわずかに残る。幻影を動かすのならば魔力を纏わせる必要があるのでなおのことだ。それなのに、あの男からは魔力の残滓が感じられなかった。よって、男が幻影魔法で作られたとは考えにくい。

ならばあの男はどうやって作り出されたのか？

ここから先は私の憶測なのだが、魔道具を使用した者――たぶんあの男だと思う――は魔力があったのではないだろうか。魔道具にしろ、魔法にしろ幻影は闇の性質を帯びる。そして闇の属性は一般的に負の感情を引き込みやすいと言われている。だとしたら男が魔道具を設置した際、負の感情が強すぎて魔道具が誤作動を起こし、人の姿を作り出したとは考えられないだろうか？　そう考えると、男の説明がつく。単に魔道具が壊れていたとも考えられるが、魔道具は頑丈に作られてあるので物理的な力などで壊れたとは考えにくい。

そう私的な見解を述べると、リオンが訝しげな顔をした。

「それはわかったが、なんで男に魔力があると考えたんだ？　負の感情が原因で男の幻影ができたんだろ？」

「あー……うん、今言ったことに嘘はないんだけど、実は魔法に明るくない人にもわかるように簡単な説明にしたんだよね。本当はもっとややこしいから……」

リオンの疑問に答えつつちらっと団長を見る。すると、団長が私の言いたいことを察してくれたようで一つ頷いた。

「構わない。話してくれ」

「わかりました。これはお兄……とある魔術師から聞いたのですが、闇属性の魔法が込められてある魔道具には、負の感情に引き摺り込まれることのないよう、きちんと対策がなされてあるんだそうです。悪意を込めて使用しても反応しないくらい厳重に。でも……」

男は作り出された。実体がないとか、それ自体に害はないなど、男は幻影の条件すべてに合致する。ゆえに男が幻影でないとするには無理があった。とはいえ男が幻影だとすると、彼はどうやって作り出されたのか、という疑問に立ち戻ってしまう。そこで魔力の話だ。

そもそも魔道具の使用者はほとんどが魔力のない者たちだ。照明魔道具とかならまだしも、幻影魔道具は魔術師が使うのを想定して作られてはいない。だから、魔力を持つ者が強い負の感情を持って使用したらどうなるのか、見当もつかない。裏を返せば、それらの要因が重なって男が作り出されたと考えることも極論だが可能なのだ。ただし、前提として男は魔力持ちでなければならない。だから男に魔力があるとしたのだ。

また、私が覚えた違和感のこともある。先程も述べたが、あれは間違いなく魔法だった。だとしたら人の気配がなく、人の姿を作り出す幻影魔道具しかないこの場で誰が魔法を放ったのか、という話になる。そう考えると、幻影の男——もとを正せば幻影魔道具——が魔法を放ったとしか考えられなかった。

実際に魔道具の近くでは、魔力の残滓が通常よりも多く感じられた。よってその仮説は、あながち間違っていないと思う。

ただ、どうして正規の幻影魔道具が魔法を放てるのか、魔力の残滓のない男が何を源として動き回っているのか、などのことまでは残念ながらわからない。今回の件はとかく不可思議な現象が起こりすぎだ。『そう考えると説明がつく』というものばかりで根拠に乏しい事柄も多く、断定できないことにもやもやとする。だがそれはこの際置いておくとして。

そうして幻影の男が魔力持ち——魔術師だと仮定したところで、今度はなんの魔法を私に放ったのかという疑問が生じてくる。

被害者は皆絞殺だったと聞く。だとしたら、眠らせてから首を絞めるのが一番手っ取り早い方法だろう。だが、男は幻影だ。実体がないため首を絞めようにも絞められない。仮に実体があったとしても、見回りが徹底されている中、騎士たちに見つからずに犯行に及ぶのは不可能に近い。

ならば、攻撃魔法を使用したのだろうか？　しかし攻撃魔法で人を殺めれば、被害者に損傷が見られるとか、地面が抉れるとか何かしらの痕跡が残るはずだ。でもそれがない。それに、あの違和感は精神異常を引き起こす類の魔法だった。したがって、攻撃魔法を放ったとは考えにくい。

以上の、攻撃魔法ではない、眠らせてもいない、不快な感覚を引き起こす精神関連の魔法で人を殺めることができるもの。それらすべてに当て嵌まるのは、幻惑魔法しかない。幻惑は幻影に似たものだが、幻影が基本害のないものであるのに対して、幻惑はかかった者を錯乱させ、敵味方の区別なく攻撃に至らせる効果がある。

おそらく被害者たちは錯乱し、状況が把握できないまま首を絞められたのだろう。被害者本人に。

被害者が自分の首を絞めたのなら、犯人の姿がいっさい目撃されていないのも、見回りが徹底されていた中で被害者が出たのも納得がいく。とはいえ、普通は息苦しかったら手を離すのではないか、と疑問に思うだろう。だが、被害者は錯乱しているので、自分で自分の首を絞めていることに気付いておらず、もがきながらもそのまま己の首を絞め続けるのだ。なんとも恐ろしい……。

でもだからこそ、幻惑魔法の使用は国によって固く禁じられているし、ある方法――国家機密なのでおいそれとは話せない――を用いて管理もされている。しかしその管理をかいくぐり、方法はわからないが男は被害者に幻惑魔法をかけた。余程被害者に……いや、赤みを帯びた茶髪の女性に怨みがあるのだろう。死してなお幻影としてさまよう程に……。

二人にも言ったがあれは幻影であり幻影ではない。というのも、幻影ならばあるはずの目の輝きが、彼にはなかったのだ。彼の昏い目。あれは、教会側がよく口にする死者の顔の特徴である。

もちろん、死者の姿を単に模っただけかもしれない。されど、あの苦悶に満ちた表情や、怨みのこもった口調からは到底そんなふうには思えなかった。逆に、死霊となってまで現れたと考えれば、魔道具然り、幻影然り、ひいてはこの一連の事件のことにも容易に説明がつく。すべては男の強い負の思い。それに彼自身の魔力やら魔道具が反応し、男が顕現した、ということだ。なんとも狐につままれたような話だが、この目で見た以上否定もできない。

「それがお前の見解か？」

「そうです」

「わかった。その魔道具を魔法師団で見てもらう際に、師団長にお前の見解も話して判断してもらう」

「それがいいと思います。他者の見解を交えれば説得力が増すでしょうし、師団長が介入してくださるのなら上も納得しやすいでしょう」

私一人の主観では心許ないし、人を介せば説明しきれなかった部分が解明されるかもしれない。何より、師団長の説明だったら何かと厄介な重鎮たちも頷かざるを得ないはずだ。それでも頷かなければ加害者の状態を伝えればいい。もうこの世にはいませんよ、と……。それを団長にも伝える。

「団長。たぶん男は、最初の事件が起こる前に亡くなっていると思います」

今回の事件は被害者が四人もいる。ここまで怨みが強く用意も周到なのに、実際に行動したのは幻影だけ。快楽殺人ならそれでもいいだろうが、この件においては犯人が直接手を下してもおかしくはない。けれどそれがない。だとしたら、犯人は手を下せない状況にあるのではないだろうか？

そう考えていた矢先、男が死者だと気付いた。更には不可思議な物事の数々。それらを踏まえ、男の死でもってこの状況が完成されたのではないかと考えた。

ただ、犯人である男は疾うに亡くなっている。あれこれと仮説を並べ立てたところで、真相は誰にもわからない。

「そうか。では犯人についても詳しく調べておく。ありがとう、ルディ。君にはまた借りを作ってしまったな」

「あとで返していただきますので大丈夫です！」

冗談に聞こえるように、あえていたずらっぽい笑みを浮かべる。が、内心は本気だ。端から打算ありきで受けた仕事なので、その時が来ないことを願ってはいるものの、もし何かあった時には団長に助けてもらう心積りでいる。もちろん女装の代償はまた別だ。それはそれ、これはこれ。

「あ、そういえばお前あの幻影になんの魔法を放ったんだ？　水も氷もすべてすり抜けていただろ？」

あらかたきりがよくなったところで、リオンが疑問を口にした。よってそれに答えるべく、リオンに視線を向ける。

「光を発する魔法だよ」

「光？　それだけか？」

「うん。さっきも言った通り幻影は闇属性だから、光属性にはめっぽう弱いんだ。犯行が夜にしか行なわれなかったのは、きっとその所為だよ。昼間では人の姿を保つことが難しかったんじゃないかな？」

ただの幻影魔道具なら昼間でも普通に使用できたはずだ。だが、この幻影魔道具が作り出すのは人の姿。闇の力が増すと言われる夜になって、ようやくその姿を保っていたのだと思われる。

……なんかいろいろおかしな点もあるけれど、これ以上の説明は難しいのよね……。

強い怨みや憎しみ、魔力、闇属性魔法が込められた魔道具。それらが混ざり合うなんて誰が思うだろうか。人智の及ばぬ事件すぎて、考えるそばから頭が沸騰しそうだ。

「うん？　……つまり男は幻影であり、死霊でもある？」

リオンが首を傾げながらぽつりと言った。その言葉に、一つ頷く。

「そだね。ただ、死霊というよりかは怨霊に近いかも。あと、どちらか片方だけだったなら事件は起こらなかったと思うよ」

「ふぅん。じゃ、こういうことか？　男は魔道具を設置後死亡。その後、誤作動を起こした魔道具と男の怨霊のようなものが合わさり幻影化、今回の事件に至った」

「うん。不可思議な部分を除けば、おおむねそんなところかな」

「なんか酷く単純な気がしてならないんだが……」

「実際そうだからね。深く考えたら負けだよ。犯人は魔道具と怨念の組み合わせ。以上。さて、説明も終えたことだし、僕は先に戻るね」

「ああ。ルディ、ご苦労だった」

「悪かったな。ゆっくり休め」

団長とリオンの労いを受けると、事後処理を始めたみんなを置いて一足先に軍本部に戻った。

数日後。私の話をもとに調査が行なわれたらしく、団長室に行っていたリオンが調査報告書を手に副団長室に戻ってきた。

「おい、ルディ。この間の調査結果が出たぞ。事件の背景も詳細に書かれてある。加害者はラース・リヒター。二十五歳。靴屋を営んでいたらしいが半年前に急に休業し、どこか旅行に行っていたようだ。そして戻ってきた時には酷く憔悴《しょうすい》していたらしい。で、情報をもとに実際に店に行ってみたんだが……」

「既に亡くなっていたんでしょ？　少なくとも半月以上前に」

「ああ、そうだ。お前の話通りだったな。男が店を休業して行なっていたのは、婚約者の捜索だとよ。結婚直前に姿を晦ましたとかで、どうやら必死に捜しまくっていたらしい」

……っ！

彼の言葉に反応し、思わず顔を強張らせる。今の私の状況と酷似している所為か、およそ他人事とは思えない。

とはいえ、彼と殿下は違う。たとえ私が殿下ではない別の誰かと結ばれたとしても、殿下が彼のような凶行に走ることはない。だってあの人は私のことなどさして興味ないもの。それにもう婚約者でもないし。

「？　どうした？」

「ううん、なんでもない。それで？」

「ああ、その婚約者の髪が赤みを帯びた茶色だったみたいだ。調査報告書では、その女性は失踪と同時に結婚していたらしい。……酷い話だな」

「は？　何それ。婚約者だったんだよね？　それなのに失踪と同時に結婚してたの？」

「そのようだ。別に記憶喪失というわけでもなかったらしいし、男と結婚する気があったのかも怪しいところだな」

「……」

言ってはなんだが、それは怨みたくもなるかも……。

女性の身勝手さに憤りを覚える。ただその話には続きがあったらしい。

「だが、騎士が話を聞きに行ったことで夫に所業がばれてしまい、離婚に至ったようだ。日頃の行ないってやつだな」

「きちんと清算してから前に進めばこんなことにもならなかったのに……」

「俺たちの知らない事情があったのかもしれないぞ？　まあ、それにしたってやるせない事件ではあったが……。被害者は元より、誰一人として幸せになっていないんだからな……」

「……そだね」

仕事の手を止めてリオンと二人、しんみりと感傷に浸る。すると、副団長室の扉が激しく叩かれ、反応するよりも早く扉が開かれた。

「ルディ！　この請求書はなんだ!?　私の目がおかしいのか!?」

そう言って団長がずかずかと私の机の前までやってきて、数枚の紙をドン！　と机に叩きつける。

驚きつつもその紙を手に取ってまじまじと見てみれば、そこには、ワンピースやかつらなど、こだわりにこだわった衣装の代金が書かれてあった。言わずもがな、今話題に上がっている事件の変装代金だ。しかし、何故私は団長に物凄い形相で尋ねられているのだろう？　おかしな点はないのだけれど……。

「別におかしくないですよ？　この間の変装代金です。値段も間違っていません」

「桁の数が多くないかっ⁉」

「そうですか？　あのお店なら妥当な値段だと思いますけど……」

私が行ったお店は、それなりに有名なお店だ。そのくらいの値段がして然るべきだと思うのだが……。

「どこで購入したんだ⁉　認めんぞ！」

「いやだなあ、団長。適当に見繕ってこいって言うから、目についたお店に入っただけだし、そもそも経費で落として構わないって言いましたよね？」

にこりとした笑みを浮かべながら首を傾げる。言質はすでにとってあるのだ。今更許可しないなんて言わせない。

「ぐ……」

私の言葉に団長が顔を歪める。言った自覚はあるのだろう。だが、まだ現実を受け入れたくはないようだ。そこに、リオンのとどめの一撃が入った。

「だからルディに女装をさせるなって言ったんだ」

「うぐっ！」

団長はがくりと項垂れると、請求書を手にそのままふらふらと帰っていった。途中廊下から乾いた笑い声が聞こえてきた気がするけれど、大丈夫だろうか？　でも、もうこれで団長は私に女装をさせようとは思うまい。

そう思って一人ほくそ笑んでいると、リオンが私に呆れたような目を向けてきた。

「……いくら団長に痛手を負わせるためとはいえ、一回きりの服装になんでそんな値段をかけたんだ？」

彼にとっては疑問だろう。だが、私はあの服を一回きりのものだとは思っていない。これからもこっそりと着るつもりだ。ただし、それをリオンに言うつもりはない。

「ふふ。何、リオン？　また僕にあれを着てもらいたいの？　いいよ～。可愛らしく迫ってあげる」

「!?　い、いや。そうじゃない。勘弁してくれ！」

「ぷっ……あははははは！」

リオンが目をかっと見開き、慌てた様子で頭をぶんぶんと左右に振る。

それを見て、腹の底から思いきり笑った。高く、高く。あの空に届くようにと願いを込めて。

あとがき

皆さまご無沙汰しております、たつきめいこです。

この度は「自棄を起こした公爵令嬢は姿を晦まし自由を楽しむ」の二巻をお手に取っていただき、まことにありがとうございます。

今回、一巻の原稿の最中に同時に二巻の原稿も進めまして、私が思うよりも早く二巻発売の運びとなりました。

二巻に着手した当初は、『一巻でだいたい流れをつかんだし、二巻はもう少しスムーズに作業が進むかな？』と、少なからず期待しておりました。……甘かったです。二巻もあれこれとてこずりました。

要因として、本編の文字数が多いにもかかわらず、書き下ろしのお話を前回よりも長くしてしまったことが挙げられます。それに加えて、頭をフル回転させなくてはならない内容にしてしまい、自分で自分の首を締めました。実際に頭を抱えましたが、後悔はしておりません。この巻でしか、いえ、マルティナが聖騎士団にいる今しかあのお話は書けなかったでしょうから。……まあ、ちょっとホラーになってしまいましたけれど。

それはさておき、二巻は冒険者ギルド関連の話から、がらりと様変わりしました。何をするにしても聖騎士団の人たちが関わってきます。

でも少々いきすぎて、名もなき見習い騎士サイドのお話まで書いてしまいました。さりとて、なんの脈絡もなく書いたわけではありません。本編『公爵令嬢と噂話』の中で、『新人いびりがやんだ理由』としてマルティナが挙げていたお話です。油を売っていたリオンを、怒ったマルティナが追いかけ回した、というエピソードですね。誰の視点で書こうかと考え、第三者が一番面白いのではないかと思い、書いたものです。もっとも、彼はこのお話のためだけに作られた存在ですので、今後彼が別の話に登場することはないでしょう。

ともあれ、見習い君は難しいとしても、もっとほかの騎士たちとやりとりができればいいなとは思っております。ですが、新しいキャラが登場すると私も混乱してしまうので、本編は必要最低限のメンバーで回していくつもりです。決して名前を考えるのが面倒だからではありません。

幸い、フィンとノアとアマーリエが、なかなかいい具合に調和しました。これ以上キャラを増やさずとも、あの三人組でしたらいろんな意味で十分にやっていけると思います。書いていて楽しいので筆が進みますし。

ただいくら書いていて楽しいとはいえ、聖騎士団に留まってばかりもいられません。そろそろマルティナも、現実を見なくてはならないところまできました。

現在は不穏なあたりでお話が終わっております。この先に何が待ち構えているのか、マルティナとリオンに進展はあるのかなど、次巻まではらはら状態が続いてしまい大変心苦しいですが、今しばらくお待ちいただけますと幸いです。

最後に。お手に取ってくださいました皆さま、そして関係者の皆さまに、この場をお借りして改めてお礼を申し上げたいと存じます。まことにありがとうございました。

自棄《ヤケ》を起こした公爵令嬢は姿を晦《くら》まし自由を楽しむ@COMIC

コミカライズ第1話

漫画：小田山るすけ
原作：たつきめいこ
キャラクター原案：仁藤あかね

TOブックス

それじゃ
行きますか

自棄《ヤケ》を起こした
公爵令嬢は
姿を晦《くら》まし
自由を楽しむ
@COMIC
《漫画》
小田山るすけ
Rusuke Odayama
《原作》たつきめいこ
Meiko Tatsuki
《キャラクター原案》仁藤あかね
Akane Nitou

君が好きだ ずっと側に居てほしい
まあ なんとお熱いことでしょう
嬉しい…！
私もお慕《した》いしております
燃え上がるようなふたりの恋はきっと誰もが祝福してくれることでしょう
男性のお相手が隣の女性ではなく
婚約者である私であったらの話ですが
私 クリス様がお仕事の時もずっと一緒にいたいです
ユリアーナ…

わたくしの名は マルティナ・レラ・レーネ
このグレンディア王国 レーネ公爵家の令嬢であり
王都ヴェルテにある ヴェンテルガルド学院を 明日卒業し
この彼 クリストフォルフ・ヴェンデル・グレンディア 王太子殿下との結婚を 控えているのですが…
ハインミュラー 子爵令嬢とお熱 だったとは
まあ 私との婚姻は 政略的なものですし 恋愛感情等 まったくないので 悲しくはないのですが…
すまない ずっと側にいることは できない
クリス様! どうして…

外交や慰問《いもん》といった人前に出る仕事だ
そういった作法のいる仕事は正妃となるマルティナと行うつもりだ
一応王太子という自覚はあるようね
この王国では王が側妃を持つことは認められています
私が拒否する理由もありません殿下が望むのであれば…
ならば
私を正妃にしてください！
私がんばります!!

ユッユリアーナ？一体何を…
もしマルティナ様のことが心配なのでしたら私に策があります
クリス様は私のこと愛してくださっているのでしょう？
こ…
これはまずい
なんとしても回避しなければ…!!

呑気に脳内で実況
してる場合じゃない…！
キャッ
もう散々だわ…
申し訳ありません
お怪我は…って
ティナ？
エミィ…!!
どうしたの
そんな青い顔をして
エミィ聞いて
大変なことに
なったの
大変なこと？

ええ
先程…
それは本当なのか
ユリアーナ！
マルティナが君を
階段から突き落とす
なんて…
本当ですわ
宰相子息《さいしょう》の
アンゼルム様も
ブルノー公爵家の
カミル様もご存じです
他にも目撃した方が
多数いますので
証言できますわ
階段？
？
突き落とし
？？
目撃した者まで…
ならば明日直接
問い質《ただ》さねば
なるまい！
階段から
突き落とそうと
するなど
度がすぎている！

場合によっては然《しか》るべき処置も辞さない!!
―という訳なの…
なるほどねえ
それで貴女はこれからどうするの?ティナ
婚約解消はどうでもいいけど冤罪《えんざい》は御免よ
とりあえず私は逃げるわ!!

それで
エミィに協力して
もらいたいのだけど…
もちろんよ
だって面白そう
ですもの
面白そうって…エミィ
ふふふっ冗談よ
そんなに睨《にら》まないで
相手が行動を起こすなら
明日の卒業パーティだと
思うの
流石に大勢の前で
断罪なんて物語みたいな
展開はないと思うけど…
あっでも
いつもの癖
出しちゃ駄目よ?
もちろん
わかってるわ

それより
パーティに参加せず
逃げるなら
あちらがどんな顔を
するのか見れなくて
残念ねえ ティナ
さあ
悩んでる暇《ひま》は
もうあまりないわよ
早く帰って
準備をしなくちゃ
そうね…

グレンディア国の王城は王都ヴェルテにある丘の上に聳《そび》えたっている
北側は崖《がけ》になっており容易には侵入できない
その城から扇状に貴族たちが社交シーズン中滞在する邸宅が立ち並ぶ
邸はタウンハウスと呼ばれ我がレーネ公爵家も北西の一角に邸を構えている
本邸は王都の西隣にあるレーネ公爵領にありそこは現在祖父が領地と共に管理している
学院には寮があるが何かと登城することの多い私はこの自宅から学院へと通っているのだ

我がレーネ家は
歴史ある公爵家だ
初代公爵はずっと昔
王弟殿下だった人物で
そこから幾度か王女を
妻に迎えつつ今に至る
そういった訳で
レーネ公爵家といえば
この国一の貴族と
されている
たしかな血筋があるため
王家に嫁いだ者も多く
私もその内のひとりに
なる予定だった
…と
幼少の頃から
徹底的に叩き込まれている
のよね
お帰りなさいませ
お嬢様
ただいま
ハンネス
特に変わったことは
なくて？
そうですね
今日は旦那様に
お客様がいらしたこと
くらいでしょうか

ああ
ヨハン叔父様ね
国内最強の軍を持つクルネール辺境伯爵の現当主だ
軍事が絡まなければ至って穏やかな御方で避難場所候補として考えもしたが…
うーーーん…
いまだに私をご自身の息子と結婚させることを諦めていないのよね…
ところでお母様は？

奥様は先程
デュナー伯爵夫人との
お茶会から戻られて
今はお部屋に
そう
ならこのあとお母様に
ご指導賜《たまわ》りたいから
伺いをお願い
かしこまりました
やることも
考えることも
山ほどあるけれど
まずは
ストレス解消ね

ザワ
ザワ
お母様
遅れて申し訳ありません
いいえ
大丈夫ですよ
おかえりなさい
ティナ
貴女は自分の剣を使いなさい
私はこちらの模擬剣で行きます
っはい
ドン…

ス

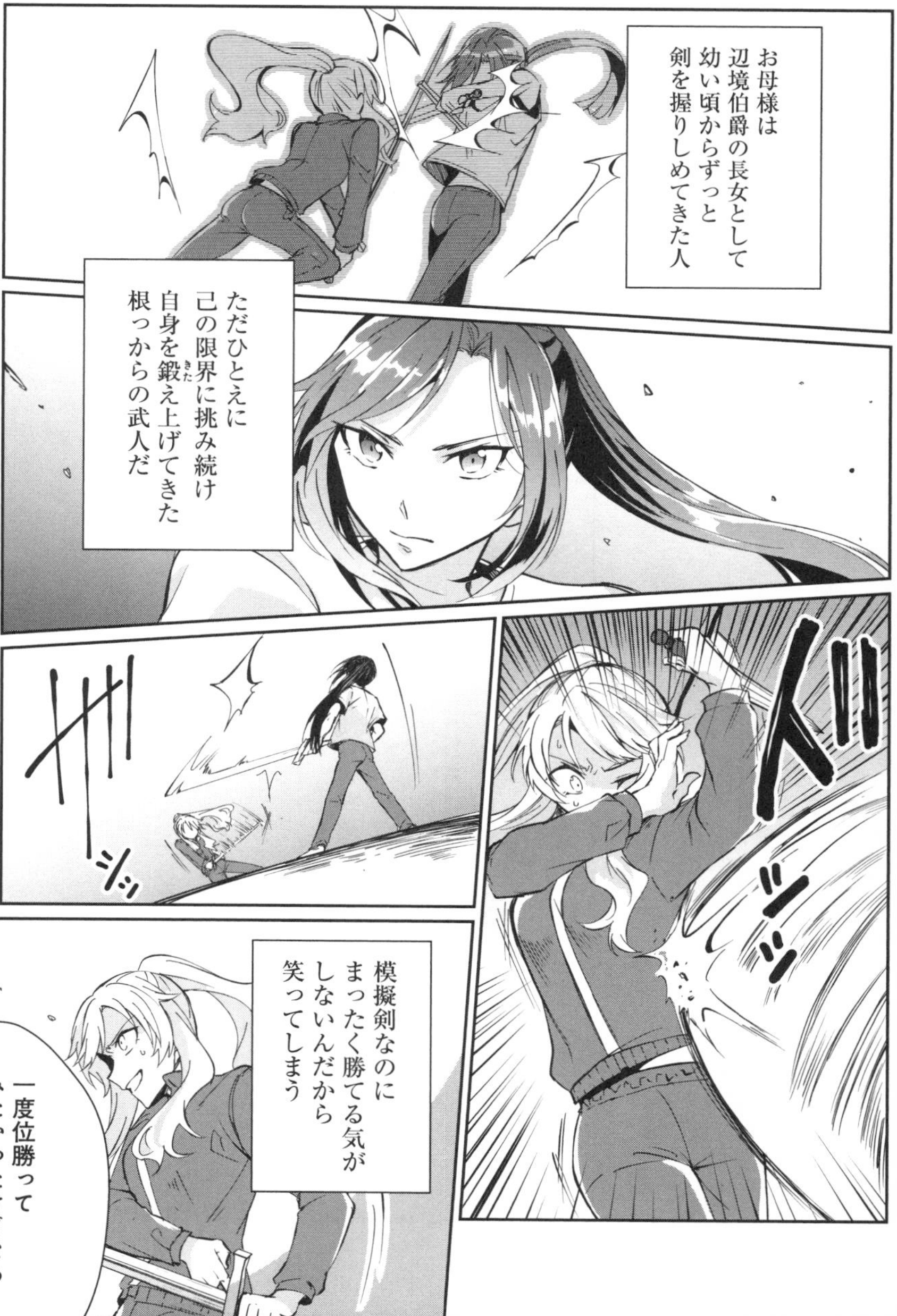
お母様は
辺境伯爵の長女として
幼い頃からずっと
剣を握りしめてきた人
ただひとえに
己の限界に挑み続け
自身を鍛《きた》え上げてきた
根っからの武人だ
模擬剣なのに
まったく勝てる気が
しないんだから
笑ってしまう
一度位勝って
みたかったけどなぁ

ハァ
ハァ
…負けました
まだまだ無駄な動きが多すぎます注意なさい
それともう少し体力をつけなさい
それでは政務すら乗り切れませんよ
はい お母様…
やはりお母様には遠く及びませんわ
ガヤ
ガヤ
すげー!
剣が未熟であっても貴女には魔法があるでしょう

剣のみで戦うことなんて手合わせくらいですよ
この世界には魔法というものが存在する
魔力
それを持つ者だけが使える術 それが魔法だ
魔術師の数は希少で そのほとんどが王族を始め上位貴族となっている
貴族に多い理由は昔魔術の流出を防ぐために魔術師の優遇政策を施したからだそうで
現在も庶民の中から魔力持ちが生まれた際は国の魔法騎士や研究職への斡旋《あっせん》 時には爵位を与えられるといった厚遇をうけている

それほどに魔法を使える魔術師はこの世界で貴重な存在なのだ
お母様のように剣一本で領地を守っている御方もざらにいるけど
そんなお母様を魔法で打ち負かして結婚しちゃうほどの魔術師がお父様で
私もお父様程ではないが高魔力を持って生まれた魔術師だ
お父様は剣術はからきしだったけれど優れた魔術で私を打ち負かしました
ティナ あなたも今の剣技に魔術を組み合わせれば勝敗はわからないですよ
戦になればあなたの爆撃魔法で剣など交えず相手を屠《ほふ》ることもできましょう

…本当は
母のように国を守る
武人になりたかった
王妃になって政務ばかりの
国母になんてなりたくない
まして
私との信頼を
裏切ったあの殿下を
伴侶《はんりょ》とするなんて
王家に希《こ》われたから
しかたがなく婚約者と
なったのに
殿下への信頼が
なくなった今
結婚してもあるのは
地獄でしかない
だから私は
逃げる
ご指導
ありがとうございました
ごめんなさい
お母様…

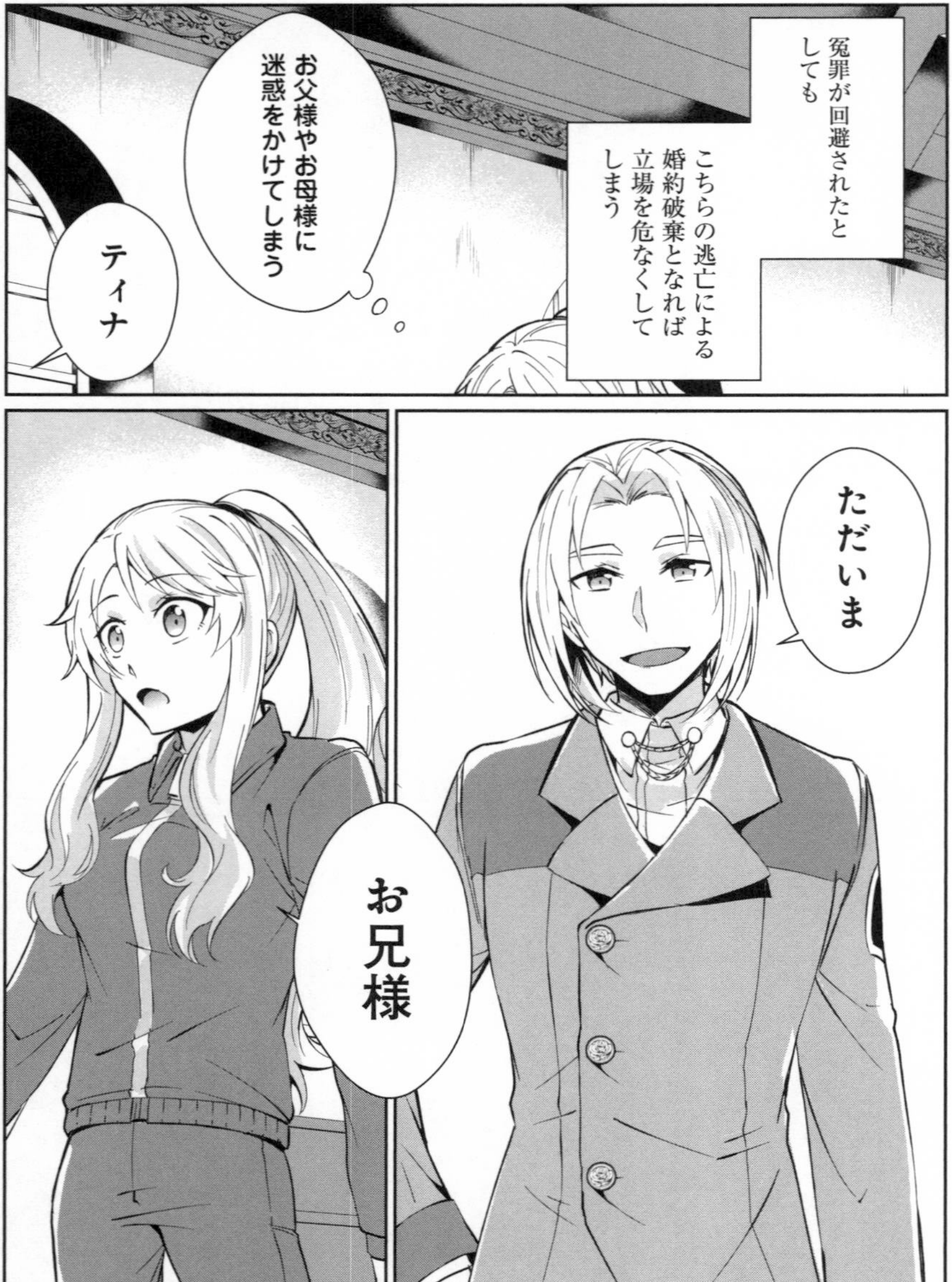
冤罪が回避されたとしても
こちらの逃亡による婚約破棄となれば立場を危なくしてしまう
お父様やお母様に迷惑をかけてしまう
ティナ
ただいま
お兄様

どうなさったの ずいぶんと早い お帰りですわね
ずいぶんな言いようだな まるで私が毎日 遅いみたいじゃないか
ルートヴィヒ・ザシャ・レーネ 私のお兄様で 魔術機関の研究者だ
妹の私から見ても 端正な容姿をしており 魔術の才にも 恵まれている
日頃から研究室に入り浸り 時期当主だというのに 婚姻の話のひとつも ないのだから驚きだ

ティナは明日
卒業だろう？
だからティナに
プレゼントを
用意したんだ
ちょっと早いけど
すぐに渡したくてね
手を出して
くれないか？
…腕輪？
それは少量だが
魔力を補ってくれる
腕輪だよ
まだ 試作段階だけど
やっと形になってね
私の魔力を
込めてあるから
ティナなら反発
し合う心配もないよ

魔力を他人へ分け与えるなんて世紀の発明じゃないですか!!
これが公《おおやけ》になれば世界中が大混乱に陥りますわよ!?
ははは そんなことはしないよ
この研究は私の趣味だからね
納得がいく品が完成したら研究内容は破棄する予定だよ
破棄って…
我が兄ながら知的好奇心の変態…
ティナは広範囲の爆撃魔法を得意としているだろう?
魔力が不足することがあればきっと役に立つよ
それは余程の事態ではないでしょうか

まあその
不測の事態が
起こっているので
ありがたいのですが…
ありがとうございます
お兄様…
肌身離さず
大切にしますね
ああ
そうしてくれ
ついでに
着用した感想
なんかもらえたら
嬉しいんだけど
お兄様ったら…
冗談だよ
改めて
卒業おめでとう
ティナ
ありがとう
ございます
お兄様

じゃあ失礼するよ
また夕食の時間に
バタン…
自分が家族にとても大切にされている自覚はある
私が居なくなればきっと大好きな研究も放り出して探しにくるでしょうね
本当にこれでいいのだろうか？
…ううん もう引き返せない

湯あみ後
ありがとうイルマ
あとはひとりでできるから
夕食の時間まで
下がっていいわ
何か飲み物でも
お持ちしますか？
いいえ結構よ
少し休みます
……
どうしたの？
イルマ
お嬢様

何か私に
隠し事をなさって
おいでではないですか？
ギクッ
隠し事なんて
してないわ
ただ
明日で卒業だと思うと
これからのことが
ちらついてしまって
落ち着かないの
かもしれないわ
流石イルマ…
長い付き合い
ですものね
…そうで
ございましたか
それよりイルマ
今日はずいぶんと
他人行儀じゃないの
あなたのほうこそ
何か隠してないで
しょうね？
とっとんでも
ない

私は侍女です
そろそろ自分の立場をはっきりさせないと…
なら その必要はないわ
あなたは今までどおりでいいの
私がいいって言うんだから変えちゃ駄目よ
…ありがとうございます
何かご用がおありでしたらすぐにお呼びくださいね
ええありがとう

さてと…
支度をしなきゃね

あみ
あみ
スぅ…
ズッ…

さあ
これで後戻りは
できない
うん
これでもう
パッと見は
誰も私だなんて
わからないはず
3年前からこっそりと
自身を冒険者と偽り
始めた魔物退治
この格好のほうが
ドレスを着て「月の妖精」を
するより
ずっと私らしい
お妃教育で溜まった
鬱憤《うっぷん》を晴らすために
やっていたことが
こうして役立つなんてね
それじゃ

行きますか
バタン…

いつまでも
逃げて
いられないわ！
ついに王太子との直接対決へ！
ありのままで生きたい令嬢の
逃亡ラブファンタジー第3巻！
自棄《ヤケ》を起こした
公爵令嬢は
姿を晦《くら》まし
自由を楽しむ
3
コミカライズ
2021年11月
連載開始予定！
漫画：小田山るすけ

今まで黙っててごめんなさい！
たつきめいこ
meiko tatsuki
《イラスト》
仁藤あかね
akane nitou
2022年第3巻発売決定！

過去に囚われた師匠《ウィステリア》と弟子《ロイド》の共同生活の行方とは――？
孤独な非戦闘系元令嬢×天才肌の傲慢系貴公子の
師弟恋愛ファンタジー第２巻！
おい、聞け！
コミカライズ企画も
進行中だぞ！
発売!!!!.......

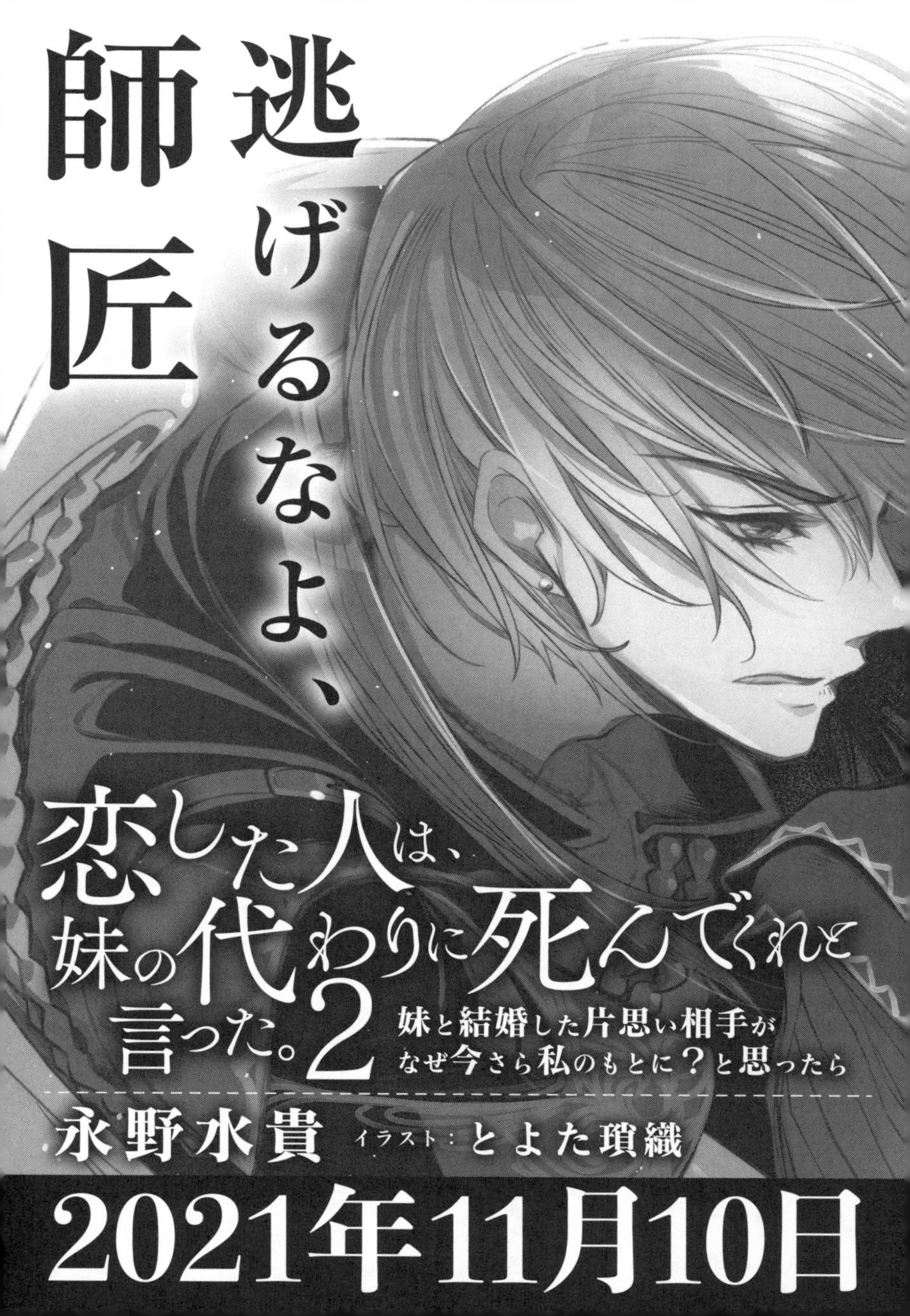
逃げるなよ、
師匠
恋した人は、
妹の代わりに死んでくれと
言った。2
妹と結婚した片思い相手が
なぜ今さら私のもとに？と思ったら
永野水貴
イラスト：とよた瑣織
2021年11月10日

死罪デッドエンド回避
――!?
舞台化決定!
池袋
BIG TREE THEATERにて
日程
2022年2月16日(水)
～20日(日)
詳しくは公式HPへ
2021年冬
発売決定!

一家使用人離散、投獄
その先にあるものは——
ついに
「きゅんらぶ」
第一部完結!!
悪役令嬢ですが攻略対象の様子が異常すぎる
V
稲井田そう Illust. 八美☆わん

おにーさまのため、
ディは、立派な
淑女になるのです！
って
僕がいなければ
髪の毛だって
結べないくせに
悪役令嬢の兄に転生しました
Reincarnated as a Villainess's Brother
2
著 内河弘児 イラスト キャナリーヌ

そばにいる

ディアーナの成長を
一瞬だって見逃したくない！

言ったのに

次巻、カインが外国留学へ!?
2021年10月20日発売決定！

サンクランド王国編
クライマックスへ！
ミーア様のお召し物が…!?

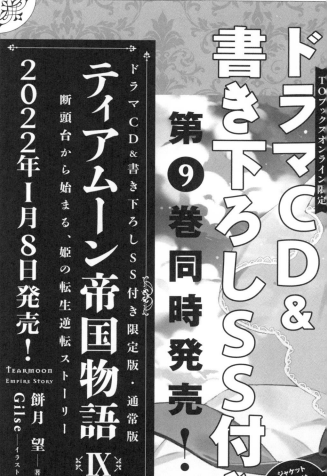

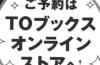

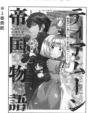

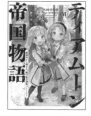

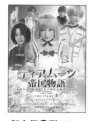

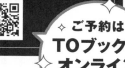

自棄を起こした公爵令嬢は姿を晦まし自由を楽しむ２

2021年11月1日　第1刷発行

著　者　たつきめいこ

発行者　本田武市

発行所　TOブックス
〒150-0002
東京都渋谷区渋谷三丁目1番1号　PMO渋谷Ⅱ　11階
TEL 0120-933-772（営業フリーダイヤル）
FAX 050-3156-0508

印刷・製本　中央精版印刷株式会社

ISBN978-4-86699-342-3